T0394558

Amoniaco

LA TRAMA

Amoniaco

Carlos Augusto Casas

Papel certificado por el Forest Stewardship Council®

Primera edición: marzo de 2025

Travessera de Gràcia, 47-49. 08021 Barcelona

Printed in Spain – Impreso en España

ISBN: 978-84-666-8151-3
Depósito legal: B-722-2025

Compuesto en Llibresimes, S. L.

Impreso en Rotativas de Estella, S. L.
Villatuerta (Navarra)

BS 8 1 5 1 3

A todas las barras de bar
donde he llorado de felicidad y reído
de tristeza; a todos los santos camareros que me han
seguido sirviendo copas aunque no las mereciera; a todos
los amigos, los eternos y los efímeros,
que he abrazado sintiendo el amor puro e inmaculado de
los borrachos.
Alzo mi vaso por todos vosotros
antes de que el cierre baje
y las luces del local
se apaguen definitivamente

Cuando canto a gusto, la boca me sabe a sangre.

Tía Anica La Piriñaca,
flamenca antigua de Jerez

1

Era un día tonto. Como todos. Completando una semana tonta. Un mes tonto. Un año tonto. Una vida tonta.

Las sonrisas no viajan en metro. Son las ocho de la mañana. La hora de los decepcionados. Apoyada en uno de los laterales del vagón, intento deshacerme de la desagradable pesadez que la falta de sueño provoca en mi cuerpo. Estoy cansada. Siempre estoy cansada. Cansada de estar cansada. Bostezo mientras me entretengo contemplando al resto de los pasajeros. Inútiles y tristes como clavos torcidos tras recibir demasiados golpes. Errores con forma humana, como yo. Las miradas resignadas perdidas en las pantallas de sus teléfonos. Preguntándose por qué ellos no son felices como la gente que aparece en Instagram, por qué ellos no bailan como la gente que aparece en TikTok. La resignación es la única respuesta. Somos víctimas del gran engaño. La esperanza es una mentirosa compulsiva que nunca cumple sus promesas. Y aun así nos aferramos a ellas. Qué otra cosa podemos hacer. El autoengaño es el Prozac de los pobres. La existencia reducida a una larga espera. A la vana ilusión de que suceda algo que lo cambie todo. Aunque sepamos que mañana será igual que hoy, y que ayer, y que pasado mañana. Otro día tonto. Otra vida tonta como la mía. Nada pesa tanto como una vida vacía.

La fregona abofetea el suelo del salón con parsimonia. La lengua de un amante hastiado que besa por rutina. Es curioso que limpiar casas ajenas aún me siga proporcionando placer. No es que me sienta realizada ni nada por el estilo, pero acabar con la suciedad, dejarlo todo reluciente, de alguna extraña forma me hace sentir que contribuyo a devolver el equilibrio a las cosas. Ayudo a que todo quede como siempre debería estar. Sé que se trata de un placer servil, como el perro que da la pata esperando una caricia que no llega, pero es un placer, al fin y al cabo. Y en mi vida los placeres no son algo común.

—Isabel, por el amor de Dios, ¿qué es esa peste? ¿Con qué estás fregando?

—Con amoniaco, señora, como hago siempre —respondo.

La dueña de la casa entra en el salón pisando con indiferencia la zona fregada. Sus zapatillas caras de deporte dejan huellas que quedan marcadas sobre las baldosas. El marchamo que identifica quién manda. Un latigazo de rabia tensa todo mi cuerpo. Noto el sabor amargo del odio en mi boca. La cabeza me ordena que proteste, que diga algo, que me enfrente a ella. Sin embargo, permanezco en silencio, plantada en mitad del salón con la vista baja. Fregando de nuevo el suelo por donde ella pasa. Y pienso que qué más da, que no tiene importancia, que mejor dejarlo correr. Hace tanto tiempo que no hago lo que mi mente ordena... Hace tanto tiempo que no hago lo que debería... Hace tanto tiempo que no hago nada...

—Qué asco, Isabel. Abre las ventanas para que esto se ventile —continúa la dueña de la casa—. Y no sé cuántas veces te he dicho que no me llames «señora». Suena tan... tan... clasista. Para ti soy Rosa. A secas. Ni señora ni doña. Ro-sa.

Llevo el suficiente tiempo limpiando mierda ajena como para diferenciar entre los distintos tipos de jefa que existen. Y las que van de amigas son las peores. Fingen tratarte como a una igual para abusar de ti. Porque las amigas se hacen favores. Y los favores no se pagan. La igualdad convertida en un adorno estético para que Rosa A Secas se sienta mejor consigo misma. «Yo trato bien al servicio. Dejo que me llamen por mi nombre de pila». Pura y puta hipocresía.

—Que no te lo tenga que repetir. Por cierto, la semana pasada no quitaste el polvo de las estanterías y mira cómo están. Hoy no te vas sin hacerlo, ¿eh? Cuando acabes, te pones con la plancha, que el montón de ropa ya no cabe en el cesto. —Suspira de forma teatral—. Es agotador estar todo el día comprobando qué haces y qué no haces, Isabel. Estas cosas deberían salir de ti, que para eso te pago. Tienes que poner más de tu parte. Un poquito de iniciativa, de ganas, ¿eh? Empieza por los uniformes de las niñas. Y no te olvides de que a mi marido le gusta llevar bien marcada la raya en los pantalones de los trajes.

Rosa A Secas es muy consciente de que no me

dará tiempo a terminar todas esas tareas en las tres horas por las que me paga. Tendré que prolongar la jornada. Y gratis. Eso provocará que llegue tarde a los otros dos pisos que me quedan por limpiar. Y, por tanto, también a mi casa. Pero no le importa. Es algo que Rosa A Secas hace regularmente: asumir que mi tiempo no vale nada. Quizá tenga razón. Admitámoslo, existen vidas de primera y vidas de segunda. El mundo siempre ha sido así y seguirá siéndolo. Llevo trabajando en esta casa algo más de dos años. Sin contrato, por supuesto. «Puedes llamarme Rosa A Secas, pero no tienes derechos laborales porque me saldrías muy cara. Somos iguales siempre y cuando te dejes pisar todo lo que yo quiera». Asiento sin rechistar. Sin levantar la cabeza. Hace tanto que me muevo por costumbre que la inercia se ha convertido en el motor de mi vida... Lo mejor es tragar. Tragarme toda la suciedad, como la fregona que agito. Regresar a casa cuanto antes y meterme en la cama para olvidarme de quién soy. Ese ser absurdo en el que me he dejado convertir. Hasta que la mañana me despierte escupiéndome la verdad a la cara. Como todos los días.

—Me marcho ya, cariño. Luego nos vemos.

Alfonso, el marido de Rosa A Secas, lleva el traje azul y la camisa blanca que le he planchado tantas veces. Todo le sienta tan bien... Da un ligero beso en la mejilla a su esposa y luego se vuelve hacia mí para dedicarme una sonrisa que me desarma. Soy un puzle deshecho con todas las piezas esparcidas por el suelo. Esa sonrisa me acompañará durante todo el día como un secreto feliz que no puedo confesar. Sé que en el fondo no son más que migajas. Dulces migajas que se arrojan a las pobres y estúpidas palomas, porque si no qué iban a comer las pobrecillas.

Cuando Alfonso cierra la puerta camino del trabajo, Rosa A Secas avanza con prisa hacia el interior de la casa. Desde el dormitorio del matrimonio me llegan los reconocibles pitidos electrónicos. El teclado numérico de la caja fuerte, escondida detrás de ese espantoso cuadro abstracto. En cuanto el marido abandona el hogar siempre ocurre lo mismo. Imagino que Rosa A Secas se dedica a coger dinero a sus espaldas. A saber en qué se lo gastará. Al instante aparece de nuevo en el salón. Lleva puestas unas mallas y un top ajustados de color verde que dejan claro lo atractivo que sigue siendo su cuerpo a pesar de haber superado los cuarenta. Nada que ver con el chándal negro, comprado en un supermercado, que utilizo yo para trabajar. Ni con mis anchas caderas y la perenne barriga que me dejaron los embarazos. Algo viscoso se me remueve en las tripas al contemplarla. Es envidia. Y no es sana. Nunca he creído eso de que exista la envidia sana. Es como decir que tienes un cáncer sano.

—Me voy a yoga, Isabel —dice echándose a la espalda la esterilla—. Ya sabes lo que tienes que hacer, espero no encontrarme con ninguna sorpresa cuando vuelva.

El portazo subraya sus palabras, un amenazante y sonoro signo de exclamación. La casa se queda vacía como un bostezo. Es un piso luminoso y blanco al que le brillan los ojos de las ventanas al saberse tan hermoso, poblado por muebles que combinan el buen gusto con la comodidad. Un espacio donde es fácil imaginarse siendo feliz. Así lo demuestran todas las fotografías distribuidas por el salón. Rostros sonrientes de dientes blancos. Rosa A Secas, Alfonso y las dos niñas. Los abuelos, los tíos, los sobrinos, los primos. Nueva York, Roma, Disneylandia. Todos derrochando felicidad. Porque les sobra.

«Unos tanto y otros tampoco», pienso, riéndome

de mi propia broma. El mundo está muy mal repartido. Alguien debería tratar de equilibrarlo, aunque fuese un poco. Decido echar otro tapón de amoniaco al agua de la fregona. Así el olor tardará más en desaparecer. Qué sería de mi existencia sin estas pequeñas venganzas...

La felicidad no viaja en metro. Son las ocho y media de la noche. La hora de los derrotados. El vagón es una coctelera que agita frustración y cansancio a partes iguales. El resultado es un brebaje amargo que nos obligan a tomar a la fuerza. La vida convertida en veneno. Todos queremos llegar cuanto antes a nuestros refugios para protegernos del bombardeo diario. Y mañana será otro día, tan parecido a este que no lo distinguiremos. Gemelos monstruosos y deformes que nacen muertos cada veinticuatro horas del vientre podrido de la ciudad. El convoy entra en el túnel. La oscuridad exterior convierte el cristal de la ventana que tengo enfrente en un espejo negro. Refleja la imagen de una mujer de cincuenta años, gastada y con la mirada hecha añicos que no reconozco como la mía. El deshilachado moño coronándome la cabeza, como una araña hirsuta. Las grietas del rostro dejando claro que cada vez estoy más rota. Hasta que el tren llega a la estación y la luz acaba con el espectro. Yo no soy esa. Yo no soy eso. Y para creerlo solo tengo que evitar mirarme en los espejos.

El aceite caliente protesta chasqueando la lengua cuando introduzco las rodajas de pescado en la sartén. Aún no se ha descongelado del todo y el agua que suelta provoca que se cueza en vez de freírse. Lo que le da una textura blancuzca y pastosa que hará que mis hijos se nieguen a comerlo. Pero me da igual. Es agotador librar batallas que nunca gano. Si sabes de antemano que vas a perder, jugar deja de ser divertido. Quizá por eso la vida me resulte tan aburrida.

—¡Poned la mesa, la cena ya casi está! —ordeno sin esperar que me escuchen.

Cuando entro en el salón con los platos en las manos, Noelia, mi hija, está tumbada en el sofá con la cara iluminada por la pantalla del móvil mientras lee los mensajes de WhatsApp. Siempre está así. Es lo único que hace en todo el día. Su existencia reducida a las dimensiones cuadriculadas del teléfono. Dieciséis años. Malas notas y malas contestaciones. Aquella niña cariñosa que besaba a su madre por cualquier motivo ha mutado. Las hormonas adolescentes la han convertido en un ser eternamente furioso y descontento. Ahora mi sola presencia le molesta, le irrita que tengamos que compartir espacio. Y me lo demuestra siempre que puede. El desprecio se ha transformado en su lengua materna.

Desde el televisor me llega el sonido de disparos y gritos. Mario, mi otro hijo, juega con la consola a uno de esos horribles videojuegos que le encantan. Veintitrés años. Dejó a medias la formación profesional después de demostrarnos a todos y a sí mismo que no existía asignatura que no pudiera suspender. Ahora se dedica a buscar trabajo desde el sillón. Los años de desidia han logrado desarrollar en él una fuerte inmunidad a los consejos. Y las críticas provocan el mismo efecto sobre su organismo que las mechas en las bombas. En ese momento veo cómo las cabezas de unos zombis revientan salpicando de sangre la pantalla.

—¡Toma, toma! —exclama al tiempo que se agita triunfante.

Me da tanta pereza ser yo misma... Dejo los platos y pongo la mesa sin decirles nada. Para qué. Solo conseguiría iniciar una discusión inútil. Esa es la palabra que se me viene siempre a la cabeza cuando pienso en mis hijos: inútil.

—Dejad ya las maquinitas y vamos a cenar.

—Puaj, ¡qué asco! ¡Otra vez pescado! ¿No hay pizza? —dice Noelia.

—¿Y el viejo? Deberíamos esperarlo, ¿no? —pregunta Mario.

Para él su padre es «el viejo» y su madre «la vieja». Todo muy edificante.

—Vuestro padre se habrá quedado trabajando. Hoy tenía que terminar de pintar el piso. Así que vamos a empezar sin él. Es tarde y yo mañana madrugo.

—Sí, sí... Seguro que está pintando..., pintando la mona en la barra del bar —añade Mario divertido mientras forma una botella con los dedos y se la lleva a la boca mirando cómplice a su hermana.

—No pienso comerme esto —vuelve a la carga Noelia—. Además, huele mal, como a... a...

—A amoniaco. Y no es el pescado, soy yo. Aún no he tenido tiempo de ducharme. Si me echarais una mano de vez en cuando... —contraataco.

—¡La vieja huele a pescado en mal estado! ¡La

vieja huele a pescado en mal estado! —Mario se ríe de mí a la menor ocasión. Atacar a alguien es el tipo de humor que más seguidores tiene en mi casa. Y ese «alguien» suelo ser yo. La víctima más débil. La mujer felpudo que solo sirve para ser pisada por todo el mundo. Incluso por sus propios hijos.

Después de una cena con quejas de primer plato y protestas de segundo, regreso con el pescado a la cocina sin que apenas lo hayan tocado. Mientras friego a mano para no gastar luz con el lavavajillas (ya casi estamos a fin de mes), escucho que a Noelia le suena el teléfono. Una oleada de desazón me recorre el cuerpo dejando una estela de miedo en mi interior.

—¡Mamá, me bajo! —grita desde el salón.

—Pero ¿adónde vas a estas horas? Que mañana tienes instituto.

—¿Y a ti qué te importa? Por ahí. ¡Qué pesada eres!

La inquietud me empuja hacia el salón. Mi hija está a punto de salir por la puerta cuando llego. Se ha cambiado de ropa. Ahora lleva una diminuta minifalda y toda la gama Pantone espolvoreada por la cara. No alcanzo a decirle nada, así que me apresuro a asomarme al balcón. A los pocos segundos, veo a Noelia avanzar hacia un grupo de chicos sentados en un banco del parque, encorvados sobre el respaldo igual que siniestros garfios. Las puntas de sus cigarrillos se mueven como luciérnagas. Una litrona va pasando de mano en mano. Mi hija agarra la cerveza nada más llegar y le da un trago largo. Luego dirige su mirada hacia el balcón, alzando la barbilla desafiante. Los chicos celebran su llegada con risas y aplausos. Es la única chica de la reunión. Se lo he advertido; se lo he advertido mil veces. Que esa gente no le conviene, que no le traerán nada más que problemas. Da igual. Hace tiempo que las palabras de su madre son como el sonido de un silbato para perros, inaudibles. Y me quedo allí, tras el cristal, con las cortinas en la mano, viendo a mi hija deslizarse poco a poco por la pendiente del fracaso. Observando cómo los mismos errores se repiten generación tras generación. Las mismas elecciones equivocadas, las mismas malas decisiones que nos convierten en una saga de infelices, en una masa de incapacitados vitales.

Escucho el sonido de la puerta a mi espalda. Julián, mi marido, entra resoplando. El semáforo en rojo de su rostro me indica que ha bebido. Tiene pintura seca en las manos y el pelo blanquecino y sólido por el yeso. Cuando me ve, gruñe. Es su forma de saludarme. Le devuelvo el gruñido y llevo el pescado a la mesa después de recalentarlo.

—Hueles a amoniaco —dice cuando le pongo delante el plato.

—Y tú a cerveza rancia.

Le cuesta pronunciar las palabras, como si su lengua hubiera duplicado su tamaño por culpa del alcohol.

—La niña está otra vez con esos.

Gruñe para hacerme saber que no le importa. Gruñe para que deje de molestarlo. Gruñe para demostrarme que se ha rendido. Le miro mientras come, engullendo el pescado casi sin masticar. Y siento asco, y desprecio, y me parece un extraño. Cuando nos casamos era un hombre apuesto, viril, cargado de sueños y proyectos. Pero el alfiler del tiempo los fue pinchando uno tras otro como globos de un niño malcriado que no se los merece. La vida le golpeó duro hasta transformarlo en lo que tengo delante. Un ser hinchado y amoratado. Como una contusión. Supongo que él verá algo parecido cuando me mira. Nos hemos convertido en heridas. Heridas que la desolación no permite cicatrizar.

—Me voy a acostar —dice Julián arrastrando las

consonantes como los pies de un condenado al que llevan al cadalso.

Al poco rato escucho los ronquidos procedentes del dormitorio. Recojo la mesa en silencio. Sé que no podré dormir hasta que Noelia regrese, así que me siento en el sofá a esperar. Como siempre. Sin saber muy bien qué es lo que espero en realidad. Prefiero no hacerme esa pregunta porque la respuesta me da miedo.

En la tele, Mario está viendo una serie en alguna plataforma.

«... Ted Bundy confesó haber asesinado a más de treinta mujeres, aunque nunca sabremos el número total de sus víctimas. Se lo podría considerar como el psicópata perfecto...».

—¿Qué es esto? —le pregunto.

—Documentales sobre asesinos en serie. Dahmer, John Wayne Gacy, Chikatilo, Garavito..., hoy hablan de Ted Bundy.

—¿Te sabes sus nombres?

—Claro, vieja. ¿En qué mundo vives? Son famosos. Todo el mundo los conoce.

«... El coche que Bundy utilizaba en sus crímenes, un Volkswagen escarabajo, se conserva en un museo de Tennessee...».

—¿Y el de las víctimas? ¿Conoces el nombre de las víctimas?

—Puf, ¿para qué? Las víctimas no le interesan a nadie.

En la pantalla observo cómo el mal convierte a seres aparentemente anodinos en exuberantes y originales monstruos mientras pienso que mi hijo tiene razón: las víctimas no le importan a nadie.

2

Desde el techo de la sala de reuniones, un tubo fluorescente no paraba de guiñarle el ojo a Eloísa. Burlándose de ella. Era lo que hacían todos nada más verla. Su más de uno noventa de estatura unido al tamaño de los hombros, fruto de años jugando al waterpolo, conferían a su cuerpo un indisimulable aspecto masculino. Una diana demasiado evidente para dejarla pasar sin arrojar algún dardo. Ya estaba acostumbrada, lo que no quería decir que no le doliera. Se abrió paso entre los asientos recolectando los habituales insultos y protestas de sus compañeros.

—¡Cuidado, que embiste!

—¡Eloísa, te pega más llamarte José Luis!

—¡Han abierto la jaula del gorila!

—¡¿Hoy te has afeitado, Tkachenko?!

Tkachenko. Así la llamaban. Como aquel mastodóntico jugador de baloncesto de la Unión Soviética. Con frecuencia, la crueldad se disfraza de burla para pasar desapercibida, oculta tras la máscara del humor. A Eloísa le entraron ganas de darse la vuelta, de devolver los golpes, de aplastar las caras de todos aquellos gilipollas. Pero un día más, el miedo le tapó la boca a la rabia. Un día más, se conformaría con seguir creando en su mente violentas venganzas que nunca llevaría a cabo. Sin decir nada, se dirigió hacia el fondo de la habitación mientras la vergüenza la obligaba a avanzar a empellones. Allí la esperaban apiñadas las otras tres mujeres asignadas a su grupo operativo. Un espacio seguro. El círculo de caravanas protegiéndose del ataque de los salvajes. La recibieron posando las manos sobre sus hombros. El sanador contacto humano, más eficaz que cualquier palabra de consuelo vacía.

En la pared descascarillada, el reloj se disponía a ponerse serio, formando el ángulo recto que marcaba las nueve en punto. La hora de la reunión en la comisaría de Moratalaz, donde a los agentes se les daría instrucciones antes de que comenzase su turno, a las diez de la noche. Pero aquella no era una reunión normal. Se podía escuchar la tensión zumbando en el ambiente. El avispero estaba nervioso. Los uniformes azules, con el perfil del águila en el brazo derecho, aguardaban la llegada de Barrajón, el inspector jefe de la Unidad de Prevención y Reacción de la Policía Nacional, más conocidos como los Bronce. Y eso solo podía significar una cosa: problemas. Algo había pasado. Algo malo. Las botas golpeaban rítmicamente el suelo. Los dedos tamborileaban sobre las mesas. Las mandíbulas hacían rechinar los dientes. Desde el techo, el tubo fluorescente seguía mofándose de Eloísa con su insoportable tic.

La entrada del inspector jefe Barrajón en la sala provocó la automática puesta en pie de los agentes. Con un gesto despectivo de su mano les ordenó que se sentaran. La figura achaparrada y vulgar del hombre restaba marcialidad a su uniforme de policía, convirtiéndolo en el mono azul de un mecánico de barrio. Rondaba los sesenta. Bigote arcaico que no podía ocultar el eterno gesto de asco de su boca. Calva surcada por un diminuto oleaje de pliegues que embestían contra los diques de sus cejas. Un hombre de otra época, de otro tiempo. Eternamente cabreado con el mundo. Por haber cambiado. Por ir tan deprisa. Por dejarlo atrás. Comenzó a hablar desde el atril ahorrándose la cortesía hipócrita de dar las buenas noches.

—Agentes, los he reunido hoy aquí para hablarles de mi padre —dijo asintiendo con teatralidad—. Sí, sí, no pongan esa cara. Aunque les sorprenda, yo también tuve un padre. Y, a diferencia de alguno de ustedes, sé quién era.

Los pelotas le rieron la gracia. Error. El inspector jefe alzó la vista. El queroseno de su mirada calcinó las carcajadas. No había sitio para las bromas en la sala de reuniones. Ese día no.

—Y quería hablarles de mi padre porque en las últimas horas no he dejado de acordarme de él. Continuamente. Con machacona insistencia. Mi padre era un hombre bueno. Un hombre honesto y justo. Por eso me siento mal conmigo mismo. Porque desde ayer noche me he cagado en mi padre veintitrés, cuarenta y nueve, sesenta y siete veces. ¿Y saben por qué? ¡Por su culpa! ¡Por su puta culpa!

La sala de reuniones fue engullida de un bocado por la inmensa boca del silencio.

—Ayer noche, en lo que debía ser una intervención rutinaria —continuó Barrajón—, una de nuestras agentes, recalco el «una» y lo subrayo en rojo, se dejó reducir por un sospechoso. ¡Un carterista de mierda que no tenía ni media hostia consiguió agarrar por el cuello a una Bronce armada y entrenada!

Elena, la agente sentada junto a Eloísa, comenzó a hacerse pequeña, como si se desinflase atravesada por las puntiagudas miradas de sus compañeros.

—Pero esperen, que la cosa no acaba aquí, ¡qué va! El final es aún más sonrojante. Cuando nuestra aguerrida compañera estaba a punto de perder el conocimiento víctima del mataleón que le aplicaba el carterista, un arrojado ciudadano salió en su defensa. Y no solo consiguió liberarla de la llave, no, no. En un alarde sin precedentes, también logró inmovilizar al puto *mangui*. Impresionante, ¿verdad? ¿A que no adivinan quién era nuestro misterioso héroe anónimo? Un guardia civil fuera de servicio. ¡Un puto guardia civil! ¡Me cago en mi padre! ¡Me cago en mi padre y en todo mi árbol genealógico sin dejarme ni una rama, joder!

El silencio ensordecedor se convirtió en un pitido constante dentro de la cabeza de los agentes.

—¿Escuchan eso? —preguntó Barrajón, haciendo pantalla con la mano sobre uno de sus oídos—. ¿No lo oyen? Son las carcajadas de los cabrones de la Benemérita descojonándose de nosotros. Llevo escuchándolas desde ayer. ¡Y esas putas risas me resuenan en las tripas! ¡En la cabeza! ¡En los cojooones!

Con la apoplejía dibujada en el rostro, el inspector jefe boqueaba en busca de aliento al tiempo que daba dentelladas al aire.

—Algunos de ustedes recordarán cómo se denominaba este grupo en los buenos tiempos. Nos llamábamos Centauros. ¿Saben por qué elegimos ese nombre? Porque, como la criatura mitológica, éramos guerreros. Fuertes y rápidos. Siempre dispuestos para la batalla diaria. Pero a los de arriba les pareció que sonaba demasiado... violento, demasiado amenazador para una policía moderna y dialogante. ¡Dialogante! ¡Ahora resulta que nuestro trabajo consiste en dar conversación a los delincuentes! ¡Tócate los huevos! Putos tiempos de maricones... Sí, coño, sí. ¡Qué cara de susto ponen algunos! He dicho «maricones». ¿Qué pasa? ¿No les ha quedado claro? ¿Quieren que lo repita otra vez? MARICONES. TIEMPOS DE MA-RI-CO-NES. Están tan acostumbrados a vivir rodeados de mentiras que cuando escuchan la verdad les parece un insulto. Época de mierda. ¡Ustedes no son una generación, son una degeneración! Sin honor, sin principios. Todo prejuicios. Los derechos para mí, las obligaciones para los demás. ¡Qué blanditos son! Y luego pasa lo que pasa. ¿No les gusta cómo hablo? ¿Mi forma de expresarme les ofende? ¡Me suda la polla! ¿Queda claro? Y me importa tres cojones que algún *pandereta* grabe mis palabras y les vaya con el cuento a los de arriba. No sería el primero. Otros ya lo intentaron antes. Vender a un superior acusándole de cometer los pecados de moda: machismo, racismo, homofobia, violencia verbal..., el mejor atajo hacia un ascenso. Déjenme que les dé un consejo: nunca me van a echar por mucha mierda que salga de mi boca. ¿Y saben por qué? Porque aunque los jefes hagan creer a los ciudadanos que viven en Disneylandia, saben que hay lobos ahí fuera. Cada vez más grandes. Cada vez más hambrientos. Y se están agrupando. Ustedes y yo los oímos aullar todas las noches, en las calles. Y para que no ataquen a las pobres ovejitas necesitan perros de presa. No vaya a ser que al rebaño le dé por cambiar el sentido de su voto. Por eso no les importa que el perro de presa ladre. Lo que de verdad les interesa es que muerda. Y yo muerdo.

Barrajón dejó que su mirada se paseara despacio por toda la sala, un arma apuntando a un grupo de rehenes.

—Lo que sucedió ayer noche es motivo de vergüenza para los que sientan este uniforme; al resto, los que se hicieron policías para tener un trabajo fijo, solo puedo dedicarles mi más sincero desprecio. Cedo la palabra al inspector Uceda, que les dará las indicaciones necesarias sobre el operativo de esta noche.

—Muchas gracias, inspector jefe. Le garantizo que algo así no volverá a repetirse. Tiene mi promesa —dijo algo azorado el jefe de grupo mientras ocupaba el atril.

Barrajón abandonó la sala cabizbajo ignorando sus palabras.

—Continuamos porque el trabajo sigue. Esta noche nuestro objetivo es El Edén Tropical, un bar situado en el distrito de Tetuán. Se trata de uno de los centros de reunión de los Dominicans Don't Play, según la Brigada de Información. Como sabrán, los DDP han estado muy activos estos últimos meses. Hemos registrado no menos de seis ataques a miembros de los Trinitarios, sus rivales en la zona. Y ya sabemos lo que eso significa. Habrá respuesta. Hay que evitar a toda costa una escalada de agresiones. Los de arriba no quieren leer titulares que incluyan las palabras «guerra entre bandas latinas», ¿queda claro? Tenemos que demostrarles que nosotros somos los reyes de la ciudad. Acción-reacción. Si tú te mueves, yo golpeo. Esta noche realizaremos una redada preventiva en el local, a ver qué encontramos. Recuerden: esa gente solo entiende un idioma. La «p» con la «a», «pa»; la «l» con la «o», «lo». Y si lo leemos todo junto suena...

—Paaa-looo —gritaron los policías a coro.

—El lenguaje internacional que todo el mundo comprende. Más útil que el esperanto —continuó Uceda—. El objetivo: que sientan nuestro aliento en la nuca. Que sepan que estamos ahí, vigilándolos. Siempre.

3

En la cafetería, los agentes apuraban los últimos minutos antes de que comenzase el turno. Sus voces formando un infranqueable muro sonoro. Cafés y Red Bull para mantenerse despiertos, alerta, tensos, con su versión en polvo dentro del cuarto de baño. Eloísa y el resto de las mujeres Bronce ocupaban una mesa al fondo del local, un poco apartadas del resto. Las palabras del inspector jefe aún les enrojecían la cara como bofetadas.

—Está claro que Barrajón me la tiene jurada. Es mejor que me vaya haciendo a la idea de pedir el traslado. Que me metan en una oficina calentita o en alguna comisaría haciendo DNI —dijo Elena con la mirada perdida mientras acunaba su taza de café con ambas manos—. Y que les den a los putos Bronce.

—No hagas caso a ese gilipollas. Es un machista de mierda. Lo de la otra noche le podía haber pasado a cualquiera y lo sabes —respondió Eloísa tratando de animarla.

—Pero me pasó a mí. ¡A mí! Y no me lo van a perdonar. ¿Es que no habéis visto cómo me miran nuestros queridos «compañeros»? —dijo Elena dibujando unas comillas en el aire.

En ese momento, Eloísa se fijó en la mesa de al lado. Un grupo de agentes se reían mientras observaban en el teléfono de uno de ellos un vídeo donde la policía estadounidense abatía a un hombre negro armado con un hacha.

—Le tenía que haber roto la cara al puto carterista en cuanto lo tuve delante. Sin más —continuó Elena alterada—. Siempre te hacen trabajar con el freno de mano puesto. No vaya a ser que te acusen de violencia policial. Si te pasas, eres una loca que quiere igualarse a sus compañeros varones a hostias; y si no llegas, significa que no vales para estar en la calle porque te falta agresividad. ¡Anda y que les den! ¡Que les den a todos los putos Cuerpos y Fuerzas de Seguridad del Estado! ¡Y que les sigan dando!

—Deberías haberte pedido la baja por ansiedad

—intervino otra de las mujeres policías sentadas a la mesa.

—¡Lo que me faltaba! No solo quedo como una incompetente, sino que además reconozco delante de todos que soy una acojonada. No, esto no se soluciona con un psicólogo y unas pastillas para atontarme. Abandono. Punto final. Pido el traslado y en paz. Además, dejar de ser una Bronce no es el fin del mundo. Si lo pienso, hasta puede que sea mejor. Se acabó eso de vivir con el horario de los vampiros. Volveré a trabajar de día y a dormir por las noches, como las personas normales. Pero ¿a qué vienen esas caras? Es solo curro. Hay cosas mucho más importantes en la vida. Mira si no lo que le ha pasado a Eloísa. Por cierto, ¿cómo lo llevas? ¿Has vuelto a saber algo de Santiago?

Santiago.

El hijo de puta de Santiago.

Eloísa sintió cómo la bofetada le estallaba en la cara al escuchar ese nombre. No, no había vuelto a hablar con él desde que se marchó de casa. Desde que terminó con ella tras cinco años de relación. Desde que la abandonó para largarse con un hombre. Y no, tampoco quería hablar del tema. La ruptura se había convertido en la nueva munición con la que mofarse de Eloísa. Balas explosivas que ningún chaleco podía neutralizar. «El novio de la Tkachenko la ha dejado por un tío. ¿Es que no se había dado cuenta de que ya estaba con uno?», «El novio de la Tkachenko se ha buscado a uno mucho más femenino que ella», «La Tkachenko es demasiado hombre hasta para un gay». Alambre de espino, sentía que a su alrededor no dejaba de crecer alambre de espino en el que siempre acababa enredada.

—Bien, estoy bien —mintió. Las mentiras son el papel burbuja con el que nos envolvemos para que nada nos haga daño, para que nada nos rompa. Peligro, material frágil. Por eso, la persona a la que más mentimos al cabo del día es a nosotros mismos.

—Lo que te ha pasado es muy heavy, tía —dijo Elena, satisfecha por haber conseguido dejar de ser el centro de la conversación—. Admiro la forma en que lo estás llevando. De verdad. Yo no sé cómo reaccionaría si me sucediera algo así. Porque, vamos, una cosa es que te dejen, que eso le puede ocurrir a cualquiera. Pero que encima te diga que se ha dado cuenta de que es homosexual, después de cinco años...

—Voy a por otro café. ¿Queréis algo? —anunció Eloísa poniéndose en pie con brusquedad.

Necesitaba huir, escapar, salir de allí. Necesitaba dejar de sufrir. Necesitaba alejarse del dolor.

Rostros azules. Irreales. Tintados intermitentemente por los rotativos de los coches patrulla. Figuras contra la pared. Gorras de béisbol. Camisetas sin mangas, de baloncesto. Pantalones anchos, caídos. Patadas en las deportivas para que abrieran bien las piernas. Cacheo. Documentación. «Sacaos todo lo que llevéis encima. ¿Esto es suyo, caballero? ¿No? ¿Y entonces cómo es que lo he encontrado dentro de su bolsillo?». La noche era azul. Azul policía.

La redada en El Edén Tropical se desarrollaba sin incidentes. Los agentes sacaban a la calle uno por uno a todos los clientes del bar para cachearlos y comprobar sus antecedentes. Bolsitas con pequeñas cantidades de coca y marihuana iban cayendo a sus pies. En los cuellos abundaban collares con los colores de la bandera dominicana. Eloísa tenía la misión de controlar a las escasas mujeres que se encontraban en el local durante la intervención, manteniéndolas juntas, apartadas de los hombres a un lado de la acera. Hubiera preferido jugar un papel más activo en la redada y que alguno de los pandilleros se le pusiera chulo. El cuerpo le pedía acción. El recuerdo de Santiago, su particular lanza en el costado, continuaba supurando. Eloísa necesitaba compartir su dolor. Preferiblemente, en pequeñas porciones del tamaño de una hostia bien dada. De momento, tendría que conformarse con ver el miedo atrincherado tras las miradas de odio de todas aquellas chicas. Los insultos entre dientes, los esputos arrojados al suelo con desprecio... No se atreverían a nada más. Porque Eloísa, con su uniforme, la placa y el arma reglamentaria, era la representación física de la violencia legal, impune. Y le encantaba esa sensación. Dar miedo. Despertar temor. Dime algo que no me guste, haz algo que no me cuadre y sentirás cómo cae sobre ti todo el peso de la ley. El eufemismo la hizo reír, el peso de la ley. La traducción al idioma de la calle: te voy a dar tantas hostias que te vas a mear encima. Una de las mujeres alzó el dedo corazón delante de su cara. Solo tuvo que ponerle los ojos encima para que corriera a esconderse entre el resto del grupo.

«Chica lista», pensó Eloísa.

En ese momento, uno de sus compañeros salió por la puerta del bar con dos machetes de grandes dimensiones.

—¿Y esto para qué lo querías? ¿Para cortar caña de azúcar?

Los que estaban contra la pared se rieron. Algunos Bronce se acercaron para estudiar las armas requisadas más de cerca, descuidando la vigilancia de los sospechosos. Fue entonces cuando Eloísa detectó algo a su izquierda, un movimiento en su visión periférica. La figura se desplazaba muy despacio. Uno de los DDP que habían cacheado trataba de separarse del resto reptando por la pared poco a poco, como un mimo, acercándose a una esquina.

—¡Eh, tú, Marcel Marceau! ¡¿Adónde te crees que vas?!

Al verse descubierto, el pandillero echó a correr. Eloísa no lo dudó. En dos zancadas alcanzó la esquina y se lanzó a perseguirlo. El tipo era fibroso, con uno de esos cuerpos que parecen de goma. Sus aceleradas piernas apenas tocaban el suelo. A medida que avanzaba, su figura se iba haciendo cada vez más pequeña ante los ojos de la agente. Si no hacía algo estaba claro que escaparía. A la carrera, extrajo la defensa de su cinturón y la lanzó a ras del suelo contra el sospechoso. Las piernas del pandillero trastabillaron con la porra y le hicieron perder el equilibrio. El asfalto lo recibió con los brazos abiertos. Al tratar de incorporarse, sintió la llegada de la rodilla de Eloísa contra su espalda. Y tras ella sus casi cien kilos. En un instante, las bocas de los grilletes se cerraron en torno a sus muñecas.

—«Una piedra en el camino me enseñó que mi destino era rodar y rodar». ¿No te sabes la canción, gilipollas? —le dijo la policía poniéndolo en pie.

Cuando estuvieron cara a cara, el tipo le dedicó una sonrisa desafiante. Ironía mezclada con desprecio.

—Anda *pa'l* carajo, *culichumba*. Pero ¿qué mierdas eres tú, un hombre o una mujer?

El placentero hormigueo recorrió la espalda y los abultados hombros de Eloísa. Notó cómo la adrenalina comenzaba a subírsele a la cabeza, desconectando cables morales, apagando líneas rojas.

—¿Qué pasa? ¿No lo tienes claro? ¿Quieres que te enseñe lo que es un macho de verdad? ¿Por eso me has venido detrás, pendeja? Bájame los pantalones, puta, y te resuelvo todas las dudas.

La rabia es una rata encerrada que siempre encuentra la forma de salir del laberinto. Eloísa recuperó la porra del suelo. El cuero con el que estaba forrada crepitó al sentir su puño cerrándose en torno a él. La sonrisa del pandillero se hizo añicos con el primer golpe. El segundo le abrió una boca en la ceja. El tercero le partió la nariz. La rata de Eloísa había encontrado la forma de escapar. Un golpe más, y otro, y otro. El metrónomo de la violencia marcando su ritmo cruel. El tipo cayó al suelo. Los rasgos de su rostro borrados bajo un empaste de distintos tonos de rojo. Jirones de piel ondeando en las mejillas como inútiles banderas de rendición. La cara convertida en una masa de protuberancias en carne viva. O en carne muerta.

—¡No necesito que me ayude ningún guardia civil! ¡¿Quién es ahora la Tkachenko?! Por eso no querías tener hijos, ¿verdad? ¡Porque eras un maricón de mierda!

Golpes. Y más golpes. Vengativos, liberadores, analgésicos. Haciendo trizas cada insulto, cada agravio, cada humillación. Carne viva, carne muerta. Pequeñas salpicaduras encarnadas aparecieron en el protector facial transparente del casco. No supo cuánto tiempo pasó hasta que llegaron sus compañeros. Solo sintió que unos brazos la inmovilizaban tirando de ella para sacarla de allí. Al fin, la rata de Eloísa corría libre por las calles. Las carcajadas resonaban dentro de su casco como las campanas de una catedral mientras mantenía la mirada clavada en el cuerpo tirado en el suelo. Eloísa no entendía nada. Solo sabía que en ese momento se sentía feliz.

Las toallitas húmedas adquirían un infantil tono rosado. Después de usarlas, Eloísa las depositaba a su lado, formando una pequeña montaña amorfa. Estaba sentada en un banco de metal, en el vestuario femenino de la comisaría de Moratalaz, empeñada en limpiar su porra. Pero por más que frotaba y frotaba la defensa con aquellas toallitas empapadas en alcohol, los restos de sangre no desaparecían. Siempre había más. Manchas convertidas en remordimientos para que no olvidara su pecado. Aunque no se arrepintiera.

Tras la redada todo a su alrededor se había convertido en silencio. Un silencio denso, palpable, ese que solo genera el vacío. Sus compañeros no le dirigieron la palabra durante el camino de regreso a la comisaría. Alguna palmada de ánimo en la espalda, alguna mirada de solidaridad. Pero nada más. Solo silencio. Dos enormes dedos introducidos en sus oídos. Para aislarla. Para que no pudiera escuchar nada. Tan solo sus propios gritos internos. Esos que llevaban años sonando, esos que no importaban a nadie.

Frotó con obsesión histérica la superficie de la porra. Había algo incrustado en el arma. Un objeto pequeño y duro. Lo extrajo con dificultad haciendo palanca con las uñas. Cuando lo alzó para acercarlo a sus ojos descubrió que era un diente.

En ese instante sonaron unos golpes en la puerta.

—Eloísa, ¿está ahí? Soy el inspector jefe Barrajón. Necesito que hablemos. ¿Puede salir un momento?

Casi agradeció aquella interrupción, a pesar de las consecuencias que podía traer consigo. Al menos la liberaría del insoportable clamor del silencio. Se sintió algo estúpida, como el insecto que es feliz porque lo sacan del tarro vacío sin saber que lo hacen para clavarlo en un alfiler. Se puso en pie y salió al pasillo de la comisaría, donde el mando la esperaba. Mejor afrontar las consecuencias cuanto antes.

—Señor, lamento mucho lo que ha sucedido esta noche. He perdido la cabeza. No sé qué me ha pasado...

El inspector jefe levantó la palma de la mano para que cerrase la boca.

—La de esta noche ha sido una intervención ejemplar. Limpia, eficaz y a la vez punitiva. Así deberían ser todas. Tres detenidos, drogas requisadas, armas incautadas..., usted y sus compañeros han estado de diez.

Eloísa balbuceaba tratando de replicar.

—Sabe tan bien como yo que después de una operación de este tipo suele haber represalias entre los miembros de las bandas —continuó el inspector jefe—. Imaginan que alguien de dentro nos ha avisado y se echan las culpas unos a otros del chivatazo. No me extrañaría que en unas horas apareciera el cuerpo de alguno de esos infelices por ahí tirado. ¿Eso le supone algún problema?

—No, ninguno —respondió Eloísa sin dudar.

—Me alegra escucharla. Esa gente son animales. Animales salvajes. Y solo hay una forma de que los animales salvajes vivan con los seres humanos, y es encerrados en el zoo.

Barrajón posó sus manos en los brazos de Eloísa mirándola a los ojos.

—Es usted una agente excelente. Y esta noche lo único que ha hecho ha sido demostrarlo. ¿Está claro?

—Sí, señor.

—Sé que usted y sus compañeras piensan que vivo en la cueva del heteropatriarcado y que me visto con pieles. Toda esa sandez de la masculinidad tóxica y no sé cuántos nuevos palabros pseudofeministas más. Pero no es así, cuando los miro, yo no veo hombres o mujeres, solo veo agentes.

Un puto troglodita. Sí, eso era exactamente lo que Eloísa pensaba que era Barrajón. Pero no iba a ser tan estúpida como para reconocérselo a la cara. Y menos en aquel momento, cuando el inspector jefe acababa de esparcir los polvos mágicos que habían conseguido hacer desaparecer sus problemas.

—Voy a lamentar mucho su marcha. En realidad, ese era el verdadero motivo por el que quería hablar con usted. Parece que su solicitud de traslado al Departamento de Homicidios de la Jefatura Superior ha sido aceptada con carácter inmediato. Mañana recibirá la documentación oficial. Imagino que tengo que darle la enhorabuena.

—¿Qué? —Eloísa no se lo podía creer. Hacía menos de un año que había pedido el ingreso sin muchas esperanzas. Todo el mundo sabía lo complicado que resultaba ser admitido en Homicidios si no contabas con un padrino dentro. Y ella no conocía a nadie.

—Ya me ha oído. Pasará a formar parte del Grupo V, el que dirige la loca esa que va de superpolicía.

¡La inspectora Valle! ¡Iba a trabajar con la inspectora Charo Valle! Esa mujer era una leyenda dentro del Cuerpo. Su grupo llevaba años manteniendo un porcentaje de casos resueltos del 97 por ciento. Por eso, entre los agentes se la conocía como Wonder Woman. Y también por eso, como solía ser costumbre dentro del Cuerpo, las ortigas de la envidia brotaban cuando se pronunciaba su nombre. Y no eran pocos los que las regaban todos los días.

—¿Es cierto eso que cuentan de ella? ¿Lo de que mandó a prisión a su propio marido por estar metido en una red de pornografía infantil? —preguntó Eloísa sin poder disimular su entusiasmo.

Algo contrajo los rasgos del rostro de Barrajón. La mano interna de un ventrílocuo deformando el rostro del muñeco, volviéndolo monstruoso aunque fuera solo por un instante.

—En una ocasión, por mi cumpleaños, mi padre me trajo un enorme regalo envuelto en papel brillante y adornado con un gran lazo azul —dijo el inspector jefe—. Lo recuerdo como si fuera ayer. Por aquel entonces, la situación económica de mi familia no se podía calificar de boyante. Por eso estaba tan emocionado con aquel regalo. Era tan grande y bonito que apenas podía creer que fuese para mí. Por más que lo intentaba, no podía imaginar qué podía haber dentro. Tal vez una bicicleta, o un tren eléctrico, o quizá un balancín con forma de caballo. Fuera lo que fuese seguro que sería algo magnífico. Comencé a desenvolver el regalo con ansia. Arranqué el papel y el lazo hasta encontrar una caja de cartón muy grande. Sin poder resistir por más tiempo, levanté la tapa. Y descubrí... que estaba vacía.

»"No hay ningún regalo", dije al borde de las lágrimas.

»"Sí, sí que lo hay. Pero es intangible, por eso no lo ves. Se trata de una lección que nunca olvidarás. Las mayores decepciones siempre nos llegan envueltas en los papeles más vistosos. Esta enseñanza es el verdadero regalo", me respondió. Yo acababa de cumplir nueve años. Mi padre tenía razón, nunca lo he olvidado. Y espero que usted tampoco lo haga. Le vendrá bien allá adonde va. Aunque, si le soy sincero, en ese momento también se inició en mí una costumbre que perdura hasta hoy en día, como he dado muestras en la reunión de antes. Aquel día comencé a cagarme en mi padre.

Eloísa no pudo contener la risa. Y Barrajón se contagió.

—Buena suerte en su nuevo destino, le hará falta. ¡Ah!, y si necesita algo de esta reliquia del pasado, no dude en hablar conmigo.

Cuando se quedó sola, Eloísa regresó al vestuario de mujeres. Aún se notaba aturdida por la noticia. En un momento había pasado de estar despedida, incluso acusada de brutalidad policial, a formar parte de la élite del CNP, lista para trabajar con la mejor inspectora del Cuerpo. Caída en barrena para remontar el vuelo hasta ascender a lo más alto. Demasiada aceleración. Visión negra y mareos provocados por la fuerza G. Se dirigió al cuarto de baño. Abrió el grifo del lavabo y se refrescó varias veces la cara. Necesitaba despejarse. Al contemplarse en el espejo, descubrió una sonrisa ocupando todo su rostro. Entonces se percató de que había algo sobre la pila de porcelana. Era el diente. Sin pensar, volvió a cogerlo y lo arrojó al inodoro. Después, tiró de la cadena.

4

Era un día gris. Como todos. Completando una semana gris. Un mes gris. Un año gris. Una vida gris.

La boca del metro nos escupe a la calle como gargajos. Soy un salivazo más. Uno de los miles y miles de ceros a la izquierda que se extienden por la ciudad fantasma en la diáspora matutina. Soy otro payaso con la sonrisa pintada para simular ser feliz. Soy el hámster dando vueltas en la rueda para olvidar que está en una jaula. Soy una mancha gris, como el resto. Solo somos manchas grises en las páginas blancas de la historia.

Me uno al torrente de zombis de la cafeína que deambulan con sus vasos de cartón en la mano, apurados por llegar tarde al trabajo. Están por todas partes. Adictos desesperados sorbiendo su dosis despabilante. La cafeína es la droga de la clase obrera. Nos mantiene despiertos y obedientes. Yonquis del empujón anímico que necesitamos cada mañana. Los ojos abiertos, la mente cerrada. Rendir, no rendirse. La pereza está proscrita en la sociedad de consumo.

Tomarte un café en tu cocina o sentada en una cafetería ya no está de moda, ya no es cool, ya no es guay. Pierdes tiempo productivo. Lo guay es bebértelo en el metro camino de la oficina, o en el coche durante el atasco, o delante de tu ordenador. Parecer agobiada es tendencia. Tener prisa resulta sexy. Es lo que hacen los protagonistas de *Friends*, o las protagonistas de *Sexo en Nueva York*. Pero nosotros nunca seremos protagonistas de nada. Somos los actores secundarios de la existencia de otros, de la gente con vidas que en realidad importan. Restos de saldo que nunca ocuparán el escaparate. De nuestros cuellos cuelgan etiquetas con el precio rebajado.

A mí también me gustaría parecer una mujer sofisticadamente ocupada, aunque solo sea por la forma en que tomo café, pero ni siquiera me puedo permitir ese disfraz. El Starbucks es demasiado caro para mí. Así que me administro mi dosis de cafeína en casa. En una taza grande. Con leche entera. Muy proletario. Totalmente demodé. Pero lo necesito. El café consigue que me levante de la cama sin preguntarme por qué.

El primer piso que me toca limpiar está situado en los aledaños pijos de la Gran Vía. Una zona que las agencias inmobiliarias bautizaron como TriBall sin éxito, en un intento de *manhattizar* la calle Ballesta con sus putas y su mugre. Así pueden vender las viviendas por precios imposibles a gilipollas con ínfulas. El piso en cuestión es un espacio diáfano al que le faltan metros cuadrados para ser considerado un loft, por mucho que sus dueños se empeñen en denominarlo así. Son una pareja de mundanos e hiperactivos gais que me tratan con ese formalismo ortopédico, claramente condescendiente, que la gente progresista utiliza con la clase baja para demostrarles, sin conseguirlo, que no los consideran clase baja. Se sienten culpables por tener dinero, pero no tanto como para pagarme un sueldo digno. Con preguntarme por mi familia de vez en cuando y quejarnos juntos de lo mal que funciona la sanidad pública es suficiente. Cada vez que vengo a limpiar su piso, tanto el uno como el otro me siguen por toda la casa repitiéndome una y otra vez lo que tengo que hacer. Me hablan despacio, mirándome a los ojos para cerciorarse de que he entendido todas sus indicaciones. Dan por hecho que si tengo un trabajo de mierda es porque soy imbécil.

—El sofá de piel se limpia con una gamuza húmeda.

—Sí, señor. Ya lo sé.

—Utiliza el ambientador morado. Nos gusta que la casa huela a lavanda.

—Sí, señor. Como siempre.

Existen muchas maneras de llamarte idiota a la cara. Hay quien prefiere hacerlo de forma directa y quien utiliza métodos más retorcidos, sin pronunciar de modo explícito el insulto y con tono suave, pero todas duelen igual. Bueno, quizá esta última un poco más, porque en cierto sentido es como si te llamaran idiota dos veces: la primera diciéndote lo mismo una y otra vez, y la segunda, al pensar que no te das cuenta de que te están tratando como a una enana mental.

Después de hacerme pasar por la humillación cotidiana de las repeticiones (llevo más de un año trabajando en su casa), la pareja desayuna un tazón de copos de avena con leche de soja mientras ven las primeras noticias del día en su televisión de cincuenta pulgadas. De un tiempo a esta parte, la inmensa mayoría de los hogares en los que trabajo se han visto afectados por un curioso fenómeno, a saber: el gigantismo que sufren los aparatos de televisión en los salones es directamente proporcional a la desaparición de los libros. No es que me queje. Limpiar estanterías llenas de volúmenes es un engorro. Pero observando esas obras uno podía hacerse una idea de cómo eran los dueños de la vivienda. Si les gustaba la novela negra, los clásicos, si leían poesía o si eran unos eruditos a los que solo les interesaban los ensayos. Ahora, en cambio, la diferencia entre una familia y otra se mide en pulgadas de pantalla. Capacidad adquisitiva versus capacidad intelectual.

Tras el desayuno, la pareja se dispone a salir hacia sus respectivos trabajos con sus bicicletas, sus mochilas de diseño y sus tazas térmicas marca Nespresso (también hay clases entre los yonquis del café). Antes de abandonar el piso, indefectiblemente, uno de ellos me grita:

—¡Isabel, no te olvides de cerrar la puerta cuando te vayas!

Me pregunto por qué lo hacen. ¿De verdad creen

que si no me lo recuerdan dejaré la puerta de la vivienda abierta de par en par al marcharme? No sé de dónde les nace esta inquietud. En el tiempo que llevo trabajando con ellos siempre la han encontrado cerrada al volver a casa. Y, sin embargo, todos los días me repiten lo mismo. Supongo que es una forma de demostrarme la confianza que tienen en mí y en mis capacidades.

Pongo un tapón extra de amoniaco en el agua de fregar para compensar la rutinaria vejación. Es lo que suelo hacer en estos casos, venganzas insignificantes que equilibren la balanza. Pero, sin saber muy bien por qué, esta vez no funciona. La sensación de sentirme humillada me sigue corroyendo las tripas a medida que avanza la mañana. Una carga de profundidad que solo explota al llegar al fondo. Y no sé cómo librarme de esa comezón. Trato de sacármela de la cabeza, de pensar en otra cosa. Pero es como si soplase una brasa y, en vez de apagarlo, solo consigo que el fuego crezca en mi interior. Lo mejor es que me concentre en el trabajo. Total, qué otra cosa puedo hacer. Qué más da, una nueva ofensa más o menos. El tiempo hará que lo olvide, como sucede siempre. El tiempo es como el amoniaco, acaba con toda la suciedad.

En el autobús, camino de la siguiente casa que debo limpiar, aún siento una ligera quemazón de indignación. El odio ya remite. Aunque me doy cuenta de que se está acumulando dentro de mí. No desaparece, solo se esconde. Aguardando. Sumando deudas en la columna de mi ego que nunca se pagarán. Mi autoestima está en números rojos.

Miro por la ventana mientras muerdo un bocadillo de pan gomoso envuelto en papel de plata, recordando el tiempo en que me podía permitir el menú del día de un restaurante. Ahora eso se ha convertido en un lujo. La gente gris va con sus táperes al trabajo. La gente gris come en cualquier rincón. Tirada en el suelo como desperdicios.

5

—Ten cuidado con las figuritas, por lo que más quieras. Valen más de lo que vas a ganar en toda tu vida limpiando casas.

La señora Juana es una anciana de setenta años con aires de grandeza. Le gusta supervisarme mientras saco brillo a las porcelanas de Lladró subida a una escalera. Son su tesoro más preciado: una colección de estatuillas angustiosamente infantiles y cursis que ha ido acumulando con los años. Cada vez que las limpio tengo que reprimir el deseo secreto de que alguna se me resbale de las manos y así experimentar el placer liberador de verla hacerse añicos contra el suelo. Algo que ella parece adivinar.

—¡Qué bien que seas española! No sabes lo que era tener a una de esas sudamericanas en casa. Primero que no las entendía, con esa forma que tienen de hablar el castellano, como si absorbieran las palabras. Parece que les falten dientes. Y luego lo torpes que son. Están aleladas. No sé si es por falta de ganas o de riego. ¿Tú crees que eso lo da la raza? —me pregunta sin pudor.

Las muestras de este racismo soft, de baja intensidad, son bastante habituales entre mis empleadores. No dudan en exhibirlas sin complejos delante de mí. Para ellos constituye un halago hacerme saber que me prefieren por mi nacionalidad o la tonalidad de mi piel antes que a mis compañeras extranjeras. Una demostración de estatus, igual que poseer un perro de raza. Siempre que haga el trabajo por el mismo dinero que ellas, claro.

—¿Te he contado que mi hija se ha comprado una casa en Menorca? Está frente al mar...

Cada vez que me toca trabajar en casa de la señora Juana tengo que tragarme el recopilatorio completo de los grandes éxitos de su hija. Marido atractivo y bien posicionado, hijos guapos y con buenas notas... Una vida superlativa: cochazo, chaletazo, sueldazo. Acaparadores de felicidad que no dejan nada para los demás.

—Me dijiste que tenías su misma edad, ¿verdad? Bueno, ella se conserva mucho mejor que tú.

—Voy a hacerle la compra antes de que se me haga tarde —le digo, bajando de la escalera.

Necesito escabullirme, perderla de vista un rato. Cualquier otro día la hubiera disculpado, achacando esos comentarios al orgullo de madre, como hago siempre. Pero hoy no, hoy no puedo. Hoy siento que sus palabras pueden romperme, como pequeñas chinas arrojadas contra el cristal de mi amor propio. Las llamas de la humillación continúan danzando en mis tripas. Y la idea de que todo se queme cada vez me parece más atractiva.

Regreso cargada con las bolsas del supermercado. Dentro del portal, me encuentro a la del tercero B esperando el ascensor frente a la puerta metálica. Es una mujer esbelta, de unos cincuenta años largos, rígida y bien conservada, como una salazón. La mirada rapaz de los que observan a las criaturas a ras del suelo desde las alturas distantes. Le doy los buenos días y a cambio solo recibo el alzamiento de una ceja.

—El ascensor solo lo pueden utilizar los propietarios. El lugar del servicio es el montacargas —me suelta desde la atalaya de su orgullo.

Compruebo con la mirada que el cartel donde se indica que el montacargas está averiado continúa pegado en la puerta. Lleva meses así.

—Es que no funciona —alego suplicante.

—¿Y? ¿Eso significa que ya no hay que cumplir las normas? Si está estropeado, utilice las escaleras, que para eso están —responde sin mirarme.

Hija de puta, asquerosa, mal follada... Un insulto por cada peldaño que asciendo. El dolor me roe las rodillas con ferocidad. Por fin llego hasta el cuarto piso, tratando de tragarme mi maltrecho orgullo. Lo mastico y lo trituro. Pero esta vez no puedo, se me queda en la boca como una pasta agria, una bola viscosa, negándose a bajar por el esófago.

La señora Juana me abre la puerta. Camino cargada con las bolsas hasta la cocina, donde comienzo a meter la comida en la nevera. Las pequeñas arañas del dolor muerden mis rótulas tras subir con la compra los cuatro pisos.

—¿Lo has traído todo? —consulta siguiendo mis pasos.

Otra pregunta tonta. A veces tengo la impresión de pasarme la vida respondiendo preguntas tontas, obviedades, reiteraciones.

—Sí, claro. Para eso me ha dado una lista.

—Ay, hija. No te pongas así, que no se te puede decir nada.

Y sale de la cocina refunfuñando. Arrastra sus pies de anciana por el pasillo. El desagradable siseo que producen sus pantuflas me resulta insufrible.

—Voy a salir —me grita desde alguna parte de la casa—. He quedado con mi amiga Carmina y con su hija para tomar algo. La niña acaba de regresar de Estados Unidos, ya te conté que está haciendo la carrera allí, ¿verdad? Por cierto, ¿cómo están tus hijos?

—Bien —respondo precavida.

—¿Qué tal van en los estudios? ¿Siguen sacando malas notas? Deberías ponerte seria con ellos. No pretenderán acabar limpiando pisos como su madre. Entiéndeme, Isabel, es un trabajo tan digno como otro cualquiera, pero imagino que querrás que aspiren a algo mejor...

Los oídos se me cierran, cosidos por el dolor, incapaces de seguir escuchando. La rabia me agita como una maraca. Tengo que sujetarme a la encimera para no caer al suelo.

El suelo.

Ese es mi sitio, el que todo el mundo cree que debo ocupar. De pronto, como si estuviera a punto de morir, la película de mi vida pasa ante mis ojos. Y el diablo es el director. Veo todos los golpes que he recibido durante mi existencia caer sobre mí. Uno tras otro. La paliza me recuerda cada humillación, cada error cometido, cada oportunidad perdida, cada injusticia, cada sinsabor. Demasiados años tragando el amargo aceite de ricino de la marca Resignación. Demasiados años ejerciendo de felpudo de los demás. Ha llegado la hora de vomitarlo todo afuera. Y siento que estoy a una mala idea de perder la razón. Y la mala idea llega, haciéndome añicos. Afilados añicos.

Dentro de mi cabeza algo hace clic, hace bang, hace ¡buuum!

Qué extraño es el ser humano. He pasado años soportando insultos y vejaciones de todo tipo sin rechistar. Y, de repente, hoy, el comentario de la señora Juana ha logrado que me broten espinas por todo el cuerpo. Es ahora cuando sobre mi frente se marca a fuego la palabra «basta». A veces, lo que colma el vaso no es una gota, sino un escupitajo. El pie cae una y otra vez sobre la chincheta para aplastarla. Hasta que un día la chincheta se da la vuelta y espera la llegada del pisotón ofreciendo su parte puntiaguda.

Noto que algo nuevo se agita en mi interior. Algo turbio. Algo viscoso.

No agacho la cabeza como siempre, no me pliego, no me arrugo, no me hago un gurruño ni me dejo pisar. Permito que me lleven los demonios. Sí, que me lleven adonde ellos quieran.

«¡Muerde la mano que te da de comer!», me susurran al oído.

Claro que sí, voy a morderla, quiero descubrir a qué sabe. Ya no necesito que me den de comer porque voy a alimentarme de manos.

La locura es como un precipicio, solo necesitas que te den un pequeño empujón para caer en él. En el imán de la pared donde cuelgan los cuchillos veo mi sonrisa reflejada en sus hojas. No es un gesto alegre, pero me gusta. Tal vez porque da miedo. De pronto, escucho los pasos de la señora Juana dirigiéndose hacia la puerta. Y percibo un cambio en mí, una desconexión cerebral, como si perdiera la razón. O quizá sea al contrario. Quizá la haya recuperado por un momento. Los demonios me empujan por el pasillo para que salga a su encuentro. No se me puede escapar. Sin saber cómo, llevo un cuchillo en la mano. Ya he limpiado bastante. Ahora siento el ansia abrumadora de mancharlo todo de sangre. Corro, pero la puerta se cierra delante de mí. Estoy a punto de abrirla para ir tras ella cuando escucho voces al otro lado. La señora Juana se ha encontrado con alguna vecina en la escalera. Los demonios me susurran que espere, que ahora no puede ser, que aguarde mi momento. La punta del cuchillo se clava impaciente una y otra vez en la madera de la puerta de entrada. Quiere hincarse en algo más blando, quiere morder carne, piel, vísceras. Quiere devolver el dolor que llevo dentro. Repartirlo.

«Es un error, un grave error». La cobarde de mi conciencia me habla dentro de la cabeza. Pero no la escucho. No, esta vez no. Llevo años siguiendo sus estúpidos consejos que solo me han valido para humillarme, para sentirme inferior, para perder. No, ahora solo escucho a los demonios. Y ellos me dicen que castigue. Que me vengue. Que mate. La fiera está suelta y ya no volverá a la jaula. Tengo que aprovechar la efervescencia de este odio liberador antes de que se desvanezca. Si espero a que la señora Juana regrese, con ella volverá la docilidad, la razón, la sumisión, el sentido práctico de la vida. Y me convencerán de que me ponga de nuevo la correa. No, no puedo permitir que los demonios se vayan. Quiero que se queden conmigo, que me sigan llevando de la mano.

Desquiciada, miro por la ventana de la cocina, la que da al patio interior. Observo la figura pasar frente a las cristaleras un piso por debajo. Es el tercero B. Aún llevo el cuchillo en la mano.

Antes de salir, coloco el papel doblado en el pestillo de la puerta para que parezca cerrada sin estarlo y bajo una planta. El timbre suena con un impertinente tono eléctrico. La mujer abre la puerta subida a lomos de su altivez, dedicándome una mirada despectiva.

—Buenas tardes. Perdone que la moleste a estas horas. Soy la asistenta de la señora Juana, la vecina del cuarto A. Nos hemos visto antes en el portal. Me manda para ver si tiene un poco de sal. Se nos ha terminado justo ahora que le estaba cocinando algo. Me gusta dejarle comida congelada, así le quito trabajo...

—¿Y no la podías haber comprado antes? Hay que ser más previsora.

Compongo mi mejor cara de gilipollas para ella. Llevo tantos años puliéndola que me sale perfecta.

—Creo que tengo un salero en alguna parte de la cocina, ahora mismo te lo doy. Pero pasa, no te quedes en la puerta como un pasmarote.

Camino tras ella por el pasillo cuando, de pronto, el cuchillo salta de mi bolsillo y se clava levemente en la parte baja de su espalda. Es un mordisco pequeño, casi tímido. Como si quisiera demostrarme a mí misma que puedo hacerlo. Que soy capaz. Y, sin embargo, me asusto. Vuelvo a ser la Isabel frágil, obediente y temerosa que siempre he sido. Una disculpa se escapa de mi boca.

—Lo... lo sient...

—¡Ay! ¿Pero qué haces?

La mujer del tercero B se lleva la mano a la espalda con extrañeza al sentir el pinchazo. Luego alza los dedos manchados de sangre sin comprender. Hasta que ve el cuchillo en mi mano.

—¡Hija de p...!

Se abalanza sobre mí como un alud de rabia que me golpea para volver a hundirme, para arrodillarme, para que permanezca ahí abajo, sin levantarme nunca. Pero los demonios aún están conmigo, susurrándome al oído violentas palabras de ánimo. Y cierro los ojos. Y aprieto los dientes. Y noto el aliento de la mujer del tercero B cerca. Y la mano que aferra el cuchillo traza un arco en el aire. Y todo se paraliza, como si el mundo se hubiera quedado en silencio.

Abro los ojos y veo a la mujer con las manos en el cuello. En un intento inútil de contener la sangre que se le escapa. La altivez ha sido sustituida por una patética cara de incredulidad. La que ponen los muertos justo antes de darse cuenta de que lo están. Abre mucho los ojos, como pidiendo explicaciones. Demostrándome que está por encima de mí hasta el final. Gorjea un par de veces de forma desagradable antes de caer al suelo. Ya no es nada, ya no es nadie. Y la sangre comienza a extenderse, tomando posesión libremente de la casa.

—Quién es una mierda ahora, ¡¿eh?! ¡¿Quién tiene que subir por las escaleras?!

Contemplando su cuerpo tirado, sin vida, siento un inmenso alivio, una sensación de superioridad que me libera y me transforma. Por fin veo respeto en sus ojos muertos. Sí, ahora me respeta, ahora ya no se ríe de mí. Ahora ya no soy ese ser inferior que no puede usar el ascensor. En ese instante, me siento la mujer más poderosa del mundo. Y me encanta. Un hormigueo de placer recorre mi cuerpo como nunca antes. La emoción clarividente de darte cuenta de quién eres, y de lo que eres capaz de hacer. El exquisito placer de la venganza consumada. Es como besar a Dios.

Y, de repente, esa sensación desaparece, obligada a abandonar mi cuerpo por el miedo. Un intruso, un virus, que se me mete dentro extendiéndose por todo mi organismo. Su pringoso tacto recorre mis huesos haciéndome tiritar. Ante su llegada, los demonios corren a esconderse. La cobarde de mi conciencia se alía con él, tomando de nuevo el control de mi mente. No para de mandarme mensajes desmoralizantes. «Pero ¿qué has hecho? ¿Quién te crees que eres? Estúpida. Has jodido lo poco bueno que había en tu vida».

Tengo que salir de aquí. Tengo que largarme cuanto antes. Tengo que volver a ser Isabel, la insignificante señora de la limpieza. Me vuelvo a guardar el cuchillo en el bolsillo del chándal, convertido ahora en un instrumento absurdo. No pasa nada. Nadie me ha visto. Nadie sabe lo que he hecho. Respiro hondo y pienso. No he tocado nada. No hay huellas mías en la casa. Sal de una vez. ¡Sal ya!

Con mi mano dentro de la manga del chándal, agarro el picaporte de la puerta y abro una rendija. No escucho ningún sonido en la escalera. Es el momento. Cierro sin hacer ruido y a la carrera regreso al piso de doña Juana después de retirar el papel doblado que mantenía la puerta abierta. Me recibe la reconfortante tranquilidad que proporciona estar en un espacio conocido. Tomo aire. Una vez, dos, tres.

Lavo el cuchillo en la cocina y lo froto con amoniaco. No sé si sirve de algo, pero el fuerte olor me reconforta. Después lo devuelvo al imán con el resto de sus compañeros. Como si no hubiera ocurrido nada. Pulo, friego, barro. Me entrego a la rutina diaria para no pensar. Hasta que la señora Juana regresa a casa y me marcho sin apenas despedirme, con el miedo agazapado en la madriguera de mi estómago. Al pasar por la puerta del tercero B, siento el impulso de limpiar con la manga la superficie del timbre y corro a zambullirme en la corriente gris que recorre las calles. Para mezclarme con el resto de los seres vulgares, arrastrando sus insulsas vidas como pesadas harropeas, dejándome llevar por la mediocridad cotidiana a la que pertenezco. Pero, a pesar de la angustia, por primera vez me siento distinta entre ellos. Extraña. Ajena. Una mancha negra sobre fondo gris.

6

Cuando llego a casa, no logro desembarazarme del constante temor a escuchar el sonido del timbre. Estoy convencida de que la policía no tardará en aparecer. Ya habrán descubierto el cuerpo y vendrán a detenerme. Así que, como no me queda mucho tiempo, decido preparar algo rápido para cenar. Una pizza congelada será lo mejor. Que coman algo antes de que me metan entre rejas. Si no, con lo inútil que es mi familia, se irán a la cama con el estómago vacío. Mientras precaliento el horno siento asco de mí misma por seguir comportándome de forma tan servil, dadas las circunstancias. La mujer poderosa que fui durante unos pocos instantes ha desaparecido devorada por este ser primario de eterna cabeza inclinada al que he regresado. ¿A quién quiero engañar? Ese es mi verdadero yo. Tuve un momento de bendita locura. Me tomé unas breves vacaciones de mí misma y ahora tengo que pagar por ello.

Mis hijos siguen tumbados en el sofá atrapados en las pantallas, regalándome su indolente indiferencia habitual. Programo los ocho minutos de cocción y pongo la mesa mientras mis ojos no pueden dejar de mirar hacia la puerta. Esperando. La cárcel tal vez no esté tan mal. Al menos alguien cocinará para mí y solo tendré que hacerme la cama. Igual hasta puedo retomar los estudios, abandonados hace tanto tiempo. Qué mierda de vida tengo si el hecho de entrar en prisión no me resulta una idea tan horrible. Escucho pasos en la escalera. Ya están aquí. Me atuso el pelo y me aliso la ropa. Unos gestos que al instante me parecen ridículos. Pero el sonido desaparece, engullido por un portazo unos pisos más arriba. Será algún vecino volviendo del trabajo. Dejo la pizza en la mesa rodeada por platos, servilletas y cubiertos. El timbre sigue sin sonar y la espera me ataca los nervios. Necesito saber qué ha pasado. Agarro el mando a distancia y corto la partida en la que está enfrascado Mario en busca de los informativos.

—Pero ¡qué haces, vieja! ¿No ves que estoy jugando? —protesta.

—La cena está servida. Y quiero ver las noticias.

Están tan acostumbrados a que haga siempre lo que ellos dicen que el ramalazo de autoridad los desconcierta. No escucho sus menosprecios cuando se sientan a la mesa. Estoy concentrada en encontrar alguna información sobre el asesinato. Un hombre guapo con corbata y rostro serio, que pretende transmitir confianza y formalidad, habla sobre lo mal que va la economía. «Seguro que la suya no», pienso cambiando de canal.

Una mujer bien peinada luce su atractiva sobriedad mientras enumera los insultos cotidianos que se lanzan el Gobierno y la oposición.

«Seguro que luego todos se van a cenar juntos tan amigos», pienso, y vuelvo a cambiar de canal.

Sonido de llaves. La puerta de casa se abre y doy un respingo. Es mi marido, que regresa con esa cara de boxeador derrotado que luce siempre. Gruñe un saludo y al ver la pizza gruñe una protesta.

—¡Qué pasa! —le espeto—. Yo también estoy cansada. Hoy no me apetecía cocinar. Y si a alguien no le gusta, ahí está la cocina. Podéis haceros lo que os dé la gana.

El esparadrapo de la sorpresa cubre sus bocas.

Solo Noelia suelta un «Joder, cómo está mamá hoy» entre dientes.

Y entonces algo atrae mi atención hacia la pantalla.

«... una mujer ha sido hallada muerta en su domicilio de Madrid. Según ha podido saber este informativo, el cuerpo presentaba un profundo corte en el cuello presuntamente producido por un arma blanca. La policía está investigando este terrible suceso y, en principio, descarta que se trate de un nuevo caso de violencia machista».

Hablan de mí. Están hablando de mí en televisión. Por primera vez en mi vida he hecho algo lo bastante importante como para que lo emitan en el telediario. Y sin poder evitarlo, me rio. Las carcajadas abandonan mi cuerpo como pájaros escapando de sus jaulas. Una risa potente, incontenible, orgullosa. La risa de la mujer que fui mientras tuve el cuchillo en la mano. Y en ese momento vuelvo a sentirme la persona más poderosa del mundo.

7

Seda. Suave y cosquilleante seda. Metros y metros de seda dándole vueltas en el estómago. Eloísa estaba parada ante el vano de la puerta de la sala que ocupaba el Grupo V de Homicidios mientras disfrutaba de los instantes previos, antes de que su vida cambiase para siempre. La emoción mezclada con el nerviosismo en un agradable cóctel que deseaba apurar hasta la última gota. Tomó aire y se decidió a dar el primer paso hacia el que sería su nuevo mundo. Al entrar en la estancia, un bosque de rostros sonrientes se alzó hacia ella.

—Hola, tú debes de ser Eloísa. Te estábamos esperando.

La inspectora Charo Valle bajó las piernas de la mesa y se puso de pie para ir a su encuentro con la mano extendida.

—Bienvenida a Homicidios, ven y te presento al resto de la banda —le dijo.

Eloísa pasó de mesa en mesa besando mejillas y estrechando manos sin conseguir retener ninguno de los nombres de sus nuevos compañeros. Se sentía como en trance, embelesada al tener tan cerca a la inspectora Valle. Era una de esas mujeres cuya hermosura nacía de su personalidad. Transmitía seguridad y determinación en cada uno de sus gestos, en su forma de moverse y de hablar. Todo en ella resultaba armónico, atractivo, con estilo. Tenía unos ojos color miel enormes, de esos que lo absorben todo. Una melena castaña salvaje domesticada en una peluquería cara y el rostro lleno de ángulos, como un poliedro. Vestía unos sencillos vaqueros azules, deportivas negras y camisa blanca. Y aun así, a Eloísa le parecía la más elegante de la sala.

—Y ahora que los conoces a todos... ¡tienes que probar la tarta!

Dos de sus compañeros que hacían pantalla delante de una mesa se apartaron, lo que permitió que todos los presentes contemplaran el pastel redondo de color oscuro y aspecto esponjoso.

—¡Tachán! —anunció la inspectora Valle haciendo pomposos movimientos con sus brazos en torno al dulce—. La famosa tarta Guinness de Tania. Da igual que no te guste la cerveza negra, solo con probarla te conviertes en adicto, es más peligrosa que la heroína.

—¿Y qué se celebra? —preguntó cohibida Eloísa. Todos los demás se miraron entre ellos sorprendidos.

—Pues tu incorporación al grupo, qué va a ser —dijo la inspectora—. Anda, coge un plato de papel y sírvete un trozo.

—De eso quería hablarle, inspectora, me gustaría agradecerle que me haya elegido...

—Venga, venga, déjate de chorradas de *bienqueda* y come tarta. Ah, y aquí no nos tratamos por el cargo. No es operativo. Somos ya mayorcitos como para saber cuál es el sitio que ocupa cada uno. No necesito que los agentes me recuerden constantemente que soy inspectora. Sé que hay compañeros a los que les gusta, pero a mí me parece una demostración de inseguridad. «Inspector, inspector, inspector». Como si tuvieran que escucharlo todo el tiempo para acabar de creérselo. Así que para ti soy Valle; y tú para mí Eloísa, ¿te parece bien? ¿Cómo está la tarta? ¿Exageraba o habría que detener a Tania por inventar una nueva droga?

Pasteles en su honor, sonrisas, disciplina relajada... Eloísa no iba a echar de menos el tiempo que pasó en los Bronce. De eso estaba segura.

—¡Grupo! —gritó un hombre desde una de las mesas tras colgar el teléfono—. Siento ser un aguafiestas, pero tenemos curro. Ha aparecido el cuerpo de una mujer en Chamberí.

Eloísa soltó su plato al instante. Se disponía a salir a la carrera de la sala cuando la mano de la inspectora la retuvo.

—Tranquila. ¿Adónde vas tan deprisa? Ya no estás en los Bronce. Nuestra clientela no va a ir a ninguna parte. Son muy educados y esperan quietecitos a que lleguemos. Anda, coge tu tarta, nos la comeremos por el camino. Estás de suerte. Tu primer día y ya te estrenas.

En el salón de la vivienda, los agentes orbitaban alrededor de la mujer muerta como planetas en torno a un sol negro. El mal ejerciendo su fuerza de atracción. Se movían con cuidado en las inmediaciones del cuerpo, temerosos de romper algo. La víctima convertida en un objeto precioso, una joya exquisita a la que había que tratar con delicadeza. Guantes, pinzas, pinceles…

«Hay gente que solo se vuelve interesante cuando la matan», pensó Eloísa. El cuerpo presentaba la lividez grisácea de la carne en mal estado, La mirada perdida de los que ya solo ven noche. El gesto bobo de asombro eterno que se les queda a los muertos. La sangre coagulada brillaba de forma artificial, como un vinilo macabro que alguien hubiera pegado en el suelo. Toda la casa olía a descomposición y cobre. A Eloísa le gustaba. Las cosas importantes en la vida huelen fuerte: el sexo, la violencia, un parto, la muerte…

—¡Eh, la nueva! ¡Ten cuidado por dónde pisas! —le gritó uno de los agentes nada más poner un pie en el salón.

—Relájate, Carpio —replicó la inspectora Valle—. Viene de los Bronce. Seguro que no es el primer *palmao* con el que trata.

—Ya he visto unos cuantos durante mi trabajo en la calle —se defendió Eloísa—. Tanto por muerte natural como por violenta.

—¿Lo ves? La gente es así, tira cualquier cosa a la vía pública —señaló la inspectora Valle mientras se dirigía hacia el hombre que estaba en cuclillas sobre el cuerpo, un tipo con un mono blanco de la Científica.

—Sigues con el vicio, ¿verdad, Rami? Anda, adelántame algo de lo que ha pasado aquí y no le contaré a nadie que le has robado la ropa interior a esta señora.

El subinspector Ramírez alzó la vista con cara de resignación, ignorando la broma.

—¿Y tú? ¿Sabes ya quién es el asesino? Por el amor de Dios, Valle, acabo de llegar.

—Bla, bla, bla. Vamos, Rami, dame algo para que mis perros lo olfateen y puedan empezar a buscar.

—Probablemente la asesinaron hace unas cuantas horas. Antes de que me lo pidas: no, aún no puedo concretarlo con exactitud. Lo único que sé de momento es que, por el ángulo del corte, el asesino tiene una estatura inferior a la de la víctima. Y poco más.

—Vaya, ¿no se trata de un accidente? Tenía la esperanza de que se hubiera cortado afeitándose.

—Mira, Valle, vete a la mierda y cuando llegues mandas una postal.

—Tú sueles ir por allí, ¿qué tal es el sitio? ¿Me recomiendas algún restaurante?

Un dedo corazón alzado por respuesta.

—¡Chicos! ¿Qué tenemos hasta ahora? —gritó la inspectora señalando el cadáver.

—Elena Nieto Quiroga, cincuenta y cuatro años. Casada. El marido lleva toda la semana fuera asistiendo a un congreso de informática en Barcelona. Ya lo hemos avisado y está de camino. Su coartada parece sólida, pero la comprobaremos en profundidad. Elena era la directora de una sucursal bancaria. Se prejubiló hace cuatro años. La pareja tiene un hijo adolescente que se encuentra estudiando en Irlanda en estos momentos. Aún no hemos podido contactar con él. Alrededor de las seis de la tarde, una vecina vio parte del cuerpo de Elena tendido en el suelo a través de la ventana del patio. Pensó que había sufrido un accidente y llamó al uno, uno, dos. Los servicios de emergencia fueron los que se encontraron el pastel.

La inspectora Valle se giró sobre sí misma para señalar hacia el interior del piso. Una agente del grupo de Homicidios tomó la palabra.

—La casa no parece que haya sido registrada por el agresor. Todo está ordenado y en su sitio. Tampoco hemos encontrado indicios de que falte nada de valor. En un primer vistazo hemos encontrado joyas, dinero en efectivo y hasta un portátil entre las pertenencias de la víctima. No tiene pinta de que el robo sea el móvil del crimen.

—Puede que el ladrón pretendiera intimidarla con el arma, la cosa se le fue de las manos y al ver lo que había hecho le entró miedo y se largó cagando leches. Ahora mismo todo está en el aire. No demos nada por sentado.

Valle señaló esta vez a la puerta de entrada.

—No hemos encontrado marcas ni signos de que haya sido forzada. Todo hace pensar que fue la víctima quien dejó pasar a su asesino o que disponía de llave.

—¡Muy bien! —exclamó la inspectora con una sonora palmada—. Ya sabéis lo que toca ahora. Visitar a posibles testigos puerta a puerta, piso a piso. Quiero saber si Elena tenía problemas con su marido, con el vecino o con el del bar de enfrente. Si se veía con un amante o se paseaba desnuda por casa. Cualquier cosa que llevarnos a la boca. Recordad, esto es un bloque de pisos. ¿Y qué es lo que más abunda en los bloques de pisos?

—¡Cotillas! —gritaron todos los miembros de Homicidios al unísono entre risas.

—Y nos encantan los cotillas porque están deseando hablar, necesitan hablar, se mueren por hablar. Sois los empleados de la lavandería y vais a conseguir todos los trapos sucios de la víctima. Sentaos en las mesas camillas. Tomaos todo el café y las pastas que os ofrezcan. Y dejadles que suelten carrete, muy especialmente las personas mayores. Pasan la mayor parte del día solas, nadie las escucha. Tener a la policía en casa las hace sentirse importantes. Aprovechaos. Ya hemos escuchado la cara A del disco «Elena y familia». Ahora toca saber cómo suena la cara B. Que os lo cuenten. Carpio, tú encárgate de chequear las redes sociales de la víctima y de sus allegados. Ya sabes lo que buscamos. Avísame en cuanto encuentres algo. Y a los de la Científica, quiero que se recojan todas las huellas dactilares que haya en la vivienda. TO-DAS. Sé que os llevará tiempo y que parece una petición inútil. Pero no lo es. En este trabajo nos regimos por el principio de que la fuerza más poderosa del universo es la estupidez humana. Y en ella confiamos. Somos sus fieles devotos. Si no me creéis, solo tenéis que daros una vuelta por las cárceles. Están hasta arriba de gilipollas. Tal vez nuestro asesino ya esté fichado y haya tenido la cortesía de dejarnos un juego completo de sus huellas en alguna parte.

Las carcajadas acompañaron a los agentes mientras salían de la vivienda. En ese momento, Eloísa se sintió algo perdida, dudando sí debía seguirlos o quedarse en el piso. Hasta que la inspectora se le acercó.

—Bueno, pues el show ya ha comenzado. Y me alegro de que estés aquí. Dime, ¿qué crees que ha pasado? Una mirada fresca, sin contaminar, siempre viene bien. Cada caso es distinto, pero al final todo se convierte en rutina. Y la rutina consigue que se nos escapen detalles. Por ejemplo, ¿qué te parece que no hayan forzado la puerta? ¿Demuestra eso que la víctima conocía a su agresor?

—No necesariamente. Si lo piensas, nunca antes hemos abierto las puertas de nuestros hogares a tantos desconocidos como ahora. Compramos por internet y nos traen los paquetes a casa, la oferta de comida a domicilio se ha disparado, incluso nos traen la compra. Y a todo eso hay que añadir los carteros de toda la vida.

A la inspectora Valle se le dibujó una sonrisa pícara cuando inclinó la cabeza para mirar a Eloísa.

—¿Qué pasa? ¿He dicho algo malo?

—Vas a ser una investigadora cojonuda.

—¿Me estaba poniendo a prueba? ¿Era eso?

—Tutéame, por favor. Cada vez que no lo haces me sale una cana.

—¿La he pasado? O sea, si es que lo de antes era una prueba.

—Vamos, tengo que ver a alguien. Así tú también los conoces.

8

—Esperad, que me he acordado de uno. No sé si sabéis que dentro de las comisarías se aplica un particular principio de Arquímedes. Dice así: «Todo cuerpo sumergido en un fluido... confiesa lo que te dé la gana».

Los tres hombres y la mujer rieron. Risas desagradables, como vasos que se rompen contra el suelo. El cuarteto ocupaba un reservado en la segunda planta del Milford, un restaurante situado en la zona noble de la calle Juan Bravo. Uno de esos locales anclados en el tiempo que exhibía sin pudor su arcaico sentido del buen gusto: cuadros de barcos en las paredes (a pesar de que la costa más próxima se encontrase a más de cuatrocientos kilómetros de distancia), camareros con levita y charreteras, martinis con aceituna submarina antes de comer, peinados femeninos solidificados en laca...

—Espérame aquí. Solo será un momento. No tardaré mucho —le dijo Valle a Eloísa al entrar en el restaurante, señalando la barra situada en la primera planta.

La agente vio ascender a la inspectora por las escaleras de mármol hasta llegar a la mesa ocupada por las cuatro figuras. Sus caras le sonaban de algo. Casi estaba segura de que la mujer era una teniente fiscal, el otro tipo un comisario general, y el de al lado un magistrado... Peces gordos, peligrosos, de los que nunca salen a la superficie, de los que viven en las oscuras profundidades abisales. Y nadie conoce sus nombres.

Valle se sentó en el extremo de la mesa del reservado, ocupando parte del pasillo, lo que hacía más evidente su condición de intrusa en la reunión. Los cuatro miembros no se dignaron a mirarla, concentrados como estaban en beber el líquido ámbar que contenían sus vasos tallados. Los hombres, con trajes a medida en distintos tonos de azul. Los cuellos rígidos de sus camisas sobresalían como amenazantes colmillos. Gruesos nudos de corbata les tomaban por el cuello. Cada tanto, se tiraban de los puños de la camisa para dejar al descubierto gemelos de oro con sus iniciales. La mujer vestía un traje de chaqueta Chanel con falda de tubo a juego. Negro con ribetes blancos. Un reflejo de la proporción entre el mal y el bien que existía en su interior. Jugueteaba constantemente con su collar de perlas. Un terrenal Saturno haciendo girar sus anillos.

—La mismísima Mujer Maravilla, qué honor —dijo azul marengo sin preguntar a Valle si le apetecía tomar algo.

—Veo que traes a tu nueva mascota. ¿Es macho o hembra? —señaló la mujer saturnal mirando a Eloísa sin parar de hacer girar las perlas en torno a su cuello—. Te vas a gastar un dineral en alimentarla. El pienso está por las nubes.

—Me dijisteis que necesitaba un parachoques —contestó Valle—. Y ahí lo tenéis.

Azul Klein, que aún no había hablado, alzó su copa en un gesto de aprobación.

—Bueno, ¿para qué queríais que viniera? Ha aparecido una mujer asesinada en Chamberí y, como comprenderéis, estoy algo liada.

—Tranquila, no tengas tanta prisa. ¿Qué pasa? ¿Tienes que ir a salvar el mundo otra vez, Wonder Woman?

Las risas en el reservado sonaron como siniestras carracas. Un tirón del puño de la camisa, un trago a la puesta de sol encerrada en un vaso, una vuelta más en el tiovivo de las perlas.

—¿Recuerdas el asesinato de hace unos meses? Araujo, el constructor que apareció muerto. Un suceso triste. Muy triste. Pues bien, al parecer fue un atraco que salió mal. Lo mató un tal Luis Santiesteban, un multirreincidente que acababa de salir de prisión. Aquí tienes la orden firmada para que registres su casa. Encontrarás el arma del crimen con sus huellas escondida en el maletero de su coche. No hace falta que nos des las gracias. Es un regalo.

—Queremos contribuir a que la leyenda de la inspectora Valle siga creciendo.

—Joder, ¿otro favor? ¿Tan pronto? —protestó la inspectora.

—El juego es así. Fuiste tú quien decidió entrar en la partida.

—Trabajamos para crear un mundo mejor, igual que tú, Wonder Woman.

—No funcionará —continuó Valle—. Por lo que recuerdo, el cuerpo presentaba dos impactos de bala. Uno en el corazón y otro en la frente. Hasta el madero más inútil sabe que fue el trabajo de un profesional. Lo del atraco que salió mal apesta. No se lo tragarán. Alguien se pasará de listo y le irá con el cuento a la prensa.

—Por favor. La prensa se tragará lo que queramos. Son como bebés. Una cucharada por papá y otra por mamá. Abre la boca que viene el avión.

—A la gente le encantan los cuentos, sobre todo cuando tienen un final feliz. Las pruebas dicen que fue Santiesteban —dijo la mujer saturnina—. Y, a diferencia de los seres humanos, las pruebas nunca mienten.

Las risas sonaron como si cientos de caparazones de insectos fueran aplastados al mismo tiempo.

—¿Quién era ese constructor? ¿Por qué había que eliminarlo?

—Tú cierra el caso y cuélgate la medalla. No te metas en las cosas de los mayores, inspectora —señaló azul Klein.

—No me gusta —contestó Valle seria—. Estas mierdas no me gustan nada. ¿Por qué no dejar el caso sin resolver y en paz?

—El mundo es como el picante, inspectora: si te lo quieres comer tienes que tener el estómago fuerte —soltó azul marengo—. Tú te lo querías comer antes de que fuese él quien te devorara a ti. Y nosotros te ayudamos, no lo olvides. Además, ¿qué hay de malo en que los amigos se hagan favores mutuamente? El tipo es culpable. Las pruebas lo incriminan. Fin del problema.

—Los medios te adoran, las familias te adoran, las niñas te adoran. Eres todo un ejemplo. Un modelo a seguir. Y te gusta serlo. Solo debes actuar como hasta ahora. Pero recuerda que nada es permanente, las cosas, igual que vienen, se van. Hay que esforzarse por conservarlas —insistió azul Klein soplándose la punta de los dedos como un mago que acabara de hacer desaparecer una baraja de cartas.

—¿Por qué te preocupas tanto? Ya tienes a tu nueva tonta útil, ¿no? ¿Y para qué sirve una tonta útil? Pues, como su propio nombre indica, para utilizarla. —Los cinco rostros bajaron la mirada hacia Eloísa, que en ese momento bebía distraída una Coca-Cola—. Si te sientes incómoda con todo este asunto, que sea ella quien firme la detención, no sería la primera vez. De ese modo, tú quedarás al margen si surgen problemas. En los juegos, alguien tiene que perder para que otros ganen. Eso es lo que los hace divertidos.

—Tu marido continúa en prisión —añadió la mujer saturnal—. Y las prisiones son lugares peligrosos, llenos de escaleras y objetos punzantes, donde los accidentes ocurren constantemente si no se cuenta con la protección adecuada.

—¿Me estás amenazando? —respondió la inspectora—. Ten cuidado, ten mucho cuidado con lo que dices. Yo también conozco vuestra mierda. Y si me pongo a esparcirla podría arruinar esos trajes tan caros que lleváis.

Azul de Prusia, el hombre de mayor edad, tomó por primera vez la palabra.

—Por favor, no es necesario recurrir a la escatología. Aquí nadie está amenazando a nadie. ¿Tanto te cuesta aceptar un regalo? Existía un caso complicado y se resuelve sin apenas esfuerzo. ¿Qué tiene de problemático? Es bueno que nos cuidemos entre nosotros. Ya sabes cómo va esto, inspectora. Un día estás arriba y al siguiente aparece algo de nuestro pasado que nos hace perderlo todo. Somos como funambulistas, estamos en lo más alto, sí, pero caminamos sobre la cuerda floja mientras abajo todo el mundo espera ver cómo nos caemos al suelo. No te engañes, eso es lo que desean, la gente envidia a los que destacan, a los que alcanzan la cima. Por eso disfrutan viendo cómo nos precipitamos al vacío. Y cuando uno cae desde las alturas suele hacerse mucho daño. Dime, ¿quieres caerte, deseas hacerte daño?

—Hay delitos cuya mancha no se borra nunca —intervino la mujer saturnal—. Lo sabes mejor que nadie. Nosotros somos tu servilleta, evitamos que la suciedad caiga sobre ti. Te protegemos, aunque a veces notes que la servilleta te aprieta demasiado el cuello. Es mejor llevarla, te lo aseguro.

—No nos obligues a utilizar kryptonita contra Wonder Woman —señaló azul Klein.

—La kryptonita solo afecta a Superman —replicó Valle.

—Me chupa un huevo.

Las risas sonaron como un choque frontal con víctimas.

El lenguaje corporal de los cuatro cuerpos que ocupaban el reservado indicó a la inspectora que la reunión había concluido.

—Tenemos trabajo. Me han dado un chivatazo. Enhorabuena. Vas a hacer tu primera detención —le dijo Valle a Eloísa en la calle, fuera del Milford, mientras se dirigían hacia el coche.

—¿Cómo? Eso es estupendo... Pero yo no he tenido nada que ver..., no sé si debería...

—¡Venga ya! No seas tonta. Si alguien te pregunta, solo tienes que decir que conseguiste el soplo a través de un contacto de tu época en los Bronce. Así entrarás con buen pie y te vas haciendo un nombre en Homicidios. Pero tendrás que cumplir con la tradición. Mañana te toca llevar algo de comer al grupo. La ofrenda alimentaria no es negociable.

—Vaya, se lo... —mirada de advertencia de la inspectora—, perdón, te lo agradezco. Por cierto, ¿quiénes eran esos cuatro?

La inspectora Valle se apoyó en el techo de su vehículo antes de contestar. De pronto parecía agotada.

—El Sistema —dijo—. Ellos son el Sistema.

En el Milford, los vasos volvieron a llenarse con bebidas que sabían a madera y fuego, como si las cuatro figuras sentadas a la mesa trataran de recuperar con cada trago algo de la nobleza perdida.

—¿Es cosa mía o alguien más ha tenido la impresión de que a la inspectora cada vez le cuesta más cumplir nuestras órdenes? —apuntó azul marengo.

—Se le ha subido a la cabeza lo de Wonder Woman. Igual está convencida de que de verdad es una superheroína —respondió la mujer saturnal.

—Como se mueven, a veces las marionetas creen que tienen vida propia. Habrá que sacarla de su error. Deberíamos dar un tirón a la caña para que sepa quién manda, que el anzuelo se le clave aún más en la boca —añadió azul Klein.

—Los rumores sobre sus salidas nocturnas llegan con preocupante regularidad. Cada vez está más descontrolada. Un día de estos se va a meter en un buen lío. Y a nosotros con ella.

—Calma, por favor, un poco de serenidad. No hay nada de malo en que una mujer en sus circunstancias se tome una copa de vez en cuando. Es comprensible. Tiene a su marido cumpliendo condena por un delito no solo legal, sino también moralmente reprobable. Y fue ella quien lo metió entre rejas, una decisión difícil —dijo azul Prusia.

—¿Difícil? ¡Por favor! Si hicimos que le tocara la lotería.

—Esa es otra. Ha vuelto a visitar a su marido en prisión a pesar de que la advertimos de que dejara de hacerlo —replicó la mujer sin dejar de jugar con las perlas del collar—. Si la prensa llegara a enterarse sería malo para su imagen en particular y la de la policía en general.

—Por eso no os preocupéis, tengo monitorizadas esas reuniones y no hay nada que temer. Además, las visitas son muy discretas —explicó azul Prusia.

—Tú dirás lo que quieras, pero yo opino que deberíamos recordarle para quién trabaja. Darle un pequeño susto. Las lecciones que te enseña el profesor miedo no las olvidas nunca. Nada demasiado llamativo, algo sutil, elegante. Tal vez, en una de esas noches locas alguien le podría rajar la cara. Un cortecito, sin más. Como quien subraya una palabra importante.

—Un acto de esa naturaleza aún no es necesario —añadió azul Prusia—. Amigos, tengamos perspectiva. Hemos creado un personaje que nos está reportando pingües beneficios, tanto a nivel político como económico. No tiremos por la borda todo el trabajo realizado. Antes de escupir un chicle hay que sacarle todo el sabor. Esperemos a ver la evolución de los acontecimientos. La inspectora no es una ingenua, sabe que le conviene tenernos contentos. Si estos ramalazos de rebeldía persisten podrían ser peligrosos para nosotros. En ese caso, Wonder Woman perdería sus superpoderes. Nosotros se los concedimos y nosotros se los arrebatamos. Me acabo de acordar de otro chiste. Un negro, un moro y un gitano viajan en un avión. Y a uno de ellos se le ocurre hacer una apuesta. ¿Cuál de los tres llegaría antes al suelo si se lanzaran al vacío? Abren la puerta del aparato y los hombres saltan al mismo tiempo. ¿Quién gana?

—...

—La sociedad.

Las risas estallaron en la mesa como bofetadas.

9

El agua turbia y verdosa del vivero apenas me deja ver a los dos bueyes de mar. Sus rostros abstractos miran suplicantes desde el otro lado del cristal, soltando burbujas con sus diminutas bocas para demostrar que aún están vivos. Su dignidad salvaje robada para ser convertidos en simple alimento. Encerrados en un infierno de noventa centímetros de ancho por cincuenta de alto, bajo un océano de tristeza. Lo único que pueden hacer es esperar a que llegue el brazo de la muerte y se los lleve para cocerlos vivos. Y, de alguna forma, siento que yo también estoy confinada en una pecera, cubierta por litros y litros de vacío. Con paredes de cristal que no veo, pero que están ahí, impidiéndome correr, ser, gritar. Haciéndome creer que soy libre mientras permanezco en mi celda invisible, viendo marchitarse el tiempo a la espera de que el brazo de la muerte me lleve a mí también para cocerme en ese caldo insustancial al que llamo vida.

La cafetería tiene ese aspecto degenerado de los negocios venidos a menos. El vivero de marisco es uno de los pocos restos que aún resisten la embestida de la decadencia. La taza de café tiembla ligeramente cuando me la llevo a la boca. El líquido con el que friego el suelo sabe mejor. Frente a mí, el camarero sesentón espanta el tedio arrojando como un aspersor chistes sin gracia al personal. Cuando se ríe de sus propias bromas, el puente metálico brilla entre sus dientes, lo que hace que el asco me dé un puntapié en el estómago. Al fondo del local, bajo la tele eternamente encendida, una mujer prueba su mala suerte en la máquina tragaperras. Ni las frutas ni los astros se alinean para ella. El anciano que lee el *Marca* sobre la barra apura su carajillo mientras resopla musitando palabras de odio que nadie escucha. Por su expresión sé que algo lo está haciendo trizas por dentro. Todos encerrados en nuestras propias peceras. Desde el vivero, un buey de mar me muestra una de sus pinzas sujetas por una goma. Ya ni siquiera puede defenderse. Hasta eso le han arrebatado.

A mi lado está Mariana contándome sus penas. Dicen que al verbalizarlas pesan menos. Pero yo no me lo creo. Hablar de tus problemas no los hace adelgazar. Crees sentirte mejor porque consigues que alguien te preste atención, aunque sea por lástima. Nada más. Mariana trabaja limpiando casas como yo. La considero mi amiga porque no tengo a nadie más a quien pueda llamar así. Todas las semanas quedamos en este local después de comer para tomarnos un café. La proximidad con el intercambiador de Príncipe Pío ha convertido a la antigua marisquería en un lugar de encuentro para asistentas, chachas y limpiadoras de todo Madrid. Una parada técnica antes de retomar el camino que nos lleva de una vivienda a otra. Un instante de descompresión, un momento para sacar la cabeza fuera del agua y respirar.

Ha pasado exactamente una semana desde que me cargué a la mujer del tercero B. Los primeros días, en los telediarios no dejaron de dar la noticia. Hablaban de ella como si fuese un puto ser de luz, todo bondad y buenas acciones. En este país solo se admira a los muertos. Me enteré por la prensa de que la hija de puta llevaba años jubilada, que trabajó en un banco, que su marido también manejaba pasta y que tenían un hijo estudiando en el extranjero. Oh, qué familia bien tan bonita, putos acumuladores de felicidad que la quieren para ellos solos. Pues ahora el amoniaco ha desteñido su vida de color de rosa. Ahora les toca probar el amargo sabor del dolor. ¿Que si me arrepiento de habérmela cargado? Para nada. Es más, siempre que puedo, revivo el momento en el que le corto el cuello. Recordar el instante en que veo a aquella zorra tendida a mis pies. Derrotada. Rendida. Humillada ante mí... Me hace sentir implacable de nuevo. Y me encanta. La mujer del tercero B no fue ni de lejos la que más me puteó, pero me da igual. No me importa. Alguien tenía que pagar. Y le tocó a ella. Pensó que yo era insignificante. Ese fue su error. Porque los asesinos son importantes. La verdad es que al principio estaba aterrada, pensando que la policía vendría a por mí en cualquier momento. Sin embargo, el tiempo fue pasando. La noticia se diluyó entre nuevos sucesos. Y cada vez me sobresaltaba menos cuando escuchaba el sonido del timbre en casa. Pero hoy vuelvo a estar nerviosa porque es un día especial. Hoy me toca limpiar la vivienda de la señora Juana. Hoy la asesina regresa al lugar del crimen. «Asesina», qué bien suena.

—Pues no va la niña y me dice que ya no le apetece quedarse conmigo los fines de semana. Le molesta compartir cama en mi habitación alquilada. Pero ¡si antes creía que era muy divertido! ¿A ti te parece normal que no quiera ver a su madre, Isabel? Seguro que es cosa de la otra, la bruja esa que le está metiendo cosas raras en la cabeza.

Mariana es hondureña. Cinco años hace ya que salió de Tegucigalpa. Allí trabajaba como administrativa para una multinacional. Buen sueldo y una casa bonita llena de proyectos. Pero tuvo que abandonarlo todo para salvar a su familia. Su marido era policía y las maras lo tenían amenazado. Además, los pandilleros ya le habían echado el ojo a su hija y temía que le pudieran hacer algo. La niña acababa de cumplir los siete años. Sí, en otros países la felicidad es un bien todavía más escaso que aquí. Mariana agarró a su hija y se plantó en Madrid con lo puesto. El padre se quedó allí, el viaje era caro y el presupuesto no alcanzaba. Mariana le prometió que en cuanto comenzase a trabajar, le mandaría dinero para el billete de avión. Solo ida.

¿Sabéis lo que es el lempira? Yo no lo sabía hasta que Mariana me lo contó. Es el nombre de la moneda de Honduras. Pues al llegar a España, mi amiga descubrió que aquí su titulación y su experiencia profesional valían más o menos lo mismo que el lempira: una puta mierda. Así que la antigua administrativa se ajustó los anillos para que no se le cayeran y buscó trabajo limpiando casas. Eso sí, no tienes papeles, no tienes contrato. Las leyes no escritas son las que más se cumplen. Le echó valor. Por los suyos. A los seis meses había escolarizado a la niña y comprado el billete de avión para su esposo. Una vez en España, el marido no tardó en encontrar empleo con una cuadrilla de jardineros. Todo parecía comenzar a enderezarse en su nueva vida. Hasta que el esposo le arregló los setos a una divorciada. Y siguió con los arreglos en el dormitorio. La mujer quedó tan satisfecha que le propuso abandonar a su mujer para irse a vivir con ella a su chalet de Pozuelo y así poder seguir jugando tranquilamente a las mamás y los papás. La niña cambió el piso compartido por una habitación rosa para ella sola, con un armario repleto de ropa bonita y un labrador color chocolate que la seguía a todas partes reclamando sus caricias. Una idílica foto familiar en la que la madre asistenta de piel oscura desentonaba con el color de las cortinas. La ropa usada se va quedando poco a poco al fondo del cajón hasta que ya no sirve y un día se tira a la basura. A veces la vida nos paga lo que hacemos por los demás con moneda falsa. O con lempiras.

—He pensado en ahorrar para llevarla a Disneyland París, así seguro que querrá volver a pasar los fines de semana conmigo —dice Mariana buscando la aprobación no sé si de mí o de su conciencia.

En estos tiempos, cada vez que pensamos en la felicidad acabamos comprando algo.

—Isabel, ¿qué día es hoy?

—Martes.

—Aún martes. Pensaba que ya estábamos a miércoles. No distingo entre un día y otro. Para mí son todos iguales. Menos los viernes y los sábados.

—Los domingos también son distintos, no hay que trabajar.

—Pero son tristes. Como las cartas que recibes de los bancos.

—Como beber cerveza sin alcohol.

A nuestro lado, un grupo de limpiadoras sudamericanas barrita y cacarea a voz en grito, haciendo gala de una exuberante vulgaridad. Por lo que me llega, deduzco que una de ellas encontró el Satisfyer de la dueña de la casa donde limpiaba y decidió probarlo. No hay otra explicación a tanta contorsión, tanto jadeo y tanto golpe de melena acompañados en todo momento por las escandalosas carcajadas de sus compañeras.

—Esas... —pregunto a Mariana señalando al grupo con la barbilla— ¿por qué nunca se juntan con nosotras? También son asistentas, ¿no?

—Déjalas. No quieren mezclarse. Para ellas eres una amenaza. Una intrusa. Saben que los clientes prefieren contratar a españolas antes que a extranjeras. Piensan que juegas con ventaja y por eso te odian.

—¿Y tú? También eres sudamericana como ellas. ¿Qué tienen contra ti?

—Complejo de inferioridad. Creen que las miro por encima del hombro por tener estudios.

Las dos nos quedamos en silencio. A veces, la mezquindad humana te deja sin palabras.

—Tú también tienes estudios, ¿verdad? —me pregunta Mariana—. Hablas muy bien para ser una simple limpiadora. Venga, dale, ¿qué pasó? ¿Cómo es que terminaste entre bayetas y lejías?

—Supongo que algo se te pega, aunque pases más tiempo en la cafetería de la facultad que en clase. Hice hasta tercero de Geografía e Historia. Como tantas cosas en mi vida, ni siquiera eso lo elegí yo. La nota de selectividad no me alcanzaba para otra carrera. Tampoco me importó. No tenía claro lo que quería hacer con mi vida. En aquellos años ni te planteabas no ir a la universidad. Daba igual lo que estudiaras. Si no te matriculabas en algo parecías un fracasado. Y mírame ahora. Las bromas de la vida nunca tienen gracia. Luego, en una fiesta universitaria, conocí a mi marido. No sé muy bien qué hacía allí un pintor de brocha gorda. El caso es que en cuanto me puse a hablar con él me di cuenta de que no teníamos nada en común. Pero era tan viril, tan masculino, destilaba hombría..., es curioso, lo que antes parecían virtudes hoy suenan casi como insultos. En fin, te puedes hacer una idea de lo que pasó. El caso es que me quedé embarazada y decidimos casarnos. Los peores errores siempre se visten con el traje de las buenas ideas. A él le iba bien pintando casas y yo dejé Geografía e Historia. Encontré trabajo en una oficina de cambio de moneda en plena Puerta del Sol. Marcos, liras, francos, escudos, imagínate la de turistas que pasaban por allí, todos con sus respectivas divisas buscando cambiarlas por pesetas. Los dos teníamos buenos sueldos y nos hipotecamos para comprar un piso. Fueron años felices. O al menos ese es el recuerdo que me queda. Después de tener a Mario decidimos ir a por la parejita. ¿Por qué no? Las cosas nos iban bien y el futuro era una carretera recta por la que circulábamos a toda velocidad. Y llegó Noelia. Parecía que le caíamos bien a la suerte. Pero el destino se aburría, así que decidió jugar con nosotros. Primero llegasteis vosotros, los inmigrantes. ¿Y cuál era la forma más sencilla de ganar dinero? Hacer chapuzas en negro. Fontaneros, albañiles, pintores... ¡No me mires como si fuese una racista! Solo te estoy contando lo que pasó. La ley de la oferta y la demanda condenó a mi marido. Más trabajadores, menos trabajo y por menos dinero. Los nubarrones se cernían sobre nuestro edén particular. La tormenta estalló el 1 de enero de 1999, con la llegada del euro. El fin de la mayoría de las monedas europeas acabó con el negocio de las oficinas de cambio. Una a una fueron cerrando todas. Y me quedé en la calle, con dos hijos, una hipoteca, una carrera sin terminar y el sueldo menguante de mi esposo. Las preocupaciones crecían al mismo ritmo que las facturas. Yo solo tenía experiencia en un trabajo que ya no existía y no disponía de tiempo para ponerme a hacer cursos. Necesitaba ingresos y rápido. Así que me puse a limpiar. «Será algo temporal —me dije—. Solo hasta que salgamos del bache». Un día, te llevas la taza a los labios y cuando la vuelves a bajar han pasado veinte años. Las cosas no han salido como imaginaba. Fíjate si es triste mi vida que te la he contado en un minuto. Pero ¡mira qué hora es ya! Me marcho, Mariana. Si no estoy muy liada mañana nos vemos aquí.

—¿Mañana qué días es?

—Miércoles.

Antes de salir por la puerta de la marisquería, echo un último vistazo a la pecera. Los bueyes de mar alzan sus pinzas inútiles como si quisieran decirme adiós. Y sin saber por qué, una potera de congoja se me traba en la garganta.

En la entrada del metro me encuentro con Abraham. Es un mendigo grisáceo y corpulento que a todas horas parece necesitar su dosis diaria de litio. Viste ropa donada extravagante y de distintas tallas, lo que a mis ojos lo convierte en un símbolo viviente de la libertad personal. Siempre he tenido la impresión de que los mendigos saben algo que nosotros no conocemos. O, tal vez, hayamos olvidado. Me cae bien. Cuando lo veo me dice algo agradable. Por eso acostumbro a darle dinero. Caridad por caridad. Observo que la caja de cartón a sus pies contiene pocas monedas. Más cobre que dorado. Junto a ella hay un letrero con un drama escrito de forma rudimentaria que habla de un padre en paro, enfermo y con tres hijos. La gente miente para conseguir pasta. Hasta los sintecho como Abraham. En realidad, no sé cuál es su nombre, lo he bautizado así por su enorme y enredada barba.

—¿Cómo estás hoy? —le pregunto arrojando a la caja diez céntimos.

—Sereno, princesa, que es como peor se puede estar en esta mierda de mundo.

10

La puerta del tercero B aún conserva las tiras de plástico de la policía que impiden el paso a la vivienda. No puedo evitar pensar que parecen las bandas de una miss.

Miss tanatorio. Miss sonrisa cadavérica. Miss *rigor mortis*.

Continúo subiendo las escaleras hasta llegar al cuarto piso, donde se encuentra la vivienda de la señora Juana. Algo me hace estremecer antes de tocar el timbre, como si la fría mano de un ánima me hubiera acariciado la mejilla. Tengo el presentimiento de que aquello es una trampa, que los policías se me echarán encima en cuanto ponga un pie dentro de la casa. En el fondo, me da igual, si voy a la cárcel lo haré contenta. Vivir ese instante en el que fui la mujer más poderosa del mundo…, no lo cambiaría por nada. Mi dedo pulsa el botón blanco que lanza un metálico grito de protesta. La señora Juana aparece en el vano. Me agarra el brazo con fuerza tirando de mí hacia dentro.

—¡Ay, qué bien que ya estés aquí! ¡Lo que tengo que contarte, querida! ¡Ni te imaginas lo que ha pasado! ¡Pero entra, mujer, entra de una vez!

Me arrastra hasta el salón, donde nos sentamos en dos sillones prácticamente pegados.

—¿Sabes quién es la señora Elena? Sí, mujer, la del tercero B, esa que parece un periscopio de lo estirada que va siempre, pues alguien le rajó el cuello en su propia casa la semana pasada. Uy, que no te he ofrecido nada. ¿Quieres que te traiga un café, un té, unas pastitas? Galletas de mantequilla no me quedan. Se las comieron todos los policías que vinieron a hablar conmigo.

—¿La policía estuvo aquí?

—Claro, querían tomar declaración a todos los vecinos. ¿No te estoy diciendo que la degollaron en su piso? Pensaban que alguno de nosotros podría haber visto algo. Qué pena, me habría encantado ser una testigo y que me llevaran al juicio para poder señalar al culpable. Entre tú y yo, a mí siempre me pareció una asquerosa. Que Dios me perdone. Entonces ¿qué prefieres, café o té?

—Café. Americano, si puede ser. ¿Y los agentes no le dijeron si querían tomarme a mí también declaración?

La señora Juana se pone en pie dedicándome una de esas sonrisas que duran demasiado tiempo con las que las personas mayores tratan de desconcertarnos. Porque no sabes si lo que acabas de decir les parece divertido o una completa estupidez.

—Pero ¿cómo iba a hablarles de ti a la policía? ¿No ves que te pago en negro? Quita, quita, bastantes problemas tengo yo ya. Aunque los que vinieron se dediquen a resolver asesinatos, siguen siendo policías. Y no quiero que me busquen un lío. Además, tú no viste nada, ¿verdad?

Pegados al imán de la pared, los cuchillos forman una enorme sonrisa cuando entro en la cocina. Parece que me estuvieran esperando. Yo también me río. Con una risa triunfante. Incontenible. La risa escandalosa y desacomplejada de la mujer que empuñaba el cuchillo en el tercero B.

«Siempre quejándome por trabajar sin contrato y mira, gracias a eso me he librado», pienso. El tuerto que lleva años con la vista clavada en mí ha debido de distraerse un momento. Y sigo riendo. Porque ahora estoy segura de que nunca me descubrirán. Porque siento la euforia arrolladora de salirme con la mía. El placer pernicioso de hacer algo malo sin que te descubran. Y sin saber cómo, tengo otra vez un cuchillo entre mis manos.

11

—Mi vida sexual ha seguido la misma evolución que la Coca-Cola. Primero fue «normal», luego «light» y ahora es «zero».

Valle dijo eso mientras se terminaba su segundo gin-tonic. La mesa estaba repleta de copas vacías, un ejército desarmado pidiendo refuerzos. Eloísa notaba el gratificante efecto del alcohol haciendo estallar sus neuronas como fuegos artificiales. La fiesta era en su honor. Acababa de detener al presunto asesino de un constructor, su primer caso resuelto. Un regalo de bienvenida de su jefa. Los miembros del Grupo V de Homicidios se desperdigaban por todo el local esparciendo camaradería. Eloísa estaba sentada en una mesa alta, la más cercana a la barra, junto a Valle y a Carpio.

—Tú no lo sabes, pero en las fiestas de Homicidios —continuó la inspectora— existen cuatro grupos claramente diferenciados: están los ectoplasmas, son los que ves en el curro, pero nunca en los bares; después vienen los unicornios, que solo se toman una copa para quedar bien. No quieren que los demás pensemos que son un coñazo, aunque sean un coñazo, y luego está el señor dos whiskies, aquí presente. ¡Joder, Carpio, a ver si te saltas tu puto límite alguna vez!

—Me gusta quedarme al borde del precipicio, contemplando el paisaje. Porque sé que lo que me espera abajo es malo.

—¿No te parece insufrible este tío? Ahí sentado, sacando brillo a su jodido autocontrol. Que le den. Y por fin llegamos a la cuarta categoría, la de las putas alcohólicas que hace tiempo dejaron el anonimato. Ahora solo nos falta saber a qué categoría perteneces tú. ¿Te pido otra ronda, Eloísa?

—Por supuesto —dijo sin dudar.

—Esa es mi chica —anunció Valle alejándose hacia la barra.

Cuando se quedaron solos, Eloísa notó que Carpio la miraba con el orgullo distante del que cree saber algo que tú no sabes.

—Mi segundo whisky ha dicho adiós y yo me despido con él. Hazme un favor: échale un ojo a la inspectora, ¿vale? Este local es agradable y me gustaría poder volver.

—Ya es mayorcita para cuidarse sola.

—No es ella la que me preocupa, sino los demás. Sobre todo los miembros del género masculino.

—¿A qué te refieres?

—Tú solo procura que no beba demasiado. Dicen que lo que tomaba el doctor Jekyll antes de transformarse en Hyde era ginebra con tónica.

El día pertenece a los relojes, pero la noche no. En la noche no existe el tiempo. Reina la anarquía de los vicios. Las pasiones y el deseo destronan a la puntualidad y a las horas de entrada. A medida que llegaban más copas el ambiente comenzó a cambiar en el bar. Eloísa lo notó. La desinhibida afabilidad fiestera empezaba a volverse áspera. Los cuerpos se repelían al rozarse como cargados de electricidad estática. Miradas torvas buscando potenciales rivales reales o imaginarios. Agresividad y alcohol, el cóctel preferido de la violencia.

Los otros miembros de Homicidios hacía rato que se habían retirado. En la barra, Valle hablaba con el camarero. Ambos se reían. Parecían divertirse hasta que, de pronto, el joven se puso serio mientras la inspectora echaba la cabeza hacia atrás carcajeándose. Era evidente que había dicho algo que no le gustó. Después, con paso tambaleante, tomó el camino de regreso a la mesa donde esperaba Eloísa. Pero antes de llegar se cruzó con un hombre. Solo se miraron a los ojos un momento y sin mediar palabra ella lo besó en los labios. Un beso intenso, húmedo, largo. Como si su lengua se follara la boca de aquel tipo. Luego Valle siguió andando como si nada. Solo había dado un par de pasos cuando el tipo la tomó por el brazo con brusquedad.

—Oye, no me dejes a medias, ¿adónde crees que vas?

La inspectora le reventó la nariz de un cabezazo. El tipo cayó al suelo inconsciente igual que un pantalón recién desabrochado. Valle aún se estaba riendo cuando los amigos del herido se le echaron encima. Sin pensárselo, Eloísa fue a por ellos. Los tipos lanzaban puñetazos largos y previsibles. Fáciles de esquivar. Oficinistas: la última pelea que tuvieron fue en el patio del colegio. No eran rivales para una ex-Bronce. Alcanzó a uno de ellos en la nuez con el dorso de la mano. Un directo a la mandíbula, un rodillazo en la entrepierna y el grupo reculó guardando las distancias.

—¡¿Qué mierda pasa aquí?!

Dos cajas fuertes con forma humana embutidas en camisetas en las que se leía SEGURIDAD se interpusieron entre ambos bandos.

—¡Llamad a la policía! —gritó uno de ellos.

—La policía ya está aquííí —dijo Valle agitando su identificación como una lengua flácida que le hiciera burla.

En la calle, las dos mujeres no podían dejar de reír. La una agarrada a los hombros de la otra, ambas apuraban sus bebidas. Al menos había conseguido que se las sirvieran en vasos de plástico antes de echarlas del local.

—¿No crees que nos hemos pasado un poco de rosca? —preguntó Eloísa.

—Somos maderas. Podemos hacer lo que nos dé la gana. Además, eran unos gilipollas. Les viene bien que alguien se lo recuerde de vez en cuando. Hablando de gilipollas, ¿es cierto eso de que tu chico te engañaba con un tío? Cuentan por ahí que pillaste al amante escondido en tu armario. Qué ironía, ¿no? Un marica que no quería salir del armario. Tiene gracia.

—Sí, la monda.

—Entonces es cierto.

—Prefiero no hablar del tema.

Un cubito de silencio se deshizo en sus vasos.

—¿Y tú qué? Cuentan por ahí que detuviste a tu propio marido por un asunto de pornografía infantil. Vaya palo.

—Prefiero no hablar del tema.

La incomodidad surgió como un persistente vendedor ambulante.

—Los putos hombres. Siempre con el sexo en la cabeza. Por mucho tiempo que pases con ellos, tengas hijos y compartas momentos importantes... siempre son desconocidos, no tienes ni la más remota idea de quiénes son en realidad. De qué se les pasa por la mente. Por eso prefieres idealizarlos, crearte una imagen ficticia de ellos que case contigo. No te queda otra si no quieres volverte loca. Pero, en realidad, son como extraños en tu vida. Nunca sabes cómo van a reaccionar. ¿Quieres que te dé un consejo? Inútil, claro, si no, no sería un consejo. Los maridos son como esa ropa que guardas desde el instituto. Sabes que ya no te queda bien y que tampoco está de moda. Y sin embargo te niegas a deshacerte de ella con la esperanza de que algún día vuelvan aquellos buenos tiempos y te la pongas de nuevo.

—Pues parece que las dos hemos hecho limpieza en nuestros armarios.

—Sobre todo tú. ¡Joder, que me mato!

Una baldosa suelta en la acera casi les hizo perder el equilibrio, lo que provocó nuevas risas.

—¿Y las mujeres? ¿Cómo somos las mujeres?

—Igual de hijas de puta que los hombres, pero más prácticas. ¿Sabes? Has sido un fichaje cojonudo. —La borrachera hacía que a Valle apenas se la entendiera, hablaba como si llevara un protector bucal—. ¡Vamos a tomarnos la penúltima a un sitio que conozco aquí cerca! Me parece que también me echaron una vez. Bueno, qué más da, esperemos que no se acuerden.

Tres horas más tarde, Eloísa dejaba en su cama a la inspectora semiinconsciente. Antes había tenido que buscar las llaves en los distintos bolsillos de la ropa de Valle para abrir la puerta del piso. Eso después de dos intentos fallidos tratando de dar con el portal.

—Fer..., tu bierass sscho lo misssmo que io. Lo sbes, Fer..., lo sbes...

Eloísa estaba demasiado ocupada tratando de quitarle los vaqueros como para prestar atención a lo que decía su jefa. Por fin consiguió liberarla de ellos y la arropó lo mejor que pudo. Después la dejó sola, cerrando la puerta de su habitación. Pidió un Uber con su móvil desde el salón. La luz naranja de las farolas de vapor de sodio entraba por las ventanas dando a la estancia un tono sepia como de fotografía antigua. Mientras esperaba la llegada del coche, le llamó la atención la cantidad de imágenes que había por todas partes. Valle de niña. Valle con el uniforme de policía. Valle recibiendo una condecoración. Sin embargo, la mayoría eran fotos de pareja. La inspectora abrazada a un hombre. Los años haciendo mella en el aspecto de los dos, pero el cariño entre ambos permanecía intacto al paso del tiempo. Eloísa imaginó que se trataba de su marido. El mismo al que, según contaban, la inspectora había metido en la cárcel. El piso se había convertido en un mausoleo a un amor muerto. O tal vez un altar donde expiar el sentimiento de culpa. Entonces Eloísa se sintió una intrusa.

—*Fer..., ntiéndeme..., slo essso tpido...*

El móvil le informó de que su coche llegaría en un minuto.

No había fotos de pareja cuando Eloísa llegó a su casa. Había destruido todas sus imágenes con Santiago. Los que sí la esperaban eran los recuerdos, esos no se podían romper y tirar a la basura. Estaban allí, agazapados en cada rincón de la vivienda, aguardando. Escondidos para abalanzarse sobre ella. Mortificándola. Recordándole lo sola que estaba. La sensación de algo muerto que ahora le provocaba su piso.

El sonido de la música y las risas le llegó filtrándose a través de las paredes. Alguien daba una fiesta en su edificio. Siempre había alguien dando una fiesta. Pero nunca era ella.

El alcohol, susurrándole malos consejos al oído. Extrajo el móvil del bolso.

No le gustaba lo que hacía para no sentirse así. O quizá lo que no le gustaba era darse cuenta de que, en realidad, sí le gustaba. Cada vez más. Aunque sabía que era una mierda. Una mentira con la que engañarse para combatir la soledad. Una especie de droga a la que se había enganchado. Y como sucede con todas las drogas, después de la agradable subida viene el bajón. Cada vez más profundo. Cada vez más dañino.

—Una vez más, solo una vez más. Prometo que será la última. ¿Qué mal me puede hacer?

Buscó en su teléfono el perfil falso que se había creado en Instagram: loba666. Se desnudó frente al espejo hasta quedarse solo en ropa interior. Sujetaba el aparato de modo que tapara su cara en el reflejo mientras con la otra mano tiraba del elástico de sus bragas de forma sugerente.

Clic.

Luego subió la imagen junto con el texto «Si estuvieras aquí, conmigo, ¿qué me harías?».

Los mensajes no tardaron en llegar. Cientos. Proposiciones, ordinarieces, groserías, insultos. Incluso había quien intentaba ligar con ella. Esos eran los más patéticos. Tumbada en su cama los leyó uno por uno.

Pervertidos, pajilleros y enfermos le hacían compañía. Solitarios a las tres de la mañana jugando a no estar solos. Y eso consiguió que se sintiera aún más triste.

La televisión ilumina el salón con su luz cambiante. Estoy sola mirando la pantalla. El resto de mi familia se ha acostado ya. Me gusta quedarme así. Es mi momento. El único en el que puedo pensar.

«Bueno, Isabel, pues parece que te has cargado a alguien y te vas a ir de rositas», me digo. Y eso me hace sentirme bien. Pero sé que no puede repetirse. De ninguna manera. Por mucho que me apetezca volver a experimentar esa sensación... No, la próxima vez no tendré tanta suerte. Me descubrirían seguro. Llevo diciéndome lo mismo desde hace días. El mantra que mantiene a raya los malos pensamientos. Pero tienen pértigas. Y se saltan todas las barreras mentales que me autoimpongo. Porque me siento como un exfumador deseando que alguien le ofrezca un cigarro para volver a caer.

«Eso no va a pasar. ¿De verdad, Isabel? Por qué no paras ya de mentirte a ti misma. ¡Qué coño hago hablando sola! ¡Fue un error, un momento de locura! ¡Nada más! ¡Ya está! ¡Nadie lo sabrá nunca! ¿Sí? Entonces ¿por qué sigues viendo documentales sobre asesinos en serie? ¿Quieres que te responda? Para aprender, Isabel. Para aprender».

12

Fregar los cacharros siempre me ha parecido una tarea relajante. El agua tibia, la sensación esponjosa de la espuma entre tus dedos, el olor a fruta química del lavavajillas. Lograr que, poco a poco, los pegajosos y grotescos restos de comida vayan desapareciendo. Todo el grupo informe y sucio amontonado en la pila da paso al orden de los platos en el escurridor y al brillo de los cubiertos. Consigues que un pequeño mundo caótico vuelva a ser perfecto. De todos los trabajos que realizo en las casas ajenas este es, sin duda, mi preferido. Estoy sola. La pareja de gais hace rato que se han marchado a hacer cosas importantes en sus respectivos empleos importantes reservados para gente importante. No sin antes repetirme varias veces lo que querían que limpiara y cómo querían que lo limpiara. El fregadero de la cocina está justo debajo de la ventana que da al patio. Puedo escuchar los sonidos cotidianos de los otros pisos y el incipiente aroma a comida. Toda aquella paz hogareña me llena de sosiego. De calma. Pero algo lo estropea. Mejor dicho, alguien.

Ella.

Sus ventanas quedan justo frente a la mía. Llevo semanas observándola. Intenté ignorarla, Dios sabe que lo intenté. Pero la lengua siempre va a la llaga. Debe de tener veintitantos años. Guapa hasta recién levantada. Lleva encima todas las deslumbrantes joyas regaladas por la juventud que la vejez acabará empeñando. No para de recibir paquetes en su casa. Cosméticos caros y ropa de marca. Su única ocupación es grabarse vídeos con el móvil para promocionar esos productos. Constantemente. Delante de un foco con forma de anillo. Será una tiktoker. O instagramer. O como mierda se llame eso que hace. ¿Os habéis fijado en la forma en la que se mueve y habla la gente segura de sí misma? Esa odiosa desenvoltura. Como si el mundo girara a su ritmo, deteniéndose para escuchar lo que dicen. Como si estuviera hecho a su medida. Demostrando que a los demás nos queda grande.

«¿Y a eso se le llama trabajar?», pienso mientras froto la grasa incrustada en la sartén.

¿Cuánto dinero ganará haciendo aquello?

No, esa no es la pregunta correcta.

La pregunta correcta es cuánto dinero gana más que yo haciendo aquello. Prefiero no imaginarlo.

Luego está lo otro. Lo de los hombres.

Estrena uno nuevo todas las semanas. Divinidades sexuales. Saliendo de entre sus sábanas. Hermosos, jóvenes, musculados. Algunos hasta le llevan el desayuno a la cama. Después se marchan para ser reemplazados por otros. Igual de hermosos, jóvenes, musculados. Una vida privilegiada. Un exceso de felicidad inmerecida. Intolerable. Injusta.

Debería darme igual. Pero no es así.

Cuando tienes una picadura, sabes que no debes rascarte o empeorará. Y, sin embargo, no puedes evitar que tus uñas acudan a la llamada una y otra vez. Y la cabeza empieza a trabajar en tu contra. Aquella chica ni siquiera vive en el mismo portal que los gais. Sus ventanas dan a un patio compartido entre los dos bloques de pisos. No podrían relacionarme con ella. No si lo hago bien.

Hay gente que genera mierda y hay gente que la

limpia. Yo pertenezco al segundo grupo. Sin embargo, por un instante de locura, me asomé a lo que significa formar parte del primero. Y me gustó. Me hizo sentir... especial. Mataría por experimentarlo de nuevo. Nunca un verbo estuvo mejor utilizado. Las ganas regresan. El deseo de volver a notar el poder dentro de mí. Ser otra vez una diosa. Maligna. Pero diosa. Quitarle toda aquella felicidad y quedarme con un poquito. ¿O es que no me lo merezco? ¿No nos lo merecemos todos? A veces hay que salirse del camino que te marcan, ignorar las señales de prohibido, para que el viaje resulte interesante. El mío lleva años siendo demasiado aburrido. La rutina me ha transformado en un ser anodino. Quizá mi cabeza en realidad esté trabajando a mi favor. En ese momento, miro mis manos y me doy cuenta de que lo que estoy fregando es un cuchillo.

Se aprenden muchas cosas viendo documentales sobre asesinos en serie. Sobre todo a no ser estúpida. A no repetir los errores ajenos. Salgo de casa de los gais a mi hora. Mochila, melena suelta y un llamativo jersey fucsia. Si hay alguna cámara de seguridad por la zona, eso es lo que grabará. Isabel, la asistenta, continuando con su jornada laboral. Tomo el camino que me lleva hasta el metro, como de costumbre. Me siento en las escaleras, justo antes de entrar en la estación. Es la hora de comer. Todo el mundo tiene prisa y nadie se fija en mí. De la mochila saco una chaqueta de chándal, una gorra y una goma con la que me recojo el pelo. Isabel se desplaza hasta el andén y espera la llegada del convoy, como todos los días. Porque la mujer que ahora sube las escaleras con la gorra calada ya no es ella. Ahora es alguien distinto. Alguien mucho mejor.

Regreso a la misma calle por un camino diferente, más largo. Me detengo en el portal 22, justo el anterior al de los gais. Frente al portero automático aprieto cuatro botones distintos a la vez. Todos de pisos altos. Por encima del que ocupa la reina de Instagram. Cacofonía de voces superpuestas.

—¿Quién es?

—¿Sí?

—¿Quién llama?

—Cartero comercial. ¿Me abre, por favor?

Es una cuestión de estadística. Si pruebas las suficientes veces, siempre hay alguien que por inercia te deja entrar. Aunque luego se arrepienta de haber pulsado el botón.

Suena el zumbido metálico. Las puertas del cielo se abren para mí.

Una vez dentro, decido subir por las escaleras. El bloque es idéntico al de los gais, así que no me cuesta deducir ni el piso ni la letra de su vivienda. Delante de la puerta, guardo la gorra. Un rostro descubierto genera menos desconfianza. Que vea solo lo que soy por fuera: una vulgar limpiadora.

Ding, dong.

Escucho sus pasos acercándose. La puerta se abre.

—¿Qué desea?

—Siento mucho molestarla a estas horas. Soy la asistenta de sus vecinos de enfrente. Estaba recogiendo la ropa del tendedero y en un descuido una camisa se me ha caído. La suerte es que ha quedado enganchada en las cuerdas del suyo. Si fuese tan amable de entregármela. Es una de sus favoritas y no me gustaría tener problemas con los señores por una cosa así. Solo será un momento.

—Claro, pase. No es ninguna molestia.

—No sabe cuánto se lo agradezco.

En cuanto cierra la puerta y me da la espalda la

agarro por el pelo. Tiró hacia atrás dejando expuesta su garganta. El cuchillo la rebana con facilidad, como si seccionara un bloque de mantequilla caliente. Luego la empujo para que la sangre no me alcance. Al verla caer al suelo me doy cuenta de que el ansia me ha hecho emplear demasiada fuerza. Su cabeza casi está separada del resto del cuerpo. Parece un dispensador de caramelos Pez. Me quedo en cuclillas observando la escena. Tiene el rostro de lado, por lo que solo puedo ver uno de sus ojos. Y allí está de nuevo. El miedo. En su mirada. El terror que le provoco antes de marcharse para siempre. Y vuelvo a sentirme... poderosa, importante. Porque damos relevancia a aquello que nos aterra, no a lo insignificante. Y estoy cansada de ser insignificante.

—Dónde está ahora toda tu puta felicidad, ¿eh? En el final, desde luego que no.

Todo termina en un instante. El auténtico gozo es así, efímero. Para disfrutarlo con mayor intensidad. Para que continúe siendo excepcional. En esta segunda ocasión estoy mucho más tranquila. No siento la necesidad de salir corriendo como la primera vez. Incluso me permito el gusto de darme una vuelta por el piso. Una pequeña. Con los guantes de fregar puestos. Entro en el cuarto de baño y me quedo impresionada con la cantidad de cosméticos que encuentro. Parece una pequeña perfumería. Decido guardarme un sérum de Clarins, algo que nunca me podría permitir. Otro trocito de felicidad que le arrebato. No será el único. Antes de marcharme, me acerco al cadáver, y, con cuidado de no pisar la sangre, le quito uno de sus pendientes. Los asesinos en serie suelen llevarse recuerdos de sus víctimas. Lo aprendí en los documentales. Y eso es lo que quiero que piensen. Que esto es obra de un asesino en serie. Para que hablen de él en los medios. Para que se haga famoso. Para que lo recuerden.

Salgo del portal con la gorra puesta y la mochila por delante, debajo de la chaqueta del chándal. Quiero que me haga parecer más gorda. Nunca se sabe dónde puede haber una cámara. Llueve. Miro al cielo para descubrir que no es agua lo que cae sobre la acera gris, sino espumillón. Millones de brillantes tiras de espumillón en mi honor. Extiendo los brazos y comienzo a girar dejando que se enrede en mi cuerpo, en los edificios, en las antenas, en los balcones. La ciudad entera se engalana para mí. Y bailo, feliz, bajo el torrente de plata. La alegría es un familiar consanguíneo de la locura. Porque todo es más hermoso decorado con espumillón. Porque todo brilla en esta fiesta a la que solo yo estoy invitada.

13

—Una vez detuve a un tipo. Era un romántico, a pesar de que sus antecedentes no ocupaban carpetas sino tomos. ¿Sabéis lo que me dijo? «Nunca le rompas el corazón a alguien. Solo tiene uno. Mejor rómpele los huesos, tiene doscientos seis».

Las carcajadas estallaron como motores de sierras eléctricas.

A Valle la anécdota le hizo gracia, a pesar de la incomodidad que sentía cada vez que aquellos tres hombres azules y la mujer de las perlas reclamaban su presencia. El Sistema chasqueaba los dedos y ella acudía a la llamada. No conviene enfrentarse al Sistema.

Martes, un día laborable. Era la hora de comer y todas las mesas estaban ocupadas. Sin embargo, en el Milford se respiraba el relajado sosiego de los que no tienen hora de entrada. De los dueños de su propio tiempo. Esa gente para la que el trabajo es eso que hacen los demás mientras ellos ganan dinero. Las cuatro figuras se inclinaban sobre sus platos llevándose porciones de animales muertos a la boca. La inspectora fue consciente de que no hablarían con ella hasta que terminasen. A ninguno se le pasó por la cabeza preguntar si le apetecía comer algo. Por suerte, se saltaron los postres y pasaron directamente a los cafés y las copas. Whisky, coñac, amaretto...

—Inspectora, si nuestra información es correcta, esta mañana ha aparecido otra mujer asesinada —abrió el fuego azul Klein.

—La tercera en apenas dos meses —remachó la mujer de las perlas.

—Es cierto. Después de la empleada de banca jubilada y la instagramer, hoy se ha hallado el cuerpo sin vida de Marta Suárez, una publicista de cuarenta y cuatro años. Divorciada. Fue su hija adolescente quien la encontró.

—¿También la asesinaron en su casa, como a las otras? —preguntó azul marengo.

—Efectivamente.

—¿También degollada?

—También. Hasta el momento no hemos encontrado ninguna relación entre las víctimas, más allá del *modus operandi* del asesino. No se conocían, no vivían en la misma zona, no compartían aficiones ni amistades, no frecuentaban los mismos lugares...

—Todo hace pensar que los crímenes son obra del mismo sujeto, ¿me equivoco, inspectora? —afirmó azul Prusia.

—Esa es nuestra principal hipótesis de trabajo, sí.

—Por consiguiente, no sería descabellado suponer que nos encontramos ante los primeros actos de un asesino en serie.

Valle se removió molesta en su asiento, como si, de pronto, se le clavara un objeto punzante.

—Creo que dar por sentado algo así es aún precipitado...

—Pero probable, ¿verdad?

—Digamos que existe esa posibilidad.

Azul Prusia dirigió la mirada hacia su copa, con tanta intensidad que parecía querer romperla.

—Un asesino en serie... suelto..., eso sería... algo... ¡estupendo!

La inspectora contempló los cuatro rostros sonrientes sin entender.

—Oh, vamos, querida. ¿A qué viene esa cara? No te tenía por una ingenua —continuó azul Prusia—. Estamos a menos de un año para las próximas elecciones. Si es que no se adelantan. Los últimos sondeos no son buenos. Y nuestros amigos que habitan las alturas están nerviosos. El asfalto resulta muy duro cuando uno se acostumbra a pisar moqueta. Un suceso como este sería de gran ayuda. No hay nada que distraiga más a la opinión pública que una ola de asesinatos. Cuanto más sangrienta, mejor. Es grotesco el gusto que despierta todo lo truculento entre el vulgo. Sin embargo, en este caso juega a favor de nuestros intereses. Corrupción, inflación, desempleo, tensiones territoriales, cambio climático..., todo eso quedaría en un segundo plano. Solo se hablará del asesino en serie.

—Siempre que escucho eso de «opinión pública» me viene a la cabeza la expresión «mujer pública». ¿A vosotros no os pasa? —apuntó azul marengo.

—Por eso no queremos que te apresures en atraparlo —dijo la mujer de las perlas a Valle, ignorando a su compañero.

—Tómate tu tiempo. El que sea necesario.

—Si pudiésemos hacer coincidir la detención con el inicio de la campaña electoral, sería perfecto.

—¿Sabéis lo que me estáis pidiendo? Si dejo de hacer mi trabajo puede haber más muertes —protestó Valle.

—La gente muere todos los días. Y el mundo sigue girando, el sol sale por la mañana y todos acuden a sus puestos de trabajo como si nada. Porque a nadie le importa una mierda que los demás mueran. Mientras no sea alguien de mi familia, y si es mi cuñado, tampoco. Oh, no te pongas melodramática —dijo azul Klein—. Nadie te está pidiendo que dejes actuar al asesino impunemente. Solo queremos que hagas las cosas despacio y bien. Pero, sobre todo, despacio.

—Y cuando tengas un sospechoso sólido, estaríamos muy agradecidos de que nos lo hagas saber antes de detenerlo. En política, lo más importante es saber manejar los tiempos para sacar el mayor provecho de los acontecimientos. No es lo mismo anunciar que subes los impuestos en plena cuesta de enero que hacerlo a primeros de agosto cuando todo el mundo solo piensa en la playa.

—Varios ministros ya han calificado los crímenes como violencia machista —dijo la inspectora—. Y me parece que se han precipitado. Aún no sabemos...

—La agenda feminista es uno de los puntos fuertes del Gobierno. Si la legendaria inspectora Valle, la infalible Wonder Woman, fuera quien resolviese el caso, sería muy positivo para nuestros intereses políticos. Constituiría un espaldarazo en las encuestas. Imagínate, una mujer encerrando a un asesino de mujeres. Nos apuntaríamos un gran tanto.

—Nuestros amigos de los despachos y los coches oficiales nos lo agradecerían. A todos. Ascensos, más dinero, más poder... Sacaríamos brillo a nuestros futuros. No suena mal, ¿verdad?

—Solo tienes que seguir con tu labor como hasta ahora, manteniéndonos informados de los avances en la investigación. Nada más. Nosotros marcamos el ritmo, pero tú serás quien toque la música.

Como de costumbre, el lenguaje gestual de las cuatro figuras anunció a Valle que la conversación había terminado. Se levantó de la mesa sin despedirse. La mujer de las perlas y los hombres azules la observaron salir del local con el paso marcial que marcaba la rabia. Todos sonreían con la indulgencia de los adultos ante una estéril rabieta infantil. El camarero con chaquetilla blanca y charreteras volvió a rellenar las copas sin preguntar.

—Estar por debajo, recibir órdenes..., debe de ser una sensación desagradable —dijo azul Prusia.

—Nosotros también tenemos gente por encima, no lo olvides —respondió la mujer de las perlas.

—Eso no siempre demuestra quién es el que manda. Supongo que te refieres a esos peleles del Gobierno. Si lo piensas bien, no son más que niños malcriados. Se creen libres porque los dejamos jugar en la calle a lo que ellos quieran, pero somos nosotros los que les decimos que no pueden cruzar la carretera. Ese es todo el margen de actuación del que disponen. ¿Te imaginas lo que supondría permitir que fuesen los políticos quienes tomasen las decisiones importantes?... ¡Por favor! La sociedad lleva votando a delincuentes en potencia desde que eligieron a Barrabás en lugar de a Jesucristo. ¿Qué sería del mundo sin personas comprometidas como nosotros? Caos, el reino del caos. ¿Sabes por qué tenemos que permanecer en las sombras? Porque la gente no quiere saber lo que pasa en un matadero. Lo que la gente quiere es comer chuletas.

Risas carnívoras. Con sonrosados restos de filete entre los dientes.

—Y esta cadena inesperada de crímenes resulta muy provechosa para nuestros intereses. No sé cómo no se nos ha ocurrido a nosotros crear algo así. Un asesino en serie feminicida en este momento. Es perfecto.

Todos dieron un trago. El alcohol siempre agiganta las perspectivas.

—Pues ahora que lo dices, me sé uno de asesinos —rompió el silencio azul marengo—. Un tipo se adentra en el bosque de la mano de un niño. El pequeño se dirige a él y le dice: «Oiga, señor, está oscureciendo mucho y tengo miedo». Entonces, el hombre responde: «¿Cómo crees que me siento yo que tengo que volver caminando solo?».

Las carcajadas sonaron como dentelladas.

14

—¡Merluza fresca! ¡Cómo tengo la merluza hoy, señora!

En la cola de la pescadería me quejo de los precios y hago algún comentario sobre el mal tiempo mientras aguardo a que llegue mi turno. Como una clienta más. Eso es lo que parezco: una simple clienta más. Pero no lo soy. Ya no. Ahora tengo una doble vida. Mi marido, mis hijos, el trabajo... son solo un disfraz. Algo secundario que me permite ocultar quién soy y lo que hago en realidad, mimetizarme con el resto. Porque ahora soy una asesina. Y eso lo cambia todo.

—¿Qué te pongo, reina?

—¿Los boquerones están frescos?

—Míralos, acaban de llegar nadando de Galicia.

—Bueno, pues ponme medio. ¿Has visto lo del criminal ese que va por ahí matando a mujeres?

—¡No sé adónde vamos a llegar!

—Lo que pasa es que hay mucho hijo de puta suelto.

—Y muy poco encerrado.

Hablan de mí. En todas partes hablan de mí. En la prensa, en la tele, hasta en el mercado. Soy famosa. Y me gusta. Por primera vez en mi vida siento que estoy haciendo algo importante. Puede que esté mal, según las reglas establecidas, pero me hace destacar, elevarme por encima del resto, sentirme especial. Y, además, todos tenemos algún vicio secreto con el que poder aguantar la mierda que nos cae encima a diario. Fumamos, bebemos, jugamos con el móvil, nos drogamos. El mío es robarles la felicidad a los que más tienen, equilibrar un poco la balanza. Como Robin Hood. Sí, eso es, soy un Robin Hood de la felicidad. Y como a él, me consideran una amenaza, una delincuente, una criminal.

—A ver si la policía lo pilla de una vez.

—Un loco, eso es lo que es. Un puto loco.

¿Loca? Loca estaba antes, soportando una vida rutinaria y vacía. Aguantando vejaciones y desprecios. Sintiéndome una fracasada. Resignándome a formar parte del engrudo espeso de la mediocridad. Pero ahora no. Ahora brillo con una luz negra. Ahora soy distinta al resto. Ahora me temen.

—¿Qué te pongo, reina? Oye, tú te has hecho algo.

Cuando llega mi turno, Lucio, el pescadero, me mira de arriba abajo sin pudor. Lleva los poderosos antebrazos tatuados con garabatos ininteligibles de color verde y una sonrisa traviesa viene y va en su boca.

—Ya sé. Lentillas. Te has puesto lentillas azules.

—No te fijas nada, Lucio. Te pareces a mi marido. Siempre he tenido los ojos azules.

—Pues no sé, reina, pero algo te has hecho porque estás más guapa que de costumbre.

—Anda, ponme un cuarto de anillas de calamar, zalamero. Y vete al oculista.

—Yo te pongo lo que tú quieras, ojitos azules. Si no me lo quieres contar, no me lo cuentes, pero estás cambiada. Se te ve más..., no sé..., radiante.

Me alejo del puesto cargada con la compra mientras siento la mirada del pescadero palpándome el culo. Así que exagero el movimiento de mis caderas para que se acuerde de mí durante todo el día. Es el mal, Lucio. El mal me sienta muy bien.

—¡No sabes lo que te voy a echar de menos, hija mía!

—Yo también, doña Juana. Pero la otra casa me pilla más cerca y me pagan mejor.

Miento. Sentada en el salón que tantas veces he limpiado, con una taza de café en la mano, miento. Dejo el trabajo porque no puedo permanecer más tiempo en el mismo edificio donde cometí mi primer asesinato. Tuve suerte de que doña Juana no le hablara de mí a la policía, por eso me libré. Pero seguir aquí sería una temeridad. Los agentes aún se pasan de vez en cuando por el tercero B. Sobre todo esa inspectora arrogante que sale en televisión y también la otra, la grande, la que parece un hombre. He aprendido mucho desde aquella primera vez. Ahora soy mucho más cuidadosa. Por eso sé que debo marcharme. Minimizar riesgos.

—Sabes que si yo pudiera te daría más dinero, pero mi pensión es la que es, no me llega para más.

Tiene dinero para irse a merendar tortitas al VIPS

con sus amigas, y para sus continuos viajes del IMSERSO, y para seguir comprando esas horribles figuritas de Lladró tan caras. Pero para pagar mejor a la pobre Isabel no. Para eso, la puta vieja no tiene dinero, claro.

—Lo entiendo, no se preocupe.

He colocado anuncios con mi teléfono en las farolas y las paradas de autobús del barrio de Salamanca, Chamberí, Arturo Soria, Centro…, las zonas donde se acumula la avaricia de felicidad. Hogares luminosos llenos de gente oscura. «Mujer española (subrayando lo de española) se ofrece como asistenta externa. Dispongo de referencias. Ocho euros la hora». Solo me interesan pisos que compartan patio con otros portales. Así puedo vigilar a mis nuevas víctimas sin que me relacionen con ellas. Las espío a través de las ventanas mientras limpio hasta que elijo a una que sea muy feliz, aunque cada vez soy menos exigente. Luego rompo algo en la casa en la que me han contratado, algo valioso, o quemo alguna prenda cara con la plancha para que me despidan. Siempre lo consigo. La gente no tiene mucha paciencia con el servicio. Dejo pasar algún tiempo antes de regresar. He estudiado previamente los horarios de mi víctima, así que sé cuándo está sola en casa. Entro en el portal con el truco del cartero comercial. Después me planto ante su puerta y le cuento la historia de que se me ha caído una prenda en su tendedero para que me deje entrar en la vivienda. El cuchillo pone punto final a la conversación. Si me encuentro con algún imprevisto, como que haya alguien más en el piso, solo tengo que fingir que me he equivocado y en paz. Un plan sencillo y eficaz que no levanta sospechas. Cuando se descubre el cadáver, la policía solo toma declaración a los vecinos del mismo edificio de la víctima. Rara vez se molestan en hacerlo con los de los portales aledaños. Y si es así, nadie se acuerda de una asistenta que dura menos de una semana y sin ningún contacto conocido con la muerta. Ser insignificante tiene una gran ventaja: te convierte en invisible.

—¿Y cómo dices que se llama la chica que me vas a enviar para que te sustituya?

—Mariana, doña Juana, se llama Mariana. Es muy seria y muy formal. Le va a gustar, ya lo verá.

—Pero sudamericana, eso es lo que me echa para atrás. ¿Quieres un poco más de café?

—Se lo agradecería.

En cuanto doña Juana pone rumbo hacia la cocina, me dirijo hasta el mueble de las figuritas de Lladró y coloco un par de ellas, las más insufribles, justo en el borde de la estantería. Luego vuelvo a ocupar mi asiento como si nada hubiera pasado.

—Ya estoy aquí con el café. De verdad que lamento mucho que me dejes. ¡Con lo bien que nos llevamos!

Asiento mientras observo la garganta de doña Juana moverse al tragar el café. Y pienso en lo cerca que estuve de rebanársela. Habría sido un error fatal. La asistenta sería la principal sospechosa. Ahora mismo estaría en prisión. Amontonada con el resto de las prendas con taras. Pero, por una vez, la suerte se puso de mi lado. Sí, vieja engreída, tú también tuviste suerte, me alegro de no haberte cortado el cuello. Apuro la segunda taza y me dispongo a marcharme.

—Tengo que irme, aún me quedan muchas cosas por hacer.

—Claro, hija, claro. Bueno, pues ya sabes dónde está tu casa para lo que necesites.

Doña Juana se despide de mí en la puerta dando dos besos al aire cerca de mis mejillas.

—Que todo te vaya muy bien. Y pásate a ver a esta vieja de vez en cuando.

—Lo haré, descuide.

Cuando salgo, cierro la puerta con más fuerza de la necesaria. Desde el interior del piso me llega el sonido de las figuritas al caer al suelo haciéndose añicos junto con los gritos desesperados de doña Juana. Bajo los peldaños de dos en dos con la alegría infantil de hacer el mal.

El movimiento del vagón del metro me zarandea como a un borracho buscando pelea mientras regreso a mi casa. Un tullido con acento rumano avanza por el pasillo contando algo sobre una enfermedad y cuatro hijos a los que tiene que alimentar. Nadie se digna a levantar la vista de la pantalla de su móvil. Yo también lo ignoro. Es un pobre hombre que intenta hacernos sentir mal con nosotros mismos, manipular nuestras conciencias, por tener una vida mejor que la suya. La Isabel de antes habría sentido un nudo en el estómago por no poder ayudarlo. Ahora me da igual. Él también busca víctimas, como yo. Es lo que hacemos todos, de una forma u otra: buscar víctimas de las que aprovecharnos. Y eso me hace pensar en mis crímenes. Todas mujeres. No tengo nada en contra de matar hombres, de hecho, me encantaría llevarme alguno por delante. Por ejemplo, a los dos gais reiterativos. Pero eso podría complicar las cosas. Los medios se han inventado un relato en el que me identifican con un asesino en serie masculino, basándose principalmente en el género de los cadáveres. Y me conviene que sigan pensando así por razones obvias. Aunque reconozco que me molesta un poco. Qué falta de perspectiva de género. Claro, históricamente toda la publicidad se la llevan los asesinos en serie hombres. Nadie sabe quiénes son Aileen Wuornos, Elizabeth Báthory o Enriqueta Martí. A las niñas les faltan referentes femeninos para romper el machismo que domina el mundo de los asesinatos. Hay que trabajar por la igualdad también en este campo. Me doy cuenta de que la gente del vagón me mira con cara rara. Es porque me estoy riendo. Una loca que se ríe sola en el metro. Sí, una loca.

15

La inspectora Valle esperaba detrás de la mampara de metacrilato. La pierna repiqueteando contra el suelo, un telégrafo histérico enviando constantes mensajes de SOS. Al otro lado, una puerta se abrió de pronto. La figura de su marido apareció acompañada por un funcionario. Tomó asiento frente a ella sin dejar de mirarla en ningún momento. Los ojos del hombre eran dos trenes descarrilando, saliendo del túnel de la sinrazón.

—¿Cómo te encuentras? ¿Te siguen tratando bien?

Solo una mirada recriminatoria por respuesta.

—¿Hoy tampoco vas a hablarme?

—...

—¿Qué podía hacer? No tenía otra opción..., era lo mejor para los dos.

Los ojos de su marido convertidos en dos jueces dictando sentencia, sin dejar de señalar al culpable.

—...

—¿No vas a decir nada? ¿Continúas castigándome con tu silencio? ¡Tú habrías hecho lo mismo que yo, maldito hipócrita!

—...

—Vale, quédate callado si quieres. ¡Pero no olvides que soy yo la que cuida de que no te pase nada ahí dentro! ¡Y puede que me canse de hacerlo!

Una sonrisa de suficiencia, un reto.

—¡Yo no elegí que las cosas terminaran así! ¡Hice lo que consideré mejor para los dos, aunque no lo creas!

—...

—A pesar de tu silencio, voy a seguir viniendo. Porque sé que te hace bien tener alguien a quien odiar. Y yo necesito sentir que me odias. Para ti es una especie de cura y para mí, una penitencia. Siempre hemos estado muy compenetrados, mi amor.

Agua. La mirada de Valle se volvió agua con la que intentó apagar el fuego de los ojos de su esposo. Pero hay llamas que las lágrimas no sofocan, sino que avivan.

—Volveré el próximo fin de semana —dijo cuando el funcionario informó que la visita debía concluir.

Sí, el tiempo entre los dos se había terminado hacía años y para siempre. Valle lo sabía.

El miedo, cuando se condensa, se vuelve sólido, palpable, se exuda. En la sala de interrogatorios, Valle veía cómo el joven frente a ella transpiraba miedo.

—Yo no…, le juro que no he hecho nada…, esto es un error…, yo no he matado a nadie…

—Yo no, le juro —dijo la inspectora imitando la voz del detenido—. ¿Qué me estás diciendo? ¿Que soy gilipollas?

—¡No, no, no, yo no he dicho eso!

—Has dicho que esto es un error. Y los errores los cometen los gilipollas. Así que me estás llamando gilipollas.

—De verdad que no quería decir eso. Yo le prometo por lo más sagrado…

—Yo le juro, yo le prometo… ¡Déjate de mierdas! ¿Te pone insultar a las mujeres? ¿Es eso lo que ocurrió? Le habías echado el ojo a la vecinita. Así que, cuando te tocó entregar un paquete en su edificio, decidiste hacerle una visita. ¿Qué pasó? ¿Te dio calabazas y no lo pudiste soportar? ¿A ella también la llamaste gilipollas antes de cargártela? Cuéntamelo y acabamos de una vez.

—¡Yo no he hecho nada! Le juro que yo no...

—Que sí, que sí, yo le juro, yo le prometo... Ahora que me fijo bien me estoy dando cuenta de que tienes cara de piñata. Así las llamamos por aquí. ¿Sabes lo que es eso? ¿Para qué sirven las piñatas? Para romperlas. Pues con tu rostro pasa lo mismo. Te miro y te miro y no pienso en otra cosa que en partirte esa cara de gilipollas que Dios te ha dado. ¿Quieres que te cuente un secreto? ¿Uno que solo conocen estas cuatro paredes? Los policías sabemos mil formas de hacer daño sin dejar marcas. Es una especie de curso extraoficial que nos transmitimos unos a otros. Y te garantizo que las preguntas que se realizan utilizando el lenguaje no verbal son mucho más contundentes. ¿Prefieres que tomemos ese camino o me vas a decir la verdad de una puta vez?

Unos nudillos tocaron la puerta. Luego apareció el rostro de Carpio.

—Inspectora, ¿tienes un minuto?

—Claro —dijo mientras se ponía en pie y, mirando al joven, añadió—: Y tú vete pensando quién de los dos es el gilipollas aquí. Los «yo no, yo le juro» te los metes por el culo. Porque cuando regrese quiero una respuesta. Cara de piñata.

En el pasillo, Carpio esperaba con unos papeles en la mano. Junto a él también se encontraba Eloísa.

—Este tipo no lo hizo. A las dos y cincuenta y seis de la tarde llevó un paquete a un vecino del mismo edificio en el que vivía la segunda víctima. Y a las tres y once se encontraba realizando otra entrega a tres manzanas de distancia. Lo hemos comprobado. No tuvo tiempo material de cometer el asesinato. Y no estaba ni cerca de donde aparecieron las otras dos víctimas.

—No me sorprende, a mí tampoco me parecía nuestro hombre. Está demasiado acojonado. Pero el caso es que nos estamos quedando sin sospechosos. ¿Queda alguno más por interrogar?

—Un repartidor de comida a domicilio —intervino Eloísa—. Podría tener relación con la primera mujer muerta. Pero según los registros de su trabajo, los tiempos tampoco cuadran. Además, no hemos encontrado ninguna vinculación con los otros dos crímenes.

—Da igual, traédmelo. A ver si sacamos algo. Por cierto —dijo llevándosela hacia un rincón—, esta noche podríamos salir a tomar algo.

Eloísa bajó la vista hacia sus nudillos en carne viva.

—No sé si podré. Estoy cansada.

—Vamos, mujer. Te prometo que iremos de tranqui. Sin líos. Hazlo por mí. Lo necesito. ¿Te llamo luego?

Eloísa asintió.

—Me gustaría participar en algún interrogatorio.

—Aún es pronto, no quieras correr tanto. Mejor date una vuelta por los barrios donde aparecieron los cuerpos a ver si encuentras un testigo o una cámara..., algo que se nos haya podido pasar. Necesitamos cualquier cosa con la que poder seguir avanzando. Ese hijo de puta volverá a matar. Y lo hará pronto.

—Ya peinamos esas zonas y no descubrimos nada.

—Pues lo vuelves a hacer.

Eloísa se marchó refunfuñando. Al verla, Carpio levantó una ceja de forma inquisitiva hacia Valle.

—Acaba de llegar y ya quiere interrogar a los sospechosos. Que ese montón de carne haga algo productivo —respondió al gesto la inspectora.

—¿Y qué hacemos con este? —dijo Carpio, señalando con la barbilla en dirección a la sala de interrogatorios—. ¿Lo soltamos ya?

—Deja que me entretenga con él hasta que me traigan al otro. Me gusta hacerlos sudar.

Y entrando de nuevo en la habitación gritó:

—Bueno, entonces ¿quién es el gilipollas, tú o yo?

16

—Yo se lo advertí, se lo advertí más de una vez a la vecina del cuarto F: no abras la puerta a nadie. Y mire lo que ha pasado. Si es que uno ya no está seguro ni en su casa.

Eloísa resopló hastiada, como si todos los días fueran su cumpleaños y estuviera harta de apagar las velas. Se había pasado la mañana completa tomando declaración a los vecinos de las mujeres asesinadas, una vez más. Y lo único que había sacado en claro era que la soledad provocaba un desmedido afán de protagonismo.

—Entonces ¿no ha recordado nada nuevo, algún detalle que se le pudiera escapar del día que se cometió el crimen? —dijo sintiendo la textura terrosa de las pastas de té en la boca.

—Oh, pues..., ¡sí, claro que sí! Olvidé decirles a sus compañeros que aquella mañana el cartero me trajo una carta certificada. Era una multa. ¿No le parece raro?

—¿Debería?

—Casi nunca me ponen multas. Soy muy prudente al volante. ¿No le apetece otra pastita?

Les trae sin cuidado la tragedia. Solo les interesa mantener el efímero foco de atención que la proximidad con la muerte ha puesto sobre ellos todo el tiempo que sea posible. Sentirse importantes, cruciales, indispensables para la investigación. Y para conseguirlo no dudan en exagerar, agigantar, estirar, inventar, mentir. Fauna cadavérica. Insectos que se alimentan de los muertos. El olor a cadáver atrae a las peores alimañas.

—¿El cartero era el de siempre?

—Sí, sí. Lo conozco desde hace años. Un tipo oscuro. Siempre me ha parecido mala gente.

—¿A qué hora le entregó la carta certificada?

—Serían como las diez de la mañana. Lo recuerdo porque estaba a punto de salir a dar mi paseo y suelo hacerlo a esa hora. Antes me acompañaba mi mujer, pero enviudé hace cuatro años. Un ictus. No pasa un día sin que me acuerde de...

—El forense ha determinado que el asesinato se cometió en torno a las tres de la tarde. No parece que la visita de su cartero habitual cinco horas antes tenga mucho que ver con el caso, ¿no cree?

—La agente es usted, no yo. Solo trato de ayudar. Me ha preguntado si recordaba algo nuevo y me vino a la cabeza lo de la multa. El cartero oculta algo, se lo digo yo.

Los hombros de Eloísa se hundieron bajo el peso del cansancio. Las ganas de mandarlo todo a la mierda ganaban el pulso a su profesionalidad. Sintió que un grito desesperado le ascendía por la garganta, con el que espetarle al anciano que dejase de hacerle perder el tiempo, que no tenía la culpa de que su vida fuese un coñazo, que estaba allí por un asesinato. A-SE-SI-NA-TO. Egoísta de mierda, serías capaz de confesar el crimen con tal de conseguir un poco más de atención. Pero, en cambio, se limitó a levantarse antes de que sus niveles de paciencia quedasen completamente vacíos.

—Bueno, pues creo que eso es todo.

—¿Se marcha ya? Pero si no se ha terminado las pastas. Tal vez si siguiéramos hablando podría recordar algo más de aquel día.

—Tengo otras cosas que hacer, seguro que se hace cargo.

—Claro, claro. Faltaría más. Y dígame, investigarán al cartero, ¿verdad? Su comportamiento fue muy sospechoso. Hágame caso.

—Descuide.

—¿Le he contado que la vecina del cuarto F tuvo una discusión con el presidente por el horario de las basuras? Podría tener algo que ver...

Eloísa dio un portazo al salir como única respuesta. En la calle la esperaba la lluvia. Así que decidió permanecer bajo el alero del portal hasta que la intensidad de la tormenta descendiera un poco.

«Una pérdida de tiempo», pensó. Aquello no era más que una total y absoluta pérdida de tiempo. No había conseguido dar con ninguna cámara nueva en las cercanías de las escenas de los crímenes y tampoco logró sacar nada que no supieran ya de las entrevistas con los vecinos. Tenía la amarga sensación de caminar sobre las huellas que dejaban los otros agentes. Y, lo que le resultaba aún más desagradable, que eso era lo que esperaban de ella. Labores asignadas a las novatas para que no olvidaran cuál era su lugar. No todo iba a ser bonito en su nuevo destino. En ese momento, se fijó en un grupo de adolescentes en la acera de enfrente, protegidos por el toldo de una tienda de alimentación. Debían estudiar en un instituto cercano porque todos cargaban con abultadas mochilas. Se dedicaban a hacer el tonto ejecutando imprecisas coreografías frente a las cámaras de sus móviles, con la ignorante despreocupación que les otorgaba su edad. Pronto, antes de que se dieran cuenta, toda aquella alegría desaparecería triturada por las mandíbulas implacables de la vida adulta y la ristra de problemas que venía tras ella, como las escandalosas latas que persiguen el coche de unos recién casados. Y, de repente, el chispazo de la sinapsis dentro de la mente de Eloísa lo volvió todo de colores metalizados. La idea. Sintió su impacto en el cerebro, tan fuerte que le zumbaban los oídos. Sin mirar, cruzó a grandes zancadas la carretera dirigiéndose hacia los estudiantes.

—Hola. Necesito que me escuchéis un minuto. Soy policía —dijo aproximándose al grupo mientras mostraba su acreditación—. Me gustaría haceros unas preguntas, si no tenéis inconveniente.

Notó la tensión extenderse entre los jóvenes. Policías igual a problemas. La primera regla matemática que se aprende en la calle.

—No tenéis nada que temer, la cosa no va con vosotros. ¿Siempre os refugiáis aquí cuando llueve?

Todos se miraron temerosos, sin saber si debían responder o salir corriendo.

—Sí —contestó una de las chicas, encaramada a unas deportivas con unas enormes plataformas. El rímel negro rasgando sus ojos confería a su rostro un artificial aspecto oriental—. Siempre venimos a comprar algo al chino después de clase.

Al instante, algunos miembros del grupo escondieron las latas de cerveza que llevaban en las manos.

—El pasado cinco de octubre, martes. Hace casi un mes, llovía igual que hoy. ¿Recordáis si ese día estuvisteis aquí?

—Joder, tía, yo no me acuerdo ni de lo que hice este fin de semana.

Risas despectivas. Vacilar a la autoridad siempre es divertido.

—¿Podríais comprobar en vuestros móviles si hicisteis alguna grabación en este mismo sitio el cinco de octubre?

—¿Esto es por la instagramer que se cargaron en el portal de enfrente? ¿Lo del asesino en serie ese que mata a mujeres? —La pregunta de la chica de las plataformas polarizó la atención del grupo.

—No estoy autorizada a daros esa información.

La afirmación implícita de la frase provocó que los jóvenes se pusieran a buscar en los archivos de sus teléfonos.

—Cinco de octubre..., ¡aquí está! ¡Tengo un vídeo! —anunció uno de los chicos.

Eloísa le arrebató el móvil de las manos. La grabación duraba apenas un minuto. Era evidente que se había hecho en el mismo punto de la calle que ocupaban en ese momento. En la imagen se veía a la chica de las plataformas bailando una canción de Shakira con aire desgarbado. Tras ella, la lluvia seguía cayendo. Pero los ojos de la policía estaban clavados en el portal que se veía a su espalda. Impertérrito durante toda la reproducción.

—¡Yo tengo otro!

Otra joven le pasó su teléfono a Eloísa. El nuevo vídeo también estaba grabado en la puerta de la tienda de alimentación. Dos chicos mostraban orgullosos a la cámara sendas latas de cerveza mientras sacaban la lengua y decían mamarrachadas etílicas. El negro portal aparecía y desaparecía a sus espaldas como una amenaza. Y entonces la vio. Pese a lo inestable de la imagen. Una figura oscura. Saliendo del edificio. Parándose en mitad de la carretera. Girando bajo la lluvia con los brazos abiertos. Eloísa comprobó a qué hora se había realizado la grabación: las 15.12. Cuadraba. Según los forenses, el asesinato se cometió en torno a las tres.

—¿Y esa pava que sale bailando detrás vuestro? Ni me había fijado —dijo la chica asomándose a la pantalla de su teléfono.

—¿Una mujer? ¿Crees que se trata de una mujer? —preguntó la policía fijándose mejor en la figura formada por píxeles negros. Era imposible apreciar su rostro y daba la impresión de llevar la cabeza cubierta por una gorra.

—No sé. Es lo que me ha parecido al verlo. Pero igual es un pibe.

—¿Me puedes enviar una copia de este vídeo a mi móvil? —solicitó Eloísa, sintiendo cómo la emoción del hallazgo inundaba su sangre de burbujas de champán.

Quizá esa mañana no sería una pérdida de tiempo después de todo. Quizá la novata había encontrado algo que nadie más había sabido ver.

17

—Mira, Isabel, hoy quiero que empieces con el salón. Ayer tuvimos invitados y está hecho un desastre. Cuando acabes, te pones con los baños...

La gente habla y habla sin parar. Y en realidad nunca dicen nada importante. Repiten siempre las mismas sandeces intrascendentes. Un día tras otro. Palabras vacías que salen de cabezas vacías. Vocablos convertidos en ventosidades, flatulencias verborreicas, globos hinchados soltando el aire. ¿Cuántas frases verdaderamente importantes puedes escuchar a lo largo de tu existencia? «Te amo». «Estoy embarazada». «Es maligno». «Adiós para siempre»... Comparadlas con la cantidad de morralla oral con la que nos vemos obligados a cargar a diario. Reiteraciones y obviedades. Erosionándonos el cerebro como papel de lija. El insufrible bla, bla, bla inútil y prescindible con el que ensucian algo tan puro como el silencio. Una de las pocas cosas verdaderamente inmaculadas que aún existen. Hablan y hablan y nunca escuchan. Hasta que me ven con el cuchillo en la mano. Entonces sí me prestan toda su atención sin abrir la boca. Entonces vence el silencio.

—... a la cocina también le hace falta un repaso.

Veo que Rosa A Secas mueve los labios delante de mi cara. Pero no la escucho. Mis ojos están clavados en su garganta. Me gusta observar cómo se le mueve al hablar. Parece que tuviera un insecto atrapado dentro del cuello tratando de rajar la piel para escapar.

—¿Estás oyendo lo que te digo?

Me gustaría poder sacarle una sonrisa. Una bien grande, de la garganta. Con el cuchillo. Sería tan fácil. Pobre engreída. No me hablaría así si supiera que tiene enfrente a una asesina. El respeto es el traje de etiqueta con el que se viste el miedo. Me preocupa la cantidad de veces que suelo fantasear con que me la cargo. Pero no, no debo, sería un error. La asistenta ocuparía el segundo lugar en la lista de sospechosos solo por detrás del marido. ¿Recordáis ese axioma que dice que el asesino siempre es el mayordomo?

Pues la policía también. Y pese a todo, no puedo apartar la vista de su cuello.

—¿Por qué sonríes? ¿Mi cara te hace gracia? ¿Es eso?

El tono ofendido hace que salga del trance.

—No, señora. Es que estoy feliz. Hoy seguro que es el cumpleaños de alguien en el mundo.

—Pero ¿de qué estás hablando? Últimamente dices cosas muy raras...

—Vamos, Rosa, no te pongas así, que es muy temprano para enfadarse. Además, una sonrisa siempre es preferible a una cara seria. ¿No tengo razón?

Alfonso, el marido de Rosa A Secas, mi príncipe con traje azul, sale a defenderme.

—Ah, entonces te parece bien que Isabel se ría en mi cara. Muy bonito, hombre, muy bonito.

—Cariño, no es eso. ¿Por qué haces un mundo de una tontería? Seguro que Isabel no pretendía ofenderte. Además, ¿qué importancia tiene lo que haga...?

Me aparto del matrimonio, dejándoles con su discusión matutina mientras paso el aspirador por el suelo del salón. El sonido del motor me aísla de la bronca devolviéndome a mi papel de convidado de piedra. Haciéndome de nuevo invisible, incorpórea, traslúcida. Dedicarte al servicio doméstico te convierte en un fantasma, estás pero no del todo. Por el rabillo del ojo observo cómo la pareja pone fin a la disputa fundiéndose en un abrazo. Alfonso me guiña un ojo por encima de los hombros de su esposa antes de marcharse. Un disparo que da en el blanco de mi corazón. Él es el otro gran motivo por el que no le rebano el cuello a su mujer. Necesito esas minúsculas muestras de afecto. Son como encontrar pepitas de oro en el enorme torrente de rutina en que se ha convertido mi vida. Cuando nos quedamos solas, finjo estar concentrada en la limpieza para evitar la mirada amenazante que me dedica Rosa A Secas al pasar por mi lado. Va directa al dormitorio. Como siempre. Dejo el aspirador encendido para que crea que sigo en el salón y me acerco sigilosa a la habitación del matrimonio. Asomo uno de mis ojos por la rendija de la puerta. Rosa A Secas está descolgando el horrible cuadro abstracto con el que ocultan la caja fuerte empotrada en la pared. Pulsa las teclas del código numérico de apertura con avidez. # 1 9 7 8. # 1 9 7 8. # 1 9 7 8. Repito la cifra en mi cabeza mientras vuelvo al salón y al aspirador.

1 9 7 8. # 1 9 7 8. # 1 9 7 8.

Seguro que es el puto año en el que nació.

#1978. #1978. #1978.

—Isabel, me marcho a yoga. Espero que la casa esté perfecta cuando vuelva. Y borra esa estúpida sonrisa de tu rostro. No me gusta, ¿estamos?

Asiento.

#1978. #1978. #1978.

En cuanto sale por la puerta, corro hacia el dormitorio.

#1978. #1978. #1978.

Descuelgo el cuadro con cuidado y vuelvo a teclear la contraseña en la caja fuerte.

#1978.

Un sugerente pitido me anuncia que la pequeña puerta metálica está desbloqueada. En el interior encuentro documentos apilados junto con lujosas cajitas aterciopeladas con aspecto de haberse tragado una joya y lo que en realidad me interesa: un tentador fajo de billetes apilados con rigidez marcial. Extraigo de la formación rectangular un par de cincuenta y vuelvo a dejarlo todo como estaba. No quiero que la avaricia provoque que me descubran. Llevaba tiempo planeándolo. Puede parecer que estoy robando. Pero, en realidad, se trata de una especie de impuesto, un subrepticio soborno con el que contener el intenso deseo de abrirle la garganta a Rosa A Secas de este a oeste. No puedo matarla, de acuerdo. Pues al menos que me pague por dejarla seguir con vida. Porque mis demonios internos me susurran dulces palabras violentas. Porque siento llegar la quemazón. Arde dentro de mí. Me quema. Y me empuja. Tengo el cráneo lleno de cristales rotos. La quemazón sabe que ya he elegido a mi próxima víctima. Y me apremia. Pronto le haré una visita. Pronto, muy pronto. Volveré a mudar de piel. Abandonaré mi camuflaje de mujer mediocre y saldré a cazar. ¿Hay algo más hermoso que hacer sonreír a la gente? ¿Aunque sea a través de su garganta?

Las imágenes de la figura oscura saliendo del portal donde se cometió el segundo asesinato se ampliaron, limpiaron, enfocaron, aumentaron su nitidez e incluso se deformaron digitalmente. Todo para nada. No se consiguió un plano decente en el que se pudiera identificar al asesino. Porque de eso no había duda. No se trataba de un mensajero, un cartero, un rider o un vecino de la víctima. Aquel borrón negro bailando bajo la lluvia pertenecía al asesino. Lo habían comprobado.

—¡Joder, no le des más vueltas! Hiciste un buen trabajo localizando el vídeo. No nos sirve para nada, pero hiciste un buen trabajo.

Las carcajadas de Valle abofetearon el rostro de Eloísa con desdén. El local en el que se encontraban era un antro para oficinistas desesperados por hallar el santo grial de la copa después del trabajo. La efímera vía de escape tras una jornada extenuante. El agónico intento de retrasar la vuelta a unas vidas de mierda.

—¿Quieres otra copa? —La pregunta de la inspectora sonó como un imperativo—. Te vendría bien. Ahora que lo pienso, ¿cuándo viene mal una copa?

—Por mucho que beba los problemas no desaparecerán. Ese hijo de puta volverá a matar muy pronto. Y no tenemos nada, no sabemos por dónde seguir investigando.

—Menuda obviedad. Ya sé que el alcohol no hace desaparecer los problemas. Pero todo lo que flota pesa menos. Así que si quieres que tus preocupaciones te resulten menos pesadas, bebe. Hazlas flotar, cuanto más líquido ingieras, mejor. Y en cuanto a lo del asesino..., vete acostumbrando, este trabajo es así. No podemos hacer otra cosa que esperar a que vuelva a matar. Llámame cínica si quieres. Pero todos los días nacen un montón de hijos de puta. Que se suman a los hijos de puta ya existentes. Incluso las personas que creen no ser unas hijas de puta lo son. No nos pagan para que los metamos a todos entre rejas, en eso la gente, y algunos policías como tú, os equivocáis. Nos pagan para que encerremos solo a unos pocos. Los suficientes como para que la sociedad no se dé cuenta de todos los que hay. Para que no se conviertan en una plaga. Ese es nuestro trabajo, el control de plagas. Mantener un número tolerable de hijos de puta sueltos. Sé que suena monstruoso y que puedo resultar insensible. Pero para atrapar al asesino necesitamos que nos dé otro cadáver. Y si tiene que suceder, que sea cuanto antes. Ahora mismo no estamos en disposición de evitar que haya una nueva víctima. Alguien va a morir. Asúmelo, no podemos salvar a todo el mundo. Piensa en positivo. Tal vez en esta ocasión cometa un error que nos lleve hasta él. Lo único que sé es que no estamos ni mucho menos cerca de detenerlo y necesitamos un golpe de suerte.

—Creí que el vídeo era ese golpe de suerte. Qué imbécil.

—Voy a por esas copas, me parece que necesitamos más líquido. Hay que hacer que los problemas floten.

Eloísa miró a Valle y sintió el arañazo del rencor escociéndole en la espalda. Porque, a pesar de que el alcohol comenzaba a hacer mella en la inspectora (los ojos caídos como persianas, el rostro flácido y adormilado, el maquillaje desvaneciéndose tras las horas de trabajo), seguía deslumbrante. Con aquella camiseta negra de los Ramones y sus vaqueros desgastados, irradiaba el oscuro magnetismo sexual de una sacerdotisa. Inalcanzable y perfecta. Con la belleza rotunda e inaccesible de las divinidades. Eloísa la odió por eso de una forma miserable y sucia. La madre naturaleza y sus injustos caprichos. Porque solo es madre de unos pocos, del resto, madrastra. Agasajando con tanto a sus preferidos mientras despreciaba sin piedad a los otros. Contempló su cara en uno de los espejos de la barra. La mandíbula equina y marcada. Los hombros monstruosamente dilatados. Un híbrido entre hombre y mujer sin resultar atractivo en ninguno de los dos géneros. Y Eloísa se sintió bien odiando. El odio era el único rasgo de inconformismo que les quedaba a los desgraciados como ella.

—¿Te has fijado en el payaso del traje gris? —añadió la inspectora al regresar con las bebidas—. No deja de mirarme. Eso es algo que admiro de los hombres. Su indestructible optimismo sexual. Míralo: un sexagenario, calvo y con sobrepeso convencido de que puede resultarme atractivo. ¿No te parece que raya en la deficiencia mental? ¿Qué se le estará pasando por la cabeza en este momento? «A la de la camiseta negra igual le gustan los gordos con cara de memo». Putos hombres, simples como protozoos. Basta con enseñarles el premio para que empiecen a mover la cola. Igual debería acercarme a su mesa para preguntarle si de verdad con esa cara fue el espermatozoide más rápido, ¿no te parece?

—¿Qué problema tienes con los tíos? Habíamos quedado en que esta noche íbamos a salir de tranquis. Sin montar broncas.

—Es noche de puñetazos. Déjame darle una hostia a ese soplapollas. Una pequeñita, anda. Hazlo por mí. Te prometo que será más humillante que dolorosa.

—¿Es por lo que pasó con tu marido? ¿Por eso te mola pegarte con hombres?

—¡Venga ya, Eloísa! No tengo tiempo para psicoanálisis de barra de bar. A lo mejor lo que me gusta es que me peguen.

Y sin esperar respuesta, la inspectora se encaminó hacia el tipo del traje gris, dedicándole una sonrisa torcida, como sus intenciones. Eloísa observaba la escena con pesadumbre. Dos besos al presentarse. Un ji, ji, ja, ja. Unas preguntas para romper el hielo. Y al momento, lo que se rompió fue la cara del hombre. El puñetazo de Valle lo hizo caer de la banqueta a cámara lenta, como una enorme babosa muerta. Después, llegaron los gritos, los empujones y las hostias. Muchas más hostias.

Sobre Eloísa se abatió la abrumadora sensación de «¿qué cojones estás haciendo aquí?».

No le apetecía bronca. Otra noche no. Así que decidió largarse sin decir nada. Que se quedase Valle con toda la mierda que tuviera en la cabeza, fuera lo que fuese. Se abrió paso como un rompehielos apartando a la gente sin contemplaciones en dirección a la salida. La noche la recibió con la frialdad de un viejo amor abandonado, mostrándole el brillo de las luces y la alegría beoda de sus transeúntes como un estraperlista que descubre el interior de la americana para ofrecer sus productos. Encogida dentro de su cazadora, con las manos resguardadas en los bolsillos, caminó sin rumbo por calles de las que había olvidado el nombre. El alcohol hacía que sintiera su cuerpo esponjoso. La gente con la que se cruzaba parecía divertirse, como si sus vidas fuesen un eterno fin de semana. En cambio, la de Eloísa caía siempre en lunes. Una sensación de desamparo se abatió sobre ella, cubriendo su corazón de moho. Entonces sintió el mordisco de la soledad. En el cuello. Como un vampiro que le robara las ganas de vivir mientras le susurraba al oído «yo nunca te abandonaré». Y un anhelo etílico ocupó sus pensamientos. Deseó sentirse querida, amada, deseada. Notar que era importante para alguien. Lo necesitaba. Se percató entonces de que las calles iban volviéndose más estrechas a su alrededor. De los edificios colgaban innumerables banderas arcoíris. La alegría de aquellos colores la puso triste.

«Chueca. Estoy en Chueca. Tengo que salir de aquí lo antes posible. Solo falta que me encuentre con...».

Y allí estaba. Deseo concedido. Santiago. Su ex. Riendo entre un grupo de hombres a las puertas de un garito. Todos vestidos de forma estridente y divertida. Hablaba con un cruasán barbudo e hipertrofiado. El rostro del tipo presentaba esa extraña tirantez de los que han pasado por el quirófano para que les atrasaran el reloj. Santiago escuchaba lo que decía el forzudo mientras le acariciaba la nuca, poniendo ojos de niño hambriento. De repente, al girar la cabeza, su mirada se encontró con la de Eloísa.

«Mierda —pensó la mujer—. Ahora seguro que viene a saludarme con esa sonrisa de gilipollas que antes amaba y ahora no soporto. Me presentará a su nueva pareja para restregarme por la cara lo feliz que es desde que se volvió un invertido y se interesará por cómo me encuentro. Todo tan civilizado. Todo tan frío y asquerosamente civilizado».

En cambio, Santiago apartó enseguida los ojos y fingió no haberla visto. Le dio la espalda haciendo ver que buscaba a alguien, para después confundirse con la gente hasta desaparecer.

Y Eloísa se quedó allí, de pie en mitad de una calle sin nombre, con los ojos convertidos en charcos.

En ese momento, las palabras de Valle vinieron a recatarla: los líquidos hacen que todo flote y lo que flota pesa menos. Las amarguras, los errores, el dolor... se volverían más ligeros. Notaba cómo el peso de sus problemas comenzaba a crecer dentro de ella. Tenía que dejar de llorar, tenía que dejar de perder líquido. Necesitaba beber. Sí, necesitaba una copa desesperadamente. O dos. O las que fueran. Se pasó horas rebotando de bar en bar como una bola de pinball, hasta que el alcohol realizó otro de sus prodigios y la teletransportó a su casa. Al llegar, sin desvestirse, se metió en el enorme bloque de hielo en que se había convertido su cama desde que Santiago la abandonó. Y se hundió hasta alcanzar la calma de la inconsciencia.

Aquella noche soñó con figuras oscuras que giraban y giraban bajo una lluvia de sangre. Derviches siniestros presos de la locura. Eloísa se acercaba a ellos. Pero en vez de detenerlos, lo que hacía era implorarles que mataran a Santiago. Y a su novio. Y a sus excompañeros. Que mataran a todos los que le habían hecho daño. Las figuras la tomaban de la mano haciéndola girar con ellas. Cada vez más rápido, hasta que Eloísa acababa convertida en otra sombra. Y sintió el placer del abandono, girando y girando bajo una cortina de sangre ajena.

18

Encuentro una botella de champán en la nevera. Con su ostentosa etiqueta amarilla. Tiene todo el aspecto de ser cara. Veuve Clicquot. Viudas no, pero viudos he creado ya unos pocos. Me dispongo a guardarla en la mochila cuando escucho un taconeo rítmico a mi espalda.

—¡Oh, vamos! Deja de darme el coñazo. ¿Qué más te da que me la lleve? Si tú ya estás muerta.

La mujer yace en el pasillo de la vivienda sobre un gran charco de sangre. Una de sus piernas golpea el suelo movida por los últimos espasmos involuntarios. Del corte que le acabo de hacer en la garganta cuelgan jirones de carne y piel. La procacidad del horror. Sus ojos son como los de una muñeca, dos bolas de cristal brillando sin vida.

Con los guantes de fregar puestos para no dejar huellas, continúo revisando el refrigerador ignorando las protestas del cadáver. He decidido que yo también me merezco un poco de la felicidad material con la que disfrutan mis víctimas. Así que me llevo lo que me gusta de sus casas. Caprichos caros que de otra manera no me podría permitir. Las asesinas también tenemos derecho a darnos algún gusto de vez en cuando. Me lo tomo como un premio, un incentivo, a mi dedicación. En el congelador encuentro unos filetes de atún rojo que guardo junto con el champán. Abro un par de cajones más de la encimera, repletos de latas de conservas. Pero ya no hay nada que me interese, así que decido continuar con el registro en el cuarto de baño. En el pasillo evito pisar la sangre que repta por el suelo. Al entrar en el servicio me quedo estupefacta. Es asombrosa la desproporcionada cantidad de colonia y maquillaje que me encuentro. Las acaparadoras de felicidad son así, nunca tienen suficiente de nada. Estoy probando cómo huelen algunos frascos cuando escucho un gorjeo gutural.

—Pero ¿aún sigues con eso? No te callas ni muerta —le digo al cuerpo del pasillo—. Es la primera vez que me encuentro con un cadáver con tantas ganas de protestar.

Río a carcajadas ante mi propia ocurrencia mientras guardo una crema antiarrugas de SENSAI y un perfume Chanel n.º 5. Después de requisar mi recompensa, decido tumbarme en los sofás del salón para disfrutar de mi obra. Entonces se me ocurre una idea. Algo que agigante mi leyenda. Necesito un nombre, un apelativo con el que los medios me identifiquen. Todos los grandes asesinos en serie tienen uno: Jack el Destripador; el Carnicero de Milwaukee; el Estrangulador de Boston... Hasta ahora no me han adjudicado ninguno, más allá de los previsibles «asesino de mujeres» o «degollador». Puramente descriptivos, ninguno tiene gancho. A los periodistas les falta imaginación. Tengo que pensar algo antes de que me bauticen con cualquier estupidez. Así seré yo quien elija cómo quiero que me llamen. Regreso a la cocina y revuelvo bajo el fregadero hasta que por fin encuentro lo que busco. Una brocha. Cuanto más macabro sea, más impacto causará. La mojo en la sangre de la muerta parlante y comienzo a escribir sobre la pared del salón en grandes caracteres. Mi particular homenaje a Charles Manson. Cuando termino, tomo un poco de distancia para contemplar mi obra en toda su grandeza. Me gusta, tiene fuerza. Y leo la sangrienta caligrafía de mi nuevo nombre:

AMONIACO

La noche me sigue hasta casa como un ardiente exhibicionista. La hora en que las farolas naranjas arrancan sombras a la gente. Se puede saber cómo es alguien por dentro mirando la forma de su sombra, descubrir cuál es su verdadero espíritu. Si te fijas en ellas suelen ser siniestras, deformes, grotescas y negras. Como el ser humano. Me dispongo a abrir el portal con las llaves en la mano cuando reparo en una figura sentada en el descampado frente a mi edificio. Es uno de los amigos de mi hija. Fuma indolente, componiendo esa pose de ridículo tipo duro con la que algunos adolescentes se enfrentan al futuro sin saber los golpes que tiene preparados para ellos. Y decido que por qué no. Que Noelia también se merece un poco de felicidad para variar. Robin Hood reparte entre los pobres lo que roba a los ricos. Alguna ventaja tiene que tener que tu madre sea una asesina.

Me dirijo hacia el chico sin prisa, con una tranquilizadora sonrisa maternal en el rostro. Porque las madres son siempre inofensivas.

—Hola, tú eres amigo de Noelia, ¿verdad?

Golpe de cuello para apartarse el flequillo rebelde y esa mirada de suficiencia que tienen los jóvenes por el mero hecho de serlo.

—Sí, ahora iba a llamarla para que se bajara un rato.

El porro de marihuana lo envuelve en una nube azucarada. Me acerco a él más de lo necesario, pegando mi cuerpo al suyo. Algo que lo incomoda al instante. Con un gesto rápido, le tapo uno de sus ojos con la parte plana de la hoja de mi cuchillo. Me agarra de la muñeca desconcertado.

—¡Pero qué coño hace, vieja loc...!

Entonces lo miro a los ojos y permito que lo vea. Lo que habita en mi interior. La zona oscura. Quién soy y lo que escondo dentro. Y siento cómo se estremece.

—No vas a volver a ver a mi hija. Nunca más la llamarás ni quedarás con ella. Desaparecerás de su vida o yo apareceré en la tuya. Y la próxima vez no me verás venir. ¿Te queda claro?

Su cabeza asiente nerviosa.

—Sí, señora.

—Me gustan tus labios. ¿Cuál prefieres que me lleve? ¿El de arriba o el de abajo?

El chico me suelta separándose de mí. Ya no queda nada de la antigua suficiencia en su mirada, solo es un niño aterrorizado al enfrentarse cara a cara con la maldad del mundo. Lo veo alejarse con pasos cada vez más rápidos hasta que, por fin, echa a correr sin mirar atrás. Ni siquiera sé su nombre. ¿Para qué? Nunca más lo volveré a ver.

Dicen que la comida robada sabe mejor. Pues si además de robarla, te cargas a su propietaria, se convierte en un verdadero manjar. A juzgar por el silencio que impera en la mesa, solo roto por el esporádico sonido de los cubiertos al chocar, parece que a mi familia le ha gustado el atún rojo.

—Vieja, esto está buenísimo.

Mi marido gruñe para suscribir las palabras de Mario. Noelia asiente sin dejar de mirar la pantalla de su móvil, esperando un mensaje que nunca llega. Me gusta verlos así, disfrutando de un poco de la felicidad que he incautado para ellos.

—No os acostumbréis. He podido comprarlo por una amiga. Me ha avisado de que había una oferta de atún al corte en su barrio.

«Al corte de garganta», pienso al instante.

Tras recoger la mesa, mi esposo se va a dormir tras lanzar su habitual gruñido de buenas noches. Noelia da vueltas sin rumbo por el salón, como un robot aspirador, alternando las consultas a su teléfono con miradas ansiosas por el balcón. Hasta que, por fin, también se da por vencida y se retira a su habitación. Esta noche, sus amigos no dan señales de vida. Es admirable la capacidad de convicción que tiene un cuchillo. Solo queda Mario, jugando a la consola en el televisor. Saco la botella de champán de la nevera y me siento en el sofá junto a él. En la mano solo llevo una copa, a ver si capta la indirecta. Agarro el mando a distancia y cambio de canal.

—¡Vieja, no me jodas!

—Hoy emiten un especial sobre el asesino de mujeres. Y no me lo pienso perder.

—¡Vaya! ¿Y esa botella?

—Regalo de una de las señoras para las que trabajo.

—Supongo que me dejarás probar un poco.

—¿Por qué?

—¡Venga, vieja, estírate!

—Te hablo en serio, ¿por qué tendría que darte? Yo me he ganado esta botella por hacer bien mi trabajo. Dime, ¿tú qué has hecho hoy para merecer que yo te dé un poco? ¿Has buscado empleo? ¿Has retomado tus estudios? ¿Te has dignado a recoger tu cuarto? No sé qué más cosas productivas podrías haber hecho... ¿Has ayudado a un ciego a cruzar la calle?

—¡Anda ya, no me des la murga, vieja, que siempre estás con lo mismo!

—No me gusta que me llames así.

—Déjate de hostias, viej...

—¡Que-no-me-gus-ta-que-me-lla-mes-así!

Acerco mi cara al rostro de Mario muy lentamente para que él también lo vea. Lo que se esconde al fondo de mis ojos. Revolviéndose. Deseando salir. Enseñando los dientes. Mi auténtico rostro, el que se esconde tras la máscara.

—No vuelvas nunca a llamarme vieja, ¿lo has entendido?

—S... sí.

—¿Sí qué?

—Sí, mamá.

Le doy unas palmadas en la cabeza mientras mis ojos vuelven a ser dos puertas cerradas.

—Buen chico. Ahora acuéstate, que es muy tarde y me apetece estar sola.

Sin rechistar, Mario se dirige a su cuarto, no sin antes lanzarme una mirada temerosa a la que contesto poniendo una ensayada sonrisa de madre abnegada. Cuando por fin se va, doy un sorbo a la copa de champán y siento las burbujas explotar en mi boca como merecidos aplausos, una atronadora ovación en mi honor.

El programa lleva el clarificador título de *Crónica negra*. Una música sensacionalista va metiendo al público en materia. Los presuntos expertos se sientan en una mesa con forma de ángulo obtuso, un término que también define a los invitados. El presentador es un adicto a las pausas dramáticas que compone fingidas caras de preocupación a la menor oportunidad. Como no podía ser de otra forma, abren el programa anunciando el hallazgo de otro cadáver.

«... Hace tan solo unas horas, una nueva mujer ha aparecido degollada en su domicilio. Con esta ya son cuatro las víctimas del degollador que está sembrando el terror en la ciudad de Madrid. Se podría decir que estamos ante el asesino en serie más prolífico de los últimos años…».

Las víctimas solo tienen valor numérico, acumulativo. Una plusmarca con la que poder medir la peligrosidad del criminal. Cuantos más muertos, más importante eres. Eso acojona a la audiencia. Y una audiencia acojonada no apaga el televisor.

Tras el terrorífico arranque del programa, el presentador anuncia una exclusiva sobre el asesino que darán a lo largo de la emisión. Un truco para mantener a los televidentes pegados a la pantalla. Luego toma la palabra un criminólogo experto en asesinos en serie, un tipo con cara de enterrador que habla con el aplomo postizo que desprenden todos los ignorantes.

«… Con los datos que conocemos hasta ahora y teniendo en cuenta el perfil de sus víctimas estoy en disposición de asegurar que el asesino es un hombre de entre treinta y cuarenta y cinco años…».

—Claro que sí, campeón —le digo a la pantalla mientras bebo un poco más de esa felicidad líquida llamada champán. No hay nada como escuchar a la gente que sabe lo que dice.

«... el hecho de que no agreda sexualmente a sus víctimas indica que es muy posible que nuestro hombre sufra de impotencia...».

—Mi marido, ese sí que es impotente. —Tengo que taparme la boca con un cojín para amortiguar las carcajadas. Es ya muy tarde y podría despertar a los vecinos.

«... Muy posiblemente viva solo, o con su madre...».

—Ya me gustaría vivir sola. Y en cuanto a lo de mi madre, hay un pequeño problema: murió hace quince años. Y no la metería en mi casa ni con una orden del juzgado. —Intento no reírme, pero el aire se me escapa por la boca formando una irreverente pedorreta, preludio de la risotada. Soltar tantas mamarrachadas y que te paguen por ello tiene mucho mérito. Brindo a su salud.

«... ¿Por qué se lleva un pendiente de sus víctimas? Es un trofeo sexual evidente. Este deseo insatisfecho podría hacer que con cada nuevo crimen se vuelva más violento...».

—Pues mira, en eso tienes razón. Sexualmente estoy insatisfecha. ¿Qué me sugieres? ¿Que le dé dos hostias a mi marido para que se ponga las pilas? ¿O mejor me busco un amante? Tú eres el experto. Otra copa a tu salud, eminencia. Oye, y que si se las tengo que dar, se las doy.

El presentador adopta entonces una expresión de gravedad que congela el tiempo. La música, aún más tétrica, anuncia que se prepara algo bueno.

«¿Está usted diciendo que volverá a matar?».

«Sin duda. Este tipo de criminales no se detienen nunca hasta que la policía da con ellos. Estamos ante uno de los asesinos en serie más peligrosos de la historia de nuestro país».

—De eso puedes estar seguro, señor experto. Y en cuanto a lo de la policía, si te hacen caso y siguen buscando a un hombre, me parece que este no va a ser el último especial que emitáis. ¡Brindo por los expertos! —lanzo un grito y me pongo a bailar mientras bebo directamente de la botella.

«Lo prometido es deuda. Como les habíamos anunciado al comienzo del programa, estamos en disposición de darles una exclusiva. En el asesinato cometido hoy mismo se ha producido un hallazgo. Un elemento que no había aparecido en ninguno de los crímenes anteriores. En esta ocasión, el asesino ha ido más allá. En un acto macabro que nos dice mucho de su personalidad ha escrito, atención, con la sangre de la víctima, una palabra. Una sola y única palabra. —Pausa dramática—. «Podría tratarse de su firma, el nombre con el que le gustaría que lo identificásemos. Y esa palabra no es otra que "amoniaco"».

—No me digáis que no es un buen nombre, ¿eh, engreídos de mierda?

«Te pido tu opinión como criminólogo con años de experiencia estudiando la mente de los asesinos en serie, ¿qué nos podría querer decir con este término? ¿Podría tratarse de su firma? ¿Tal vez crea que está haciendo una especie de limpieza en la sociedad?».

«El hecho de haber escrito esa palabra con sangre denota un claro afán de protagonismo. Busca la atención de los medios. Con la pintada consigue dos cosas: que se hable más de él y aterrorizar a la población. En cuanto al término "amoniaco", me inclino a pensar que pueda estar relacionado con un trauma infantil, el recuerdo de una niñez desgraciada, tal vez algún tipo de abuso...».

—Pero qué listo eres. Sí, cariño, mi trauma infantil es que nunca me compraron la Nancy esquiadora. Por eso me ha dado por rajar gargantas. Menuda colección de soplapollas.

No puedo más. El alcohol y la risa hacen que termine en el suelo. Hacía tiempo que no me lo pasaba tan bien. Desde que me he vuelto una asesina, todo son ventajas.

—¿Quieres saber por qué lo hago, señor experto? Asesino porque tengo miedo de no ser nada. Cuando mato experimento una sensación de poder que nunca antes había sentido. Noto que soy peligrosa, omnipotente. Aunque parezca una contradicción, me siento más viva cuanto más humillo y destruyo.

Tengo que apagar el televisor para evitar que todas esas solemnes estupideces sigan haciéndome cosquillas o mis órganos internos van a estallar.

Y, además de casi provocar que me muera de risa, el programa también me ha servido para comprobar algo.

«Isabel, no tienen ni puta idea de quién eres. Lo estás haciendo muy bien. Eres más lista que ellos».

19

Nada más entrar en la sala de Homicidios, Valle fue directa hacia la mesa de Eloísa.

—¿Dónde coño te metiste ayer por la noche? Me dejarse tirada, joder. ¡Mira cómo me pusieron la cara!

La inspectora subió las enormes gafas oscuras para enseñarle un hematoma cerca del ojo izquierdo. Mostraba toda la gama de colores apagados del arcoíris de la violencia.

—Te dije que no quería líos. Meterme en peleas no es lo que yo entiendo por pasármelo bien.

—Ya hablaremos más tarde. ¡Necrófilos! —gritó—. ¡Todos a la sala de reuniones! ¡Tenemos chica nueva en la oficina! Nuestro amigo el alegre cortador de cuellos ayer nos dejó un nuevo regalito.

—¿Por qué nadie me avisó? —preguntó indignada Eloísa levantándose de su mesa.

—No lo sé. Igual estabas dormida y no escuchaste el teléfono. Como últimamente sueles acostarte temprano... —repuso con sorna Valle.

El Grupo V de Homicidios al completo tomó asiento de modo informal alrededor de una desgastada mesa ovalada.

—Carpio, puedes proceder.

El agente se puso en pie sobre la mesa y comenzó a manipular el detector de humos circular del techo hasta dejarlo desconectado. Fue el momento en el que la mayoría de los presentes encendieron sus cigarrillos. Valle incluida.

—Aunque ya sé que os la suda, me gustaría recordaros —dijo uno de los agentes en la sala— que está prohibido fumar en los centros de trabajo.

—Tienes toda la razón... Nos la suda. Damas y caballeros, con la intervención de González, el hombre almorrana, damos por concluido el turno de gilipolleces y tocamiento de pelotas por hoy. Ahora nos centraremos en lo que de verdad importa. La nueva muerta. Como viene siendo habitual, no hemos encontrado nada que la relacione con las anteriores víctimas. Tampoco testigos. Los testimonios de los vecinos son la colección de cotilleos inservibles de siempre. Por otro lado, nuestros eficientes compañeros de la Científica —carcajada general— no han hallado ningún indicio que nos pueda ser útil de momento. Les he solicitado amablemente que realicen un segundo cribado más minucioso de la vivienda y que se tomen todo el tiempo que necesiten. No es que desconfíe de su labor —más carcajadas del grupo—, pero, en ocasiones, cuando un cadáver aparece a altas horas de la noche, ciertos policías pueden haberse dejado uno de sus cinco sentidos olvidado en la barra del bar. —Algunos de los agentes apartaron la mirada de Valle de forma acusatoria—. Así que en estos momentos se encuentran repasando la escena del crimen antes del examen final. Sin embargo, hay una novedad. El aficionado a cortarle el tallo a las margaritas nos ha dejado un mensaje.

En ese momento Valle apretó el botón del mando a distancia y en la pantalla que presidía la sala apareció una imagen en color de una pared en la que, en descorridas letras rojas, alguien había escrito la palabra «amoniaco».

—Antes de que lo preguntéis con la sagacidad que os caracteriza, sí, lo escribió con la sangre de la víctima. Y no, no tenemos ni puta idea de lo que nos quiere decir con esta palabra. Puede ser su firma o la forma en la que quiere que lo llamemos. O tal vez la casa no estaba lo bastante desinfectada para su gusto y nos lo hace saber.

—En las viviendas de las demás víctimas, ¿había alguna botella de amoniaco? —cuestionó Carpio.

—En dos sí, y en dos no. En esta última, por ejemplo, no la encontramos. No parece que vayan por ahí los tiros.

—Quizá esté jugando con nosotros —dijo otra agente—. Escribe una palabra absurda, que no significa nada para él, y consigue que perdamos el tiempo devanándonos los sesos con teorías sin sentido.

—No me cuadra. Un tipo tan meticuloso, con un *modus operandi* impecable, que ha conseguido matar cuatro veces sin que tengamos absolutamente nada sobre él no me parece que sea alguien que escriba lo primero que se le ocurra en la pared. No, lo ha escrito porque quiere algo o esa palabra tiene un significado para él que aún no vemos. Y hablando del mensaje del asesino. Debo daros la enhorabuena. Creo que ayer batisteis un récord. La prensa se enteró de lo de la palabra escrita con sangre casi en tiempo real. Felicidades, en este departamento las filtraciones funcionan de maravilla. Es tranquilizador saber que, al menos, sois buenos en algo.

—Valle, por la escena del crimen pasó todo el mundo. Sanitarios, gente del juzgado, los de la funeraria... Es posible que incluso algún vecino viera algo. El chivatazo no necesariamente ha tenido que salir de aquí —defendió Carpio.

—Mira, esa es otra cosa en la que sois muy eficaces: echando mierda sobre los otros. No quiero ni una puta filtración más. Me importa tres cojones quién entre en la escena del crimen. Si vuelvo a ver algo en la prensa sobre el caso sin que yo lo haya aprobado, ese puto asesino no va a ser el único que corte cabezas. ¿Ha quedado claro o necesitáis que os haga un croquis? Bueno, pues creo que podemos dar la reunión por conclui...

—A mí me gustaría añadir algo —dijo Eloísa—. Llevamos todo el rato hablando de «el» asesino. Asumiendo que se trata de un hombre cuando no hemos encontrado ninguna prueba tangible que lo demuestre.

—Creía que ya había dado por finalizado el turno de gilipolleces y tocamiento de pelotas. ¿No es así? —terció Valle buscando con la mirada la aprobación de su equipo.

En la sala, algunas cabezas asintieron divertidas.

—Mmm, ¿tal vez has pasado por alto el pequeño detalle de que la inmensa mayoría de los asesinos en serie que matan a mujeres son hombres? —continuó la inspectora—. ¿Cuál es el porcentaje, Carpio?

—Alrededor del noventa por ciento. No recuerdo exactamente el dato, pero seguro que es más o menos ese. Además, es muy poco frecuente que los crímenes cometidos por mujeres tengan un componente tan sangriento como estos.

—Si me permitís. —Eloísa agarró el mando a distancia moviendo el cursor por la pantalla hasta cliquear en una de las carpetas.

La imagen del asesino saliendo del portal que se obtuvo del móvil de los jóvenes ocupó la pantalla, lo que provocó un murmullo general entre sus compañeros.

—Otra vez con esto. Que sí, que fuiste tú quien encontró el vídeo. ¿Cuántas veces necesitas que te demos la enhorabuena? El problema es que no nos sirve para nada —dijo Valle.

—O tal vez sí. ¿Qué vemos ahí? La figura de un hombre. ¿Por qué? Porque todos hemos dado por sentado desde el principio que el asesino es un hombre. Vemos lo que queremos ver. Pero, en realidad, la imagen no permite distinguir el género de esa persona. No sabemos a ciencia cierta si ese individuo es un hombre...

—Ni tampoco una mujer —interrumpió Carpio.

—Eso puede deberse a que estamos condicionados, como he dicho antes, por el convencimiento de que el asesino es un varón. Durante esta semana le he mostrado este vídeo a cincuenta agentes que no han tenido ninguna relación con la investigación. Solo les enseñaba las imágenes en frío, sin explicarles nada sobre ellas ni contextualizarlas. La única pregunta que les hacía era si esa figura les parecía un hombre o una mujer. Cuarenta y ocho dijeron que se trataba de una mujer. Los otros dos no estaban seguros.

El silencio irrumpió en la sala como un atracador en un banco.

—¿Eres consciente de que eso no demuestra nada?

—Creo que, al menos, sirve para que no descartemos esa posibilidad.

—¿Y si lo de «amoniaco» tuviera relación con una señora de la limpieza o una asistenta? Eso explicaría que las víctimas abrieran la puerta al asesino con tanta facilidad —terció otra agente.

—¿Te crees que no lo habíamos pensado? La primera y la tercera víctima no tenían asistenta. La segunda, sí. Una mujer peruana de mediana edad que en el momento del crimen se encontraba limpiando unas oficinas en la zona de Azca. Las grabaciones de las cámaras de seguridad de la empresa, además del testimonio de sus veinte compañeras, lo demuestran. En cuanto a la cuarta víctima, aún no hemos tenido tiempo de hacer esas averiguaciones. Y te vas a encargar tú. Descubre si tenía contratado a alguien para que le limpiase la casa. Solo para que los jefes vean que no dejamos ningún cabo suelto. No me creo la teoría de la mujer asesina —explicó Valle—. Tenemos estudios formales sobre asesinos en serie por un lado y una encuesta amateur por el otro pero ninguna prueba que la respalde. Y nosotros aquí, por si no lo sabes, Eloísa, trabajamos con pruebas. Tráeme alguna que demuestre que nuestro asesino en realidad tiene dos cromosomas X y lo investigaremos. Mientras eso no ocurra, seguiremos trabajando con la misma hipótesis que hasta ahora. No sé vosotros, pero yo necesito un café.

20

Tras la reunión, los miembros del Grupo V se dirigieron a la cafetería. Eloísa decidió no acompañarlos y quedarse en su mesa. La tensión aún se palpaba en el ambiente y le apetecía estar sola. Tenía claro que su teoría de la mujer asesina no había convencido a sus compañeros, pero, al menos, creyó haber sembrado alguna duda al respecto. Eso, además de sortear con éxito los intentos de ridiculizarla por parte de su jefa. Una evidente venganza por dejarla sola en el bar de copas. Recordó entonces lo que le dijeron los chicos que grabaron el vídeo: ellos también pensaron que la figura se trataba de una mujer. Tanta gente no podía estar equivocada. O tal vez sí. Lo que debía conseguir eran pruebas. Y no tenía ni idea de cómo hacerlo. Al intentar entrar en internet, se dio cuenta de que, en la pantalla, la flecha del cursor no se movía por más que moviera el ratón.

—¡Pero de dónde coño han traído este ordenador! ¿Del garaje de Steve Jobs? ¡Así no se puede trabajar!

Sopló la cara inferior de su ratón para limpiarlo. Y nada. Le dio unos cuantos golpes. Y nada. Apagó y encendió el aparato. Y nada. Enrabietada, arrojó el ratón con fuerza contra su mesa. Y tiró el bote de los bolígrafos, que corrieron a esconderse bajo las patas del mueble.

—¡Vamos, no me jodas!

Intentó alcanzarlos agachándose sin levantarse de la silla, pero su enorme cuerpo la obligó a tener que meterse bajo la mesa para recogerlos. En ese momento, escuchó las voces de dos de sus compañeras que volvían de la cafetería.

—Vaya, somos las primeras. Aún no ha regresado nadie.

—Oye, ¿qué te ha parecido la nueva y su loca teoría?

—Pues una idiotez. La pobre quiere hacerse notar. Todavía no se ha dado cuenta de cuál es su papel aquí.

—A mí me da un poco de pena, qué quieres que te diga. ¿Sabes cómo la llamaban en los Bronce? La Tkachenko.

—¿Y ese quién es?

—Un jugador de baloncesto ruso. Uno enorme, con bigote y pelo en los hombros.

—Pues casi es peor el mote que le ha puesto Carpio.

—Cuenta, cuenta.

—La llama «la mujer barbuda».

Las risas hallaron a Eloísa bajo la mesa, como si jugasen al escondite.

—¡Joder! ¡Otra vez me han dado azúcar en lugar de sacarina! Voy a tener que bajar a que me lo cambien.

—Te acompaño. Además, no vamos a ser las primeras en ponernos a currar. Eso estaría mal visto.

—Claro. No queremos que nadie piense que somos unas pelotas.

Las dos mujeres se llevaron el ruido de sus risas tras de sí. Eloísa salió despacio de debajo de la mesa temblando de rabia. Pensaba que esa vez sería distinto, que lo había conseguido por fin. Pero no. Por mucho que se escondiera, el desprecio la había vuelto a encontrar.

Carpio utilizaba el tenedor para seccionar con crueldad el pincho de tortilla. Le encantaba esa mezcla del gusto infantil por la destrucción unida al placer adulto que proporciona la comida. Una presencia a su lado le estropeó el momento.

—Eloísa, ¿no tienes otro sitio donde sentarte que no sea a mi lado?

—Necesito hablar contigo.

—Vaya, mamá te ha regañado y quieres que papá te consuele.

—¿Por qué estoy en Homicidios? ¿Por qué me eligió Valle? Dime la puta verdad.

—Te equivocas, la verdad no es una puta. —Carpio hablaba con la boca llena, sin mirarla, como si en realidad estuviera hablando consigo mismo—. ¿Sabes quién es la verdad? Ese abusón que en el colegio te daba una paliza cuando tratabas de enfrentarte a él. Demostrándote un día tras otro lo mierda que eras. La mentira, esa sí que es una puta, porque siempre te dice lo que quieres oír. El problema es que algunos se lo creen. Primera lección del buen investigador de Homicidios: nunca hagas preguntas de las que ya sepas la respuesta. Es una pérdida de tiempo y te hace parecer aún más idiota.

—¿De qué coño hablas?

—Por un lado, tenemos a una agente mediocre, sin ningún enchufe ni experiencia en investigación que consigue llegar milagrosamente a Homicidios. Y por el otro, nos encontramos con que la jefa del Grupo V, una destacada policía, sobreprotegida por las alturas y los medios, llamada a ocupar grandes cargos, tiene un problemilla con la violencia cuando sale por las noches. Y aparecer con los ojos morados no queda bien en las fotos de prensa. ¿Os enseñan a sumar en los Bronce? ¿No? ¿Ni siquiera para saber cuántos porrazos le has dado a un infeliz?

—Guardaespaldas. Me eligió para que hiciese de guardaespaldas en sus correrías nocturnas.

—No era tan difícil, ¿verdad? ¿Es que no tienes espejos en casa? Tan grande, tan... desproporcionada. Eres perfecta para el puesto.

—Mírame, hijo de puta —musitó llena de rabia—. Si me vas a insultar, ten los cojones de mirarme.

Por fin, Carpio se giró para contemplarla.

—¿Me vas a pegar? ¿Ves como tengo razón? No sirves para otra cosa. Te equivocas de enemigo.

¿Quieres que te dé un consejo? Agacha la cabeza, haz lo que se espera de ti, mantén la boca cerrada y deja que pase el tiempo. Si eres lista, puedes sacar algo bueno de todo esto.

—El resto de mis compañeros me odia.

—Le has quitado el puesto a un verdadero investigador. Eso supone más trabajo para ellos. Aunque la responsable sea Valle, centran su ira en ti. Es un comportamiento natural en los animales que atacan en grupo, van siempre a por el más débil.

Carpio apartó el plato vacío de tortilla y dio un gran sorbo a su gigantesca taza de café con leche.

—¿Por qué lo hace? ¿Por qué necesita pegarse con hombres cada vez que sale por la noche?

—Sabes que su marido pertenecía a un grupo que traficaba con pornografía infantil. Quizá aquello haya trastocado su visión de los hombres, o tal vez no puede soportar haber estado enamorada de un monstruo, o simplemente le gusta liarse a hostias. Quién sabe.

—Y en todo este tiempo, ¿nadie la ha denunciado por agresión?

—Algunos ingenuos de esos que aún creen en la justicia lo intentaron. Pero se les quitan las ganas en cuanto entran en comisaría. Sacamos la bola de cristal y les adivinamos el futuro. Mira, cantamañanas, si pones una denuncia, la otra parte hará lo mismo. Te acusará de atentado a la autoridad por agredir a una inspectora de policía, además de violencia contra la mujer, y eso está muy feo. La bola me dice que te ganarás una estancia gratuita en los calabozos por simpático hasta que su señoría encuentre tiempo para tomarte declaración. Allí podrás reflexionar sobre a quién va a creer el juez: ¿a una inspectora laureada o a un borracho maltratador? Y recuerden, amiguitos, que el testimonio de un agente tiene valor de prueba en un juicio. Tus familiares, tu esposa, tus jefes, ¿qué pensarán de ti cuando se enteren de que has golpeado a una mujer y encima policía? Tu futuro se vuelve negro, muy negro. La bola jamás miente. Todos se van por donde han venido, no falla.

—Cualquier cosa para salvarle el culo a Wonder Woman.

—Tú lo has dicho. Tiene amigos de esos a los que todo el mundo coge el teléfono cuando ven su número en la pantalla.

—Otra cosa. Lo de «la mujer barbuda», ¿me lo pusiste tú?

—No me digas que no es un mote perfecto para ti.

Entonces Eloísa se levantó y puso uno de sus enormes brazos sobre los hombros de Carpio.

—No va a ser hoy, ni mañana. Pero algún día, sin que me veas llegar, apareceré por tu espalda. Y jugaré con los rasgos de tu cara hasta que ya no te reconozca. Entonces, nos miraremos en el espejo y veremos quién de los dos es un fenómeno de feria. Ahora me marcho, tengo que afeitarme.

21

El vagón del metro es una exposición retrospectiva de Edward Hopper. Figuras cabizbajas y tristes, aisladas por un mundo que las empuja al rincón más oscuro de la casa. Desoladas, perdidas en la cueva interna del vacío de su existencia. Las observo sin comprender por qué no gritan «¡Me aburro! ¡Mi vida es una completa pérdida de tiempo!» hasta que les estallen los pulmones, hasta que de la lengua les salgan llamas. Su cobardía me da pena. Y cierta repugnancia. Me parece mentira que yo fuese como ellos. Ya no lo soy. Aunque lo parezca. El disfraz de mediocre me lo hicieron a medida. La violencia fue mi salvación. La violencia me lo ha dado todo. Mi nueva piel, hermosa y reluciente, que corta a quien me acaricia como la de un tiburón. Y todo por el poder que te da el saber que puedes matar a quien te dé la gana. Puedo cargarme a la joven universitaria del pelo morado enfrascada en su móvil, o al señor del traje barato y los zapatos desgastados con ojeras a juego, o al cretino con chándal y manos de obrero que no para de agitar la cabeza al ritmo que unos auriculares le escupen en las orejas. Los podría matar a todos. Y eso me hace distinta. Me hace mejor. Veo que todos, de pronto, me miran. Al principio no entiendo por qué, ¿me habrán leído la mente? Luego comprendo que son mis carcajadas las que llaman su atención. Soy la única persona del vagón que se está riendo. Un rayo de sol abriéndose paso entre los nubarrones. Una gota de sangre en mitad de la gris acera.

Que miren, que miren a la loca, si quieren.

Una loca que prefiere dar miedo a dar pena.

Una loca que se siente mejor mordiendo que obedeciendo.

Una loca a la que le gusta asesinar más que ver la televisión.

Una loca que elige dar portazos antes que pasar de puntillas por la vida.

Una loca que escoge la sonrisa de los cuchillos a la de la gente.

Una loca que se convirtió en una asesina antes que no ser nadie.

Una loca a la que matar le ha devuelto la vida.

—¡No, no y no! ¡Las camisas se planchan de derecha a izquierda! ¡Y el resto de la ropa de izquierda a derecha! ¡Menos las prendas delicadas, que se hacen de arriba abajo!

Me quedo mirando a mi empleadora sintiendo el tentador peso de la plancha en mi mano, cada vez más caliente. Igual que yo. Notando el picor de la curiosidad. ¿Cómo quedaría su cara si se la estampara en este preciso momento? ¿Un homenaje a Bacon en el rostro y otro a Pollock en las paredes? La mujer sigue gritando y gritando mientras en mi cabeza se hace el silencio. Antes, estas explosiones despóticas me habrían afectado, logrando que me fuera a casa entre lágrimas, sintiéndome una mierda pisada una y otra vez con asco por los transeúntes. Pero ahora no. Ahora, el hecho de saber que podría reventarle la cabeza a golpes hace que me parezca ridícula. ¿Veis como ser una asesina te hace sentir mucho mejor? Aumenta tu autocontrol y tu crecimiento personal.

Además de ayudarte a relativizar los problemas diarios. En realidad, la mujer que despotrica delante de mí lo hace porque previamente su marido la ha humillado a gritos en la cocina. El café del desayuno estaba demasiado frío, o caliente, o aguado, o cualquier nimiedad por el estilo. Y a él, seguramente, su jefe le echará la bronca en cuanto entre por la puerta de su trabajo. El *hijoputismo* es una cadena, unas escaleras mecánicas de bajada. El desprecio, el odio, las frustraciones, pesan. Pesan mucho. Por eso se las arrojamos a los que tenemos debajo para que carguen con ellas. La infelicidad es un testigo que nos pasamos los unos a los otros en una carrera descendente. Pero yo no. Hasta en eso, ser una asesina me hace singular. Yo castigo a los que están por encima, nunca a los de abajo. En realidad, no voy a machacarle el cráneo a esta pobre desgraciada. La mujer que tengo delante es solo un medio, una herramienta, para alcanzar un fin mayor. Cuando acabo de planchar de la forma que le gusta a mi empleadora, voy a la cocina para tender la ropa. A través de la ventana que da al patio compartido con el edificio de enfrente veo a ese fin mayor. Llevo vigilándolo desde hace casi una semana. Una treintañera de melena corta y cobriza que no para de fumar mientras se desplaza por su casa como si flotase, aupada a hombros de su gracia y su esbeltez. Irradia sofisticación e independencia, roza con los dedos la perfección. Hasta que se sienta en la habitación que tiene habilitada como estudio y se pone a pintar frente a un caballete.

Todo muy «in».

Insoportable.

Insufrible.

Intolerable.

Haciendo acopio de felicidad con lujuria.

Pero hoy es el día en el que alcanzaré mi fin. Y mi fin será el suyo.

—Pero ¡¿en qué estás pensando?! ¡Te he dicho mil veces que utilices pinzas del mismo color para colgar cada prenda! ¡Naranjas para las camisas, rosas para la ropa interior, azules para los calcetines!

Mientras ignoro la nueva demostración del desequilibrio mental de mi empleadora, me fijo en que alguien entra en el piso de enfrente. Es el marido de la pintora. Por los gestos, es evidente que la pareja está discutiendo. Hasta que en un momento dado, el hombre le cruza la cara de un tortazo que la tira al suelo y comienza a darle patadas.

Mierda.

Me he equivocado de objetivo. Esa mujer no es feliz.

La fiesta de la violencia se tiene que cancelar. La frustración acampa en mi interior como una ladrona que se lo lleva todo dejándome con las ganas. Y eso hace que me enfade.

Después de desahogarse un rato más conmigo, la señora de la casa por fin se marcha a su trabajo. Aprovecho para abrir la escalera de tijera que hay en la cocina. Subo los peldaños y extraigo uno de los tubos fluorescentes del techo.

Tengo que hacer algo. No me puedo ir a casa con la desagradable sensación de ser... de ser... inofensiva.

Con los guantes de fregar puestos, rompo el tubo con un pequeño martillo en la pila. Solo necesito un trozo diminuto. El resto lo guardo en una bolsa de plástico de la que me desharé cuando me vaya. Machaco el cristal en un mortero hasta convertirlo en polvo. Luego lo introduzco muy poco a poco dentro de un envase de rímel negro que he encontrado en el tocador. Ayudándome con el cepillito hundo los diminutos cristales para que se mezclen bien con el espeso maquillaje. Y lo dejo donde estaba. Deberían haber cambiado la iluminación de la cocina por lámparas LED. Los tubos fluorescentes con algunos años contienen sustancias anticoagulantes, por lo que, si te cortas con uno de ellos, vas a tener que ir al hospital porque la herida no va a dejar de sangrar. Todos somos un poco eso, heridas que no dejan de sangrar buscando la forma de curarnos. ¿Que cómo sé algo así? Durante la Transición, los grupos de ultraderecha mezclaban tubos fluorescentes rotos en la cola con la que pegaban sus carteles. Así, cuando los comunistas trataban de arrancarlos se cortaban los dedos. Haber estudiado Historia es más interesante de lo que parece si sabes llevar tus conocimientos a la práctica.

Sobre la mesa del salón, dejo una plañidera nota en la que renuncio al empleo por haberme dado cuenta de que no alcanzo las expectativas que requiere el puesto y algunas tonterías autoflagelantes por el estilo. Luego salgo de la casa para nunca volver, mientras imagino a mi empleadora llorando. Sí, llorando lágrimas de sangre que no puede contener.

22

Eloísa encontró al inspector jefe Barrajón en el bar donde solía tomar café a media mañana. La traviesa espuma beis del expreso se adhería a su rotundo bigote restándole seriedad. Las tragaperras lanzaban sus alegres cantos de sirena, el periódico dormitaba tumbado sobre la barra y las botellas de alcohol esperaban sobre los estantes a que alguien les quitara las legañas de polvo.

—¡Pero mira quién está aquí! ¡Si es toda una agente de Homicidios! No me digas que echabas de menos al hombre de las cavernas.

—Necesito hablar contigo —dijo Eloísa sentándose en un taburete junto a su superior; según parecía, ahora se tuteaban—. ¿Recuerdas la historia que me contaste? Bueno, pues ya he abierto el regalo y tenías razón. La caja estaba vacía.

Barrajón la miró de arriba abajo para luego posar su vista en el camarero.

—La única solución que le veo a eso es agarrarnos un pedo cuanto antes. ¡Julio, déjate de cafés y ponme un coñac! ¡Y a la señorita lo que quiera, nunca por debajo de los treinta grados de alcohol!

—De verdad, yo te lo agradezco, pero a estas horas...

—Haz caso a la experiencia. El alcohol es como los cascos que se ponen los boxeadores para entrenar, no detiene los golpes, pero los amortigua. Dile a Julio lo que tomas y después me cuentas qué ha pasado.

En la barra, agarradas del brazo, la ginebra y su amiga la tónica miraron por encima del hombro al coñac.

—La inspectora Valle solo me seleccionó por esto. —Eloísa hizo un gesto con la mano abarcando su enorme cuerpo—. Soy su machaca particular, la que le guarda las espaldas cuando sale de noche a montar bronca. Nada más. Fuerza bruta que le evita problemas. Un montón de músculos, eso es lo único que ve cuando me mira.

De un trago, el coñac perdió la mitad de su vida.

—¿Y eso es malo? —preguntó Barrajón.

—Joder, tú no sabes cómo se pone por las noches. Le gusta liarse a hostias con todos los tíos con los que se cruza. ¿Y qué crees que pasará cuando un día se le vaya la mano? ¿Quién se comerá el marrón? ¿La maravillosa y perfecta Wonder Woman? No, hombre, no. Se lo va a comer la gilipollas de Eloísa, que para eso está. ¿No has visto el cuerpo que tiene? Si parece un animal.

La ginebra y la tónica se dieron el «sí quiero» dentro de la boca de la mujer.

—Mis compañeros me desprecian, mi jefa me desprecia. Debería mandarlo todo a la mierda y volver a los Bronce.

—Estás jodida.

—Estoy jodida. Si me niego a seguirle el juego, acabará con mi carrera. Y si continúo como hasta ahora, tarde o temprano pasará algo que acabará con mi carrera. No estoy jodida, no. Estoy muy jodida.

—¿Eres una buena cristiana?

—¿Qué?

—Que si eres una buena cristiana, de esas que cuando las golpean ponen la otra mejilla.

—No.

—No, claro que no. ¿Tú qué haces cuando te dan una hostia?

—La devuelvo.

—Claro, porque no está bien quedarse con algo que no es tuyo. Y si es posible, le das dos o tres más para el camino.

—¿Qué coño me estás diciendo? ¿Que me líe a puñetazos con Valle?

—Julio, tú que sí eres buen cristiano, dale de beber al sediento, anda. A ver, Eloísa, ¿por qué tu inspectora hace contigo lo que le da la gana? Porque no tienes nada que pueda hacerle daño. Debes encontrar algo con lo que putearla.

—Pufff. No tienes ni idea de lo protegida que está. Si vieras la gente con la que se reúne...

—«La humanidad no puede soportar demasiada realidad». La loca esa es todo apariencia, imagen, mentira. Necesitas encontrar un poco de realidad en la vida de la inspectora Valle, esa que no quiere que nadie sepa, y verás lo deprisa que todos se alejan de ella.

—¡Qué profundo! ¿De quién es la frase?

—De T. S. Eliot.

—¿Y ese quién es?

—Un poeta norteamericano. Uno de esos escritores al que no todos entendían. Es una característica de los buenos autores, que no son para todo el mundo.

—No es por ofender, pero lo último que me podía imaginar es que leyeras poesía.

—El vicio me viene de mis tiempos en la policía judicial. Demasiadas horas encerrado en un coche esperando a que un malo saliera por la puerta de su casa. El problema de adquirir conocimientos es que te hacen pensar, y eso logra que seas cada vez más inteligente. Y, por tanto, más infeliz.

—¿Así que ser listo te hace desgraciado? Pues nada, sigamos embruteciéndonos a copazos.

—Eloísa, la mayoría de los tontos son felices, vidas simples con preocupaciones simples; en cambio, la historia está llena de genios que vivieron atormentados. Acaban locos o suicidándose. Darte cuenta de que la existencia es algo absurdo te consume.

—Oye, ¿cómo hemos terminado hablando de esto?

—Imagino que porque ya vamos un poco pedo.

—¿Y si la Mujer Maravilla es, en realidad, tan perfecta como parece?

—¿Sabes por qué el ayuntamiento pone contenedores en las puertas de los edificios? Porque no ignora que todos tenemos basura de la que nos queremos deshacer. Busca su basura. Demuéstrale lo equivocada que está al menospreciarte.

—No sé ni por dónde empezar.

—Deja que tire de un par de hilos, a ver qué tal me suena la música. Mientras, mantén un perfil bajo. Haces tu curro y bajas la cabeza. Sí, señora, ahora mismo, señora. Sobre todo, no hables con nadie de esto. Cualquier mierda te vendería por colgarse una medalla delante de la Mujer Maravilla. Tenlo claro.

—Entonces, tú crees que un poeta americano me va a solucionar la vida.

—La poesía no nos soluciona la vida, pero siempre nos la salva. ¡Julio, otra ronda por aquí!

23

—¿Qué día es hoy?

—Martes —respondo a Mariana.

—¿Todavía martes? ¡Madre mía, qué larga se me está haciendo esta semana! Y qué pocas ganas tengo de todo.

—La gente como tú y como yo llevamos grabada la palabra «derrota» en los huesos. No solo vivimos en el extrarradio de la ciudad, también ocupamos el extrarradio de la vida.

—La leche, yo me cago en la leche —dice el camarero cuando nos pone delante los cafés—. Semidesnatada, de soja, de avena, de almendras, con calcio, con proteínas... Esto, a la hora del desayuno, es una puta locura. ¡Se nos ha ido la cabeza, coño, con tanta leche! Cuando yo empecé en esto había normal o desnatada. Y punto. Pero ahora... ¡La gente está gilipollas! Lo digo y lo repito: ¡me cago en la leche! Menos mal que ustedes lo toman solo.

Los bueyes de mar continúan transmitiendo su tristeza infinita desde la pecera de la marisquería. Me asombra toda la congoja con la que cargan sus rostros inexpresivos. Miro otra vez el móvil sobre la barra, donde lo he dejado. Sigue oscuro y sin vida, esperando una llamada que no llega.

—Le he comprado a la niña la consola que quería, una PlayStation 5. ¡Si vieras lo contenta que se puso! Tuve que pedir un crédito a una de esas compañías que salen por la tele, porque los del banco no me lo daban. No te imaginas los intereses que me toca pagar. Por eso te agradezco tanto que me pasaras el trabajo en la casa de la señora Juana. Eres una buena persona.

—No, soy una jodida psicópata asesina.

Las dos nos reímos. Por motivos distintos.

Mariana continúa contándome su vida insulsa. Es como una de esas series que tienen éxito en la primera temporada. Luego se alargan como un chicle y pierden todo el interés. Asiento por educación, mientras miro de nuevo la negra pantalla de mi teléfono. No resulta tan fácil como parece encontrar edificios que compartan patio. Tampoco me desenvuelvo muy bien en internet. Tuve que emplear varias semanas en localizar unos pocos situados en las zonas que me interesan. Luego me dediqué a empapelar esos barrios con anuncios hechos a mano ofreciendo mis servicios. Unas hojas cuadriculadas manuscritas con flecos arrancables donde figura mi teléfono. El cebo está puesto, ahora solo tengo que esperar a que piquen. Pero, de momento, el móvil no suena. Nadie muerde el anzuelo. Siento la música de la muerte dentro de mí. Y necesito ponerme a bailar. Amoniaco quiere volver a actuar.

—Oye, ¿te he dicho que se te ve muy bien últimamente? Estás más, no sé, guapa, radiante —me dice Mariana.

—¿Has pensado alguna vez que esto, el lugar donde vivimos, puede que realmente sea el infierno? Tal vez todos hayamos muerto y estemos aquí pagando por nuestros pecados. Eso explicaría por qué solo los hijos de puta triunfan. Porque aquí el mal se premia. Ser bueno se ha convertido en sinónimo de ser imbécil. Por eso la gente decente lo pasa mal y los cabrones llegan arriba. Pisando cabezas y jodiendo a quien haga falta. Mírame a mí, desde que me he pasado al otro bando soy mucho más feliz. Y hasta estoy... ¿cómo has dicho?... ¡Radiante!

—Ay, Isabel. Estarás todo lo feliz que quieras, pero dices cosas muy raras. ¿Cómo están tus hijos? Me contaste que la niña va mucho mejor.

—Sí, ha cambiado de amigos. Ya no se junta con malas compañías. Y hasta algunos días se queda en casa estudiando, ¿te lo puedes creer? Ahora el que me preocupa es el mayor. Tengo que hacer algo con él. A ver qué se me ocurre para motivarlo.

—Están en una edad muy mala. Además, como ahora tienen tantas distracciones..., que si el móvil, que si la consola, que si el internet...

Mi teléfono se ilumina como un pequeño amanecer a la vez que suena la melodía: The Human League cantando eso de «nacido para cometer errores». Miro la pantalla. Un número no agendado. Pulso el botón verde.

—¿Sí?... Sí, soy yo... Española... Ocho euros la hora... Todo tipo de labores del hogar... Como quiera. Podría ir ahora mismo para que me conociera y así también veo el piso... En media hora estoy allí... Hasta luego.

Cuelgo y apuro el café mientras me levanto.

—¿Te ha salido una casa nueva?

—Sí, y me tengo que ir ahora mismo. A esto te invito yo.

Dejo el dinero sobre la barra y hago tamborilear mis dedos sobre la pecera de los bueyes de mar antes de salir de la marisquería.

—¡Una ayuda para pagar el Ferrari, una limosna para dar la entrada del chalet!

Veo a Abraham, el mendigo, como siempre pidiendo en la puerta del metro cuando se me ocurre una idea. Me acerco a él con un billete de cincuenta euros en la mano.

—¿Te gustaría tener uno como este?

—¡La princesa de los ojos azules! ¡Qué poderío! ¡Yo llamándote princesa cuando, en realidad, eres una reina! ¡Con eso me compro una destilería! ¿A quién hay que matar?

—No te pediría ayuda para eso (porque no la necesito). Quiero que me hagas un favor.

La noche tiene la mirada oxidada de quienes han visto demasiado. Mario camina con mayestática indolencia adolescente. Los pasos resuenan en los soportales como los desesperados golpes de un borracho en la puerta cerrada de un bar. De pronto, alguien lo empuja contra la pared. Al volverse ve a un viejo pordiosero con unas enormes barbas manchadas de migas y nicotina, el rostro curtido por la intemperie y la demencia haciendo brillar dos sirenas de emergencia en sus ojos. En la mano derecha blande una gigantesca y amenazante llave inglesa.

—Si buscas pasta, me parece que te has confundido, *bro*. No tengo ni un pavo. Y el móvil es de los baratos, además tiene ya tres años...

—¿Sabes quién soy? —lo corta el hombre.

—Un... ¿mendigo?

La llave inglesa golpea con fuerza la pared a escasos centímetros del rostro del joven, mellando el ladrillo.

—¡Jo... joder, tío! ¿Se te va la pinza? ¿Qué coño quieres? Ya te he dicho que no tengo...

—Yo sé quién eres tú. Te llamas Mario. Ahora, dime, ¿quién soy yo?

—No tengo ni puta id...

—Soy tu futuro. Y he venido a darte por el culo, así que bájate los pantalones.

—¿Qué? Hostias, tío, no te pases...

La herramienta vuelve a golpear con brutalidad el muro de ladrillo y consigue que escupa esputos de piedra.

—Mario, Mario. El pequeño Mario. Yo sé muchas cosas sobre ti. Sí, muchas cosas. Sé que no trabajas, que no estudias, que te pasas todo el día tirado en el sofá de tu casa jugando; o sales por ahí a beber y fumar porros con tus colegas. ¿Qué creías que iba a pasar? Pues que tarde o temprano el futuro vendría a por ti para darte por el culo. Y aquí estoy. Así que bájate los pantalones.

—No me jodas, hombre, que yo no te he hecho nada.

—¡Sorpresa! Todo lo que haces y también lo que no haces tiene consecuencias. Consecuencias que debes pagar. Y hoy es el día de cobro. No puedes esconderte de esta deuda. El futuro siempre nos alcanza. Te voy a dejar un regalito para que nunca me olvides. ¡Bájate los pantalones de una puta vez!

Temblando y sin dejar de balbucear súplicas, Mario se desabrocha el cinturón y comienza a hacer descender los vaqueros azules por sus piernas.

—¡Date la vuelta, que el tren va a entrar en el túnel!

—Se… señor futuro. Yo le prometo…, le juro…

El mendigo le da la vuelta y pega su cuerpo magro al del joven. Su boca maloliente y desdentada queda junto al oído de Mario.

—Es tarde para juramentos. Prepárate, que el futuro ya está aquí.

—¡Joder, no me haga nada! ¡Haré lo que quiera, se lo juro! ¡Me pondré a trabajar! ¡Voy a cambiar, voy a cambiar! ¡Pero no me viole, por lo que más quiera!

El muchacho comienza a llorar de cara a la pared mientras los sollozos lo agitan. La epilepsia del miedo. En ese momento, el sintecho se separa de él.

—Solo te voy a dar una oportunidad más. Estaré vigilándote. Sé dónde vives y por dónde te mueves. Si no me gusta lo que veo, volveré para joderte. No puedes escapar de mí, nadie puede escapar de su futuro. Ahora, ¡lárgate a tu casa! —grita mientras le da una patada en el trasero a Mario—. ¿No has visto la hora que es? ¡Y súbete esos pantalones, coño!

Abraham me encuentra escondida detrás de una columna tapándome la boca con las dos manos para contener la risa.

—¿Lo he hecho bien? ¿Era esto lo que querías? Yo lo llamo «inocentada anal».

—¡Has estado fantástico! Y la idea de transformarte en su futuro, una auténtica genialidad. Toma. —Le entrego el billete de cincuenta que le había prometido, más otro de diez—. Te lo has ganado. Has superado todas mis expectativas.

—Muy honrado, ojos azules. ¿No te parece que me he pasado un poco? El chaval lo ha pasado mal.

—Para nada, la cara que tenía..., hacía tiempo que no me reía tanto. Casi preferiría que continuara sin hacer nada para verlo pasar por algo parecido otra vez.

—A pocas madres se les ocurriría una cosa como esta, princesa.

—Era por su bien.

—Lo entiendo. A veces la locura es la única salida.

—Una madre es capaz de cualquier cosa por su hijo.

—Me reconocerás que no es muy normal.

—Tuve que elegir entre ser feliz o normal. Y elegí lo primero.

—¿Sabes? Me he sentido bien haciendo de futuro vengador. Tienes razón, es más divertido ser mala persona que un mendigo de mierda.

—Mucho más. ¡Dónde va a parar!

Y nuestras risas crueles chocan con las paredes de los soportales y rebotan como balas perdidas que añoran atravesar corazones.

24

Nudillos pelados. Últimamente, Eloísa siempre tenía los nudillos pelados. Un recordatorio corporal de cuál era su función en Homicidios, para lo único que servía: cuidar de la inspectora Valle en sus correrías nocturnas. Eso pensaban todos. Se pasaba las mañanas frotándoselos, sintiendo aumentar el escozor. Sentada frente a su ordenador veía a sus compañeros ir de un lado para otro enfrascados en la investigación del asesino de mujeres. Dejándola al margen.

«Un cero a la izquierda —pensó—. Soy un enorme y gigantesco cero a la izquierda al que todo el mundo ignora».

Y volvió a restregarse los nudillos hasta dejarlos en carne viva.

Su teléfono sufrió un ataque epiléptico dentro del bolsillo. En la pantalla, el nombre de Barrajón.

—¿Diga?

—¿Puedes hablar?

—Espera un momento.

Eloísa salió de la sala de Homicidios y comenzó a pasear por los pasillos de la Comisaría General.

—Ahora sí. Dime.

—He empezado a tocar las palmas, pero nadie se arranca a bailar. En cuanto les hablo de la loca de tu jefa todos tienen un repentino ataque de sordomudez. Me ha tocado sacar las uñas para poder rascar algo. La detención de su marido, el caso de la red de pederastas. Por la expresión de estreñimiento que ponían mis contactos cuando les mencionaba el tema, estoy seguro de que tenemos que seguir ese camino por muchas señales de advertencia que encontremos. Hay algo turbio en todo ese asunto. He conseguido un nombre. Ya sé que no es mucho, pero solo se necesita tirar de un hilo suelto para descoser un traje. Mañana hemos quedado con ella a la hora de comer. Busca cualquier excusa para escaquearte del curro.

—¿Ella? ¿Quién es ella?

—La inspectora que dirigía el Grupo V antes de ser sustituida por tu amiga la superpolicía. Te he enviado un mail con enlaces de noticias sobre el caso de los abusos infantiles para que te pongas al día. Luego te paso la dirección del restaurante. Mañana nos vemos.

—Barrajón, sé que te la estás jugando al hacer todo esto por mí. Quería que supieras cuánto te lo agradezco.

—No seas ingenua. ¿De verdad piensas que lo hago por ti?

Valle observaba la pizarra del caso Amoniaco con los pies sobre su mesa. Un macabro *collage* formado por las fotos de las víctimas, las escenas de los crímenes y los rostros de posibles sospechosos unidos por flechas, anotaciones y signos de interrogación. Muchos signos de interrogación. De momento, las piezas no tenían sentido, pero lo tendrían. Era solo cuestión de tiempo. El asesino cometería un error. Y allí estaría ella esperándolo.

—Hoy parece que la mujer barbuda está muy atareada —dijo Carpio acercándose a la inspectora—.

Llamadas misteriosas que no quiere que nadie escuche, los ojos clavados en el ordenador... Igual sigue trabajando en esa estúpida teoría suya de que nuestro asesino es una mujer. Y eso no sería bueno para la investigación. Sobre todo si llega a oídos de la prensa.

Valle posó su mirada en Eloísa. La agente dedicaba toda su atención a leer algo en la pantalla de su mesa.

—Busca cualquier excusa y llévate al elefante a comer cacahuetes. ¡Ya!

—¡Eloísa! —gritó Carpio—. Vente conmigo, tengo que comprobar unos datos y así ves cómo se hace.

—¿Tiene que ser ahora? —dijo sin levantar la mirada del ordenador.

—No, mujer, no. Cuando a ti te venga bien. No hay prisa. Solo estamos tratando de atrapar a un asesino en serie. Algo sin importancia.

Eloísa cerró todas las ventanas en su pantalla y siguió a su superior por los pasillos.

Valle contó hasta diez mentalmente. Se levantó de su sitio y fue directa hacia la mesa que ocupaba Eloísa. Pinchó en varias carpetas y abrió algunos documentos. Transcripciones de interrogatorios, informes de la policía científica... Nada fuera de lo normal.

Luego fue al historial de navegación. Los más recientes de la lista eran dos enlaces de periódicos. Al abrirlos descubrió que le llevaban a sendas noticias sobre la detención de su marido y el resto de la red de pederastas.

«Vaya, vaya. Así que eres una guarra a la que le gusta hurgar en la basura. Aún no te has dado cuenta de que la basura es peligrosa, está llena de objetos rotos con los que te puedes cortar».

Valle observaba las burbujas de su gin-tonic. Ascendían veloces, impulsadas por el obstinado deseo de llegar a lo más alto. La vanidad las empujaba a subir, siempre subir. Pero al llegar arriba explotaban y desaparecían convertidas en nada, incapaces de escapar a su ineludible destino.

—¿Le pongo otra? —preguntó solícito el camarero.

—Sí, pero sírveme ahora un whisky doble. Las burbujas son estúpidas. ¿No te parece?

En ese momento llegó Lucía, la periodista con la que había quedado.

—¿No crees que es un poco pronto para empezar

con las copas? —dijo mientras se descolgaba del hombro una enorme cartera de piel con sobrepeso.

—Si metes a tu marido en la cárcel puedes beber cuando te dé la gana. Es una excusa perfecta. La gente te lo perdona porque cree que estás deprimida, o dolida, o amargada. Lo que no saben es que bebo porque me gusta. Sin más. ¿Quieres tomar algo?

—Un café con leche.

—No me avergüences, que aquí tengo una reputación. Un gin-tonic para mi amiga. Lo vas a necesitar. Me parece que te he hecho venir para nada.

—¿Cómo para nada? Dijiste que me darías algo sobre Amoniaco.

—Eso pensaba, pero me acaban de avisar de que hay algunos flecos que debemos verificar —dijo mientras lanzaba una furtiva mirada a su cazadora, que colgaba en el respaldo de la silla y de cuyo bolsillo apenas asomaba un documento. Solo fue un instante. Lo suficiente como para que la periodista se diera cuenta—. Ya sabes cómo va esto. No nos llevará mucho. Un par de días. En cuanto hagamos unas comprobaciones rutinarias la información será tuya. Así te entregaré el paquete bien atado. No querrás pillarte los dedos con una noticia sin confirmar...

—Joder, Valle. ¡No me jodas! Ya le había dicho al director que le llevaría novedades del caso.

—Qué quieres que te diga. Ahora mismo es imposible. Los problemas son igual que los babosos intentando ligar contigo, si los ignoras, desaparecen. Unos tardan más que otros, pero al final, si pasas de ellos, acaban largándose.

—Se me va a caer el pelo, joder. ¡No me puedes hacer esto! ¡Yo siempre te he ayudado! He estado ahí cuando has necesitado algo de los medios. No estarías donde estás si yo no hubiera hecho todos esos reportajes alabando tu trabajo. ¡La infalible superinspectora Valle Díaz! ¡Wonder Woman y su récord de casos resueltos! ¡Me lo debes! ¡Sabes que me lo debes!

—Eh, eh, eh. Baja una marcha. La nuestra es una relación simbiótica. Las dos salimos beneficiadas. Tu problema es que se te olvida quién es el tiburón y quién es la rémora. Fui yo la que te pasó que el asesino había pintado con sangre la palabra «amoniaco». ¿Ya no lo recuerdas? Una exclusiva cojonuda para tu programa. Te apuntarías un buen tanto. Pero si te sientes incómoda, nuestra mutua colaboración se rompe ahora mismo. El grifo se cierra y cada una por su camino. Seguro que muchos de tus compañeros matarían por que fuese su fuente.

La cara de la periodista pasó del amanecer de la ira al crepúsculo del temor.

—Valle, no te pongas así. Yo no quiero romper nada, de verdad. Es que me había hecho ilusiones...

—Solo serán un par de días, no es para tanto, por Dios. Cómo sois los putos difamadores. Voy a mear.

Valle se levantó para dirigirse al cuarto de baño. Caminaba aparentando estar más bebida de lo que en realidad se encontraba. Al llegar al pasillo que daba a los servicios se escondió tras una esquina. Dejó pasar unos segundos y decidió asomarse lo justo para poder ver a la periodista. Seguía sentada en el mismo lugar, dando pequeños sorbos a su gin-tonic con gesto preocupado.

—Vamos, pequeña zorra. No me decepciones. Muéstrame lo hija de puta que eres.

Lucía paró de beber. Miró con disimulo a su alrededor y, cuando se sintió segura, extrajo el documento del bolsillo de la cazadora de Valle. Hizo un par de fotos con el móvil y lo dejó donde estaba.

—¡Esa es mi chica! ¡Que los malditos escrúpulos no te impidan llegar a la cima!

La imagen de las burbujas explotando regresó a su mente, lo que le provocó una extraña sensación de malestar. La desechó de su cabeza y volvió caminando hacia la barra con la mejor de sus sonrisas.

25

Durante la cena, mi hijo no para de masajearse los hombros intentando que las agujetas dejen de clavarle alfileres. Hace un par de días que decidió ponerse a trabajar con mi marido y su cuerpo protesta añorando el cálido abrazo de la molicie.

—Vieja, esto está de muerte. ¿Me puedes poner un poco más?

Me acerco a él y le acaricio el pelo, apelmazado por el polvo de yeso.

—Ya te he dicho que no me gusta que me llames así.

—Perdona, se me ha escapado.

—No pasa nada, cariño. Estoy muy contenta, ¿sabes? Me gusta que por fin pienses en el futuro.

Noto su cuerpo estremecerse al escuchar esa palabra. Y me río por dentro.

Tras la cena, padre e hijo se van a la cama agotados. Es mi momento. Me dispongo a abrirme una botella de vino delante del televisor a la salud de mi cuarta víctima (no sé si a los muertos les preocupa su salud. Sospecho que no mucho. En realidad la botella era de ella, otro pedacito de felicidad requisado para equilibrar la balanza). El programa *Crónica negra* lleva todo el día anunciando novedades sobre el caso de Amoniaco y no me lo quiero perder. Resulta gratificante que los medios reconozcan tu labor. Aún no he podido llevarme la copa a los labios cuando noto que mi hija se sienta a mi lado.

—Mamá, tenemos que hablar.

—¿Es necesario? —respondo sin dejar de mirar al televisor. Desde que dejó las malas compañías, Noelia se muestra mucho más comunicativa conmigo. No todo iban a ser buenas noticias.

—Tengo que decirte algo importante.

Escucho la sintonía cargada de tensión con la que da comienzo el programa mientras entra la cabecera.

—Si estás embarazada, me lo cuentas después. Ahora quiero ver la tele.

—¿Qué? ¡No! ¡No estoy embarazada!

—Entonces, sea lo que sea eso tan importante que quieres decirme, seguro que puede esperar.

—¡No me puedo creer que prefieras estar delante de la televisión antes que escuchar a tu hija!

¡Porque van a hablar de mí! ¡De mí! ¡Maldita sea!

—Vale, cariño. Dime, ¿qué es lo que quieres?

—Me gustaría darte las gracias, mamá. Sé que no siempre te he hecho caso...

No me jodas, ¿qué es esto? ¿Una comedia romántica? ¿Ahora? ¿Justo antes de que empiece *Crónica negra*?

—... me advertiste que la gente con la que salía no me convenía. Y tenías razón. Ahora me doy cuenta y te agradezco que intentaras abrirme los ojos...

Las palabras de mi hija se vuelven cada vez más pequeñas, diminutas, liliputienses, aplastadas por la poderosa voz del presentador.

«Este programa ha conocido, en exclusiva, las últimas novedades sobre el caso de las mujeres degolladas en Madrid. Según fuentes próximas a la investigación, Amoniaco, el asesino que escribió su nombre con la sangre de una de sus víctimas, podría ser una mujer...».

—Te quiero, mamá.

—Un tipo le pregunta a otro: «¿A qué se dedica usted?». Y el hombre le responde: «Soy traficante de órganos». «Oh, vaya», dice el primero, «no tiene corazón». A lo que el segundo tipo le contesta «¿Eso es un insulto o un pedido?».

El chiste hizo que la risa de Valle estallara. Sonando mucho más fuerte que la de las otras cuatro figuras sentadas a la mesa. Era temprano y el Milford se encontraba prácticamente vacío. Un aterciopelado aroma a café y pan tostado envolvía el local dotándolo de cierta calidez hogareña. Las carcajadas de los tres tipos de azul y la mujer de las perlas murieron de repente, como si una guillotina hubiera cortado sus cabezas. No estaban allí para divertirse. La inspectora recibió sus agrios mensajes la noche anterior, convocándola a una reunión urgente. Algo que esperaba. Si eres tú quien aprieta el botón, no te asustas cuando la bomba explota.

—¿Qué mierdas es eso de que Amoniaco podría ser una mujer? —soltó azul Klein sin preámbulos.

—Una estupidez, una teoría sin sentido que descartamos hace tiempo. No tiene importancia.

—¿Que no tiene importancia? Si la tele lo dice, millones de gilipollas se lo creen —contraatacó la mujer. Las perlas convertidas en ojos albos clavados en Valle.

—El problema, mi querida inspectora, no son esos millones de débiles mentales —apuntó azul Prusia—. Ellos no nos preocupan. De hecho, no le importan a nadie. El problema es otro. La información aparecida en *Crónica negra* ha dejado en ridículo, al menos, a tres ministros.

—Y ministras —apuntó la mujer mientras jugueteaba con su colección de globos oculares ciegos.

Azul Prusia suspiró con cansancio.

—Y ministras. Mira, inspectora, cuando alguien ocupa un alto cargo, su ego se hincha. No me preguntes el motivo, debe de ser efecto de la altura. Pero siempre sucede. Por eso no conviene acercar alfileres a esos egos, porque pueden reventar. La exclusiva que se emitió ayer en televisión es un alfiler muy punzante. Ha provocado que unos cuantos egos estallen. Y no queremos que la onda expansiva nos alcance. Así que hay que pararla como sea. Sabes que este no es un caso cualquiera, no solo por su repercusión mediática. Tiene, digámoslo así, connotaciones políticas. Desde varios ministerios han calificado los crímenes de Amoniaco como un claro ejemplo de violencia contra las mujeres. La demostración palmaria de lo necesaria que es la agenda feminista del Gobierno, uno de los puntos fuertes de su programa electoral. Y resulta que ahora en la televisión anuncian que nuestro asesino machista en realidad puede ser una asesina. Imaginarás que los habitantes de los despachos no están contentos. Los dioses tienen la piel fina, cualquier roce les molesta, por eso se parapetan tras capas y capas de respetabilidad. Disculpa la ordinariez, pero han tirado de la cadena y la mierda comienza a caer. Dime, inspectora, ¿te gustaría estar rodeada de mierda?

—¿Lo dices porque estoy aquí, con vosotros?

—¡Hija de puta! ¡¿Con quién te crees que estás hablando?! ¡¿Quieres ver lo rápido que te hundo?! —gritó azul marengo poniéndose en pie—. ¡No eres nadie! ¡Sin nosotros no tienes nada!

—Vale, vale, vale —terció Valle—. Creía que os gustaba el humor negro. Pero me he pasado. Os pido perdón. Ha sido una broma de mal gusto. Volviendo al asunto del asesino-asesina, tranquilidad. Ya me he encargado de ello. Este mediodía daré una rueda de prensa en la que dejaré claro que la información aparecida en el programa de televisión es falsa. Todas las pruebas indican que Amoniaco es un hombre. La teoría de la mujer asesina nunca ha constituido nuestra línea de investigación. Como no podía ser de otro modo, al inicio de cualquier caso, se tienen en cuenta todas las hipótesis sobre la identidad del autor, por descabelladas que parezcan. También la de que se tratara de una mujer. Pero, a medida que el caso fue avanzando, las evidencias nos hicieron descartar ese supuesto. El programa ha emitido una información inexacta y sin contrastar, fruto, sin duda, de una filtración interesada. Tomaremos las medidas disciplinarias necesarias para depurar responsabilidades y que sucesos como estos no se vuelvan a repetir. ¿Os parece suficiente? Puedo ser más contundente...

—¿De dónde sale eso de la filtración? —preguntó la mujer, retorciendo el collar de las miradas perdidas.

—Eloísa, la gigante que elegí como mi guardaespaldas nocturno. Ella fue quien puso sobre la mesa la teoría de la asesina. Supongo que, como nadie se la tomó en serio, decidió pasárselo a los periodistas. Creería que así seguiríamos investigando por ese lado y se colgaría la medalla. Mañana mismo estará fuera de Homicidios. Yo me encargo. Ya sabéis cómo son las nuevas generaciones de policías, hacen cualquier cosa con tal de ascender rápido.

—¿De quién lo habrán aprendido? —soltó azul marengo.

—A los de arriba ver rodar cabezas siempre les resulta tranquilizador —añadió azul Prusia—. Hemos reaccionado rápido. Puede que con eso se contenten. Inspectora, no quisiéramos entretenerte más. Sabemos lo ocupada que estás. Supongo que tendrás que dejarnos para preparar la rueda de prensa. Solo una cosa más antes de que te marches. Las visitas a tu esposo. Tienen que terminar.

Una nube negra ocultó el rostro de Valle.

—No podéis pedirme eso. Seré aún más discreta. No causaré problemas. Nadie se enterará de que voy a la cárcel...

—Disculpa, inspectora. Quizá mi tono haya dado a entender que se trata de una petición. Nada más lejos de mi intención. Te lo voy a repetir de nuevo para evitar malentendidos. No quiero que vuelvas a ver a tu marido. Nunca. Es una orden. ¿Ahora te ha quedado más claro?

Valle se levantó muy despacio. Los músculos maseteros marcándose de rabia en su mandíbula.

—¿Os acabo de salvar el culo y así es como me lo agradecéis? —dijo entre dientes—. ¿Quién coño os creéis? No sois más que cuatro putos viejos jugando al *Cluedo* de las conspiraciones. ¿Queréis joderme? Por mí, perfecto. Os estaré esperando. Vosotros no sois los únicos que guardáis balas en la recámara. Aún no os habéis dado cuenta de lo importante que soy. Me he convertido en un símbolo. Esta sociedad no puede permitirse el lujo de prescindir de mí.

El tintineo de las cucharillas contra las tazas rompía el ambiente sombrío de la mesa. Las cuatro figuras habían permanecido en silencio desde que la inspectora abandonó el local, dando vueltas y vueltas a sus cafés esperando que se enfriaran. Igual que sus pensamientos.

—Nunca tuvo mucho cerebro. Y el poco que tiene se lo está destruyendo el alcohol —dijo azul Klein.

—No sé a vosotros, pero a mí me ha dado la impresión de que todo ha sido demasiado fácil —añadió azul marengo.

—Una actuación —dijo la mujer dando vueltas al collar de ojos sin vida.

—Surge un problema y al instante aparece Wonder Woman con la solución idónea —apuntó azul Prusia—. Demasiado conveniente para resultar creíble, ¿no os parece? Los superhéroes no existen. Lo tenía preparado. Ella es quien está detrás de todo este lío. No se esperaba que le dijese lo del marido. Ha sido lo único que le ha sorprendido. De ahí la explosión de ira. No es la primera vez que notamos cierta rebeldía en la inspectora Valle. Con la pantomima de hoy ha dado un paso más allá. Demuestra que no nos respeta. Cree que puede engañarnos y amenazarnos sin que haya consecuencias. Lo que significa que ya no nos teme.

—Deberíamos enseñarle lo que les pasa a quienes se enfrentan al Sistema —señaló azul marengo.

—Hay que ser sutiles. Si lo hacemos de forma brusca y autoritaria la prensa y la opinión pública se nos echarían encima. Es cierto que cuenta con contactos en los medios. Contactos importantes. La legendaria inspectora Valle denigrada. Nos acusarían de machismo, misoginia y no sé cuántas cosas más. No, con las elecciones tan próximas no nos conviene un escándalo así. Que sigan entretenidos con ese asesino tan simpático, es mejor no distraer al público cuando se divierte. Nos encargaremos de la Mujer Maravilla poco a poco, le iremos despojando de sus poderes despacio. Hasta dejarla sin fuerzas. Los tiburones dan pequeños mordiscos a sus víctimas antes de lanzar la gran dentellada.

Las bocas de los cuatro se curvaron como hoces siniestras.

—Me sé uno. «¡Eres la bomba! ¡No, tú eres la bomba! En España, un cumplido. En Oriente Medio, una discusión».

26

Eloísa no quería estar allí. Sus ojos recorrieron el despacho por quinta vez. La silla se le estaba clavando en la espalda como el puñal de un traidor. Sus piernas sufrían incontrolables ataques epilépticos mientras que las manos se habían convertido en dos absurdos apéndices que debía esconder a toda costa.

—Parece nerviosa —dijo el hombre sentado al otro lado de la mesa. Acababan de traerle una humeante taza con lo que parecía café.

—No, señor... Bueno, un poco.

El jefe de la Unidad Central de Delincuencia Especializada y Violenta (más conocida como la UDEV) hablaba sin mirarla, lo que acrecentaba la inquietud de Eloísa.

—Hace bien. ¿Sabe cómo llaman a este despacho?

La sala de despiece. Un nombre muy ocurrente. Y bastante acertado, en mi opinión, ¿no le parece?

El hombre dio un sorbo a su café. Demasiado caliente por el gesto de desagrado que compuso.

—Aunque no soy un matarife, no. Yo me veo más bien como un fantasma. Y los fantasmas nos dan miedo porque se comen nuestras almas. En eso consiste mi dieta. Me como las almas de los desdichados como usted mojándolas en café con leche.

Otro sorbo. Otra cara de disgusto.

—La inspectora Valle, su superior, me ha remitido un informe muy completo sobre usted —dijo dando un par de golpecitos desdeñosos a una carpeta sobre su mesa sin mirarla—. La acusa de haber filtrado a la prensa información sensible sobre la investigación de Amoniaco. Según su parecer, usted era la única agente del Grupo V que defendía la posibilidad de que una mujer estuviera detrás de estos crímenes y, al verse frustrada por lo erróneo de sus sospechas, hizo llegar esa hipótesis a los medios por venganza. También la hace responsable de contar a los periodistas que el asesino escribió la palabra «amoniaco» con la sangre de una de las víctimas.

—¡Eso es mentira! ¿Por qué iba a poner en riesgo

mi puesto cuando acabo de llegar a Homicidios? No tiene sentido. ¿Es que no lo ve? La inspectora Valle quiere librarse de mí por negarme a hacer de guardaespaldas en sus salidas nocturnas. Señor, me gustaría informarle de que la inspectora tiene un comportamiento violento y claramente abusa de su autorid...

—El informe también incluye una serie de imágenes suyas —la cortó el jefe de la UDEV—. Fotografías extraídas de un perfil en Instagram que le atribuye, aunque no aparezca su nombre... ni su rostro.

El temblor en las piernas de Eloísa aumentó sin control, las manos recorrían su cuerpo como arañas ciegas.

—Esas imágenes ¿son suyas? —preguntó el hombre sin mirarla en ningún momento.

El silencio asintió.

—¿Es consciente del daño que infligiría a este Cuerpo si esas fotografías trascendieran?

El silencio se quedó callado sin saber qué decir mientras el jefe de la UDEV daba otro sorbo a su café.

—Después de leer el informe de su superior, entenderá que la única salida responsable que me queda es comerme su alma.

—¡Le juro que yo no he tenido nada...!

—Y, sin embargo, esta mañana, antes de que usted se presentase en mi despacho, he escuchado una voz. Al principio pensaba que era mi conciencia quien me hablaba. Pero no, hace mucho tiempo que nos retiramos la palabra. En realidad, se trataba de una llamada telefónica. Una de esas que, como pasa con la conciencia, no puedes ignorar. La voz en cuestión me pedía que fuese indulgente con usted. Y ha sido muy persuasiva. Siempre lo es. Debe de tener amigos muy influyentes para ponerla por delante de la inspectora Valle.

—No tengo ni idea de quién ha podido ser. Le aseguro que mis únicos contactos en la policía son mis compañeros.

—Si eso que dice es cierto, preocúpese. Alguien está jugando con usted. Y no es bueno que dos niños caprichosos se peleen por el mismo juguete. Porque siempre acaban rompiéndolo. Y después, se olvidarán de él. Tenga cuidado. Tenga mucho cuidado. Antes le comentaba que yo me veía como un fantasma. ¿Sabe por qué? Porque los fantasmas son personas que se han ido, pero aún no lo saben. Y eso me pasa a mí. Ya estoy fuera, aunque me hagan ver que sigo dentro. Este despacho, mi cargo, mi uniforme prácticamente ya pertenecen a la inspectora Valle. Todo el mundo es consciente de que será mi sustituta. Solo está esperando el momento oportuno para darme el tiro de gracia. Por eso, que este asunto haya acabado sobre mi mesa es un regalo. Me permite disfrutar de una postrera venganza. Pequeña e inútil, pero muy placentera.

Eloísa ocupó su mesa en la sala de Homicidios ante la inquisitiva mirada de todos sus compañeros. Encendió el ordenador y se concentró en la pantalla, como una mañana más. Al momento, la figura de la inspectora Valle se materializó frente a ella.

—Cuanto antes recojas tus cosas, mucho mejor. Te quiero fuera del Grupo hoy.

—¿Y eso por qué?

—¿Es que no has ido a hablar con el jefe? El informe sobre tu conducta que le envié lo deja todo bastante claro. Anda, pórtate bien. No te pongas en ridículo montando un numerito.

—Acabo de salir de su despacho y lo único que me ha dicho es que se me abrirá un expediente informativo. Nada más.

La rabia contenida hizo temblar el rostro de la inspectora hasta volverlo borroso.

—¡¿Qué?!

—Pues lo que te he dicho, solo van a abrirme un expedient...

—¡Hijo de puta! ¡Cómo coño se atreve! ¡Voy a hacer que se carguen a ese puto viejo de mierda ahora mismo!

Valle salió disparada de la sala. Sus veloces pasos resonaron por los pasillos como las salvas por un héroe muerto. Una negra alegría ensanchaba la sonrisa en el rostro de Eloísa.

27

Hay una realidad que todas las limpiadoras conocemos: por mucho que limpies una vivienda, es imposible eliminar completamente el polvo. Y cuanto antes asumas este axioma, mejor. Así te sentirás menos frustrada. Las motas de polvo son especialistas en esconderse. Se agrupan en los rincones, detrás de los muebles, bajo las alfombras... Manteniéndose lejos de las miradas ajenas, en las zonas más oscuras de la casa para mortificarnos, para demostrarnos que somos imperfectos. Como nuestros pecados. Tratamos de limpiarlos, de ocultarlos, de hacerlos desaparecer, pero siempre queda algo para recordarnos quiénes somos y lo que hemos hecho. ¿Sabéis que la mayoría del polvo de los hogares proviene de nuestro propio cuerpo? Son los restos que deja la lija del tiempo al pasar sobre nosotros. Desgastándonos, consumiéndonos. Un recordatorio de lo que nos espera al final de la calle, donde comienza la penumbra. Hoy me toca limpiar el polvo en la casa de Rosa A Secas. Así que, en cierta forma, me estoy deshaciendo de parte de ella y de su marido, una idea que me reconforta y me alegra el día.

Sigo preocupada por lo que dijeron en *Crónica negra*, eso de que la policía barajaba la posibilidad de que Amoniaco fuese una mujer. Es cierto que, al día siguiente, esa inspectora repelente, la guapa y alta, dio una rueda de prensa desmintiéndolo. Pero aun así no me fío. Quizá ese sea el motivo por el que siento la desagradable sensación de tener un viscoso lagarto arañándome las tripas. Dejo de pasar el aspirador por el salón y me dirijo hacia la cocina en busca de la fregona. Al entrar en el pasillo escucho voces procedentes del cuarto de baño. Rosa A Secas le ha debido decir algo divertido a su marido mientras se arreglan porque las risas se oyen con claridad. Así que decido pegar mi oreja a la puerta.

—¡Alfonso, hazme caso! Te digo que es verdad.

—No puede ser.

—Pero ¿no has visto los ojitos que pone cuando te mira? A la asistenta le gustas.

—¿A Isabel? Venga ya. Pero si podría ser mi madre.

—No te hagas el tonto. ¿Te crees que no me he fijado en las veces que le guiñas un ojo antes de salir de casa? Por no hablar de la sonrisa de seductor que le pones a la pobre. Le estás dando falsas ilusiones y eso es cruel.

—Solo pretendía ser amable con ella.

—Claro que igual te gusta. Con esos ojos azules...

—No me digas que estás celosa.

—¿De «esa»? No, mi amor. Sé perfectamente quién soy yo y quién es ella. No sé si te has fijado, pero en casa tenemos espejos. Aunque hay hombres a los que les gustan más las hamburguesas que el caviar. Igual te excita ese chándal horrible que siempre lleva. Con las rodillas desgastadas.

—Y su perfume, ¿cómo se llama? ¿Lejía Neutrex?

—Por no olvidar ese espeluznante enredón al que ella llama peinado...

Me aparto de la puerta como si quemase. No puedo seguir escuchando. Siento un golpe en el estómago, ácido, gástrico, bilioso. Y la náusea trepa como un insecto por mi garganta. Tambaleándome llego hasta la cocina, siento que mis venas arden como mechas prendidas. Tengo que morderme un puño para no gritar. Entonces los oigo. Dentro del cajón. Se agitan nerviosos. Sus voces metálicas me hablan con palabras de sangre. Son los cuchillos pidiéndome que los libere. Quieren ayudarme, reclamando su porción de venganza. Cuchichean dentro de mi cabeza. «Espera a que la puerta del baño se abra y les rajamos sus tersas y estúpidas caras. Apuñalarlos en los ojos hasta convertirlos en cuevas. Cortarles las sucias lenguas». Sería precioso. Un bello acto de justicia directa. Tan vivificante... Pero no. No puedo. Si lo hiciera, Amoniaco terminaría. Y me gusta demasiado mi nueva vida como para ponerla en peligro por un arrebato. Soy más lista que ellos. Tengo que esperar mi momento. Y llegará. Siempre llega.

Regreso al salón y comienzo a fregar. Las tareas repetitivas logran que me tranquilice. Dejar la mente en blanco. Mocho a la derecha, mocho a la izquierda. Escurrir. Hundir la fregona en el agua con detergente y volver a empezar. Soy un robot limpiador. Soy un zombi doméstico.

—Adiós, Isabel. Qué guapa está hoy —dice el malnacido de Alfonso antes de salir por la puerta.

Mi odio se coloca la máscara más servil de mi repertorio. Con una sonrisa inane, soy capaz de ofrecer una interpretación bastante lograda de la obra *Mujer estúpida y agradecida*. Poco después, Rosa A Secas aparece en el salón. Me lanza unas cuantas órdenes con desprecio, como sobras que se arrojan a un perro. Con ella no me pongo la máscara. Dejo que lea en mis ojos todo lo que me gustaría hacerle.

«Querida Rosa A Secas: para mí solo eres un trozo de carne. Y la carne se puede cortar, rajar, acuchillar, filetear, amputar, cercenar, picar, deshuesar, aplastar, freír...».

No puede aguantarme la mirada por mucho tiempo y se marcha inquieta. Que pruebe un poco del vinagre del miedo.

Del salón paso a limpiar el cuarto de baño. En cuanto llego, me bajo los pantalones del chándal y cago en su retrete. Es una sensación tan placentera, sobre todo cuando imagino las caras de Rosa A Secas y Alfonso si llegaran a enterarse. Mancillando con mis excrementos proletarios su santo grial. Es una costumbre que he adquirido desde que soy asesina. Se ha convertido en una necesidad animal, como si marcara mi territorio. Luego me limpio con su sedoso papel higiénico. Después, cojo sus cepillos de dientes y orino sobre ellos. Los seco ligeramente con su esponjosa toalla de manos azul turquesa y los deposito en su lugar. Para terminar, me lavo en la pila con su jabón natural olor a lavanda. Al levantar la cabeza, encuentro un rostro triste reflejado en el espejo frente a mí. Al principio creo que soy yo, pero al fijarme más me doy cuenta de que la cara que tengo delante no es la mía, pertenece a la antigua Isabel.

—Maldita ingenua. ¿De verdad pensabas que Alfonso sentía algo por ti?

No me dice nada. La noto abochornada. Por eso decido no insistir.

—Se me acaba de ocurrir una idea. Ya sé lo que vamos a hacer con ese payaso de mierda.

Paseo la mirada por todo el cuarto de baño hasta que doy con ellos. Los peines y los cepillos que utiliza Alfonso. Y hay cabellos enganchados en sus cerdas.

28

Eloísa llegaba tarde a la cita. El bar en cuestión era un lugar gélido, con aspecto de nevera gigante, donde el frío se podía oler. Un ambiente ártico que servía para que el marisco que reposaba en expositores llenos de hielo picado se conservara fresco más tiempo. Los vasos de cerveza anunciaban su llegada chocando ruidosos contra una lengua de zinc húmeda con forma de barra. Todo estaba iluminado por una hiriente luz artificial, como un quirófano. El sol tenía reservado el derecho de admisión. Frustrado y violento, permanecía en la puerta convertido apenas en una tenue luz sepia. Nada más entrar, Barrajón le hizo señas desde uno de los reservados del fondo. Junto a él se sentaba una mujer que había dejado atrás los sesenta a pesar de seguir vistiendo como una veinteañera.

—Perdón por el retraso. No he podido salir antes del trabajo.

—Bueno, lo más importante es que ya estás aquí —dijo Barrajón—. Te presento a la inspectora Alicia Muñoz.

—Exinspectora, querido. Hace tiempo que estoy jubilada —rectificó la mujer mirando de arriba abajo a la recién llegada—. Joder, qué tamaño. ¿Eres un hombre o una mujer?

—Contigo la cosa está clara —respondió Eloísa—, porque es evidente que eres una gilipollas.

La flor de una sonrisa se abrió en el rostro de la exinspectora.

—Me gusta esta chica. No se corta. Es valiente. Y la valentía hoy en día es un bien escaso, de bajo consumo. Ahora todo el mundo prefiere la prudencia, no molestar a nadie, callar y otorgar, evitar los enfrentamientos..., la comodidad de la cobardía. Pero no te quedes ahí de pie. Siéntate a mi lado.

—Alicia fue la jefa del Grupo V de Homicidios antes de que la inspectora Valle la sustituyera —intervino Barrajón—. Por eso sabe muchas cosas de ella.

—No tantas. Y eso de que me sustituyó..., lo correcto sería decir que me quitaron mi puesto a empujones para dárselo a esa guarra.

En el reservado de al lado, una pareja demostraba que llevaba años casada discutiendo por quién de los dos tenía razón.

—¿Te dieron algún motivo para sacarte de Homicidios? —preguntó Eloísa.

—Bueno, no tuvieron mucha consideración, la verdad. Tampoco la necesitaban. Me soltaron los eufemismos habituales: «necesitamos juventud», «una nueva visión», «métodos más modernos». Bozales para que no ladres. Yo enseguida me di cuenta de que no había nada que hacer. Querían a Valle al frente del Grupo V a toda costa. La campaña publicitaria que le prepararon en los medios solo vino a demostrarlo. Reportajes ensalzando que una mujer ocupara un cargo tan importante en la policía. ¿Qué pasa? ¿Que yo era un ficus? Las informaciones destacando sus méritos no dejaban de publicarse. El famoso noventa y siete por ciento de casos resueltos. ¿Sabes qué porcentaje tenía yo? ¡Un noventa y seis con ocho! ¡Dos putas décimas menos! Por eso me encerraron en un despacho rodeada de documentos inútiles para que me volviera como ellos. Aguanté un par de años y me jubilé. Era evidente que tenían que construir la leyenda de la superpolicía, la Mujer Maravilla. Y yo les molestaba. No me malinterpretes, Valle es buena en lo que hace. Pero es más fácil hacer piruetas en el trapecio cuando sabes que abajo te espera una red y no el suelo. ¿Quieres que te dé un consejo, querida? Si necesitas tener sexo con regularidad, folla solo con casados. Te evitarás problemas y desengaños. También está la opción del vibrador, pero ni te invitan a cenar ni te hacen regalos. Hazme caso, los casados son la mejor opción. Y si te cansas de ellos, les dices que quieres que dejen a su mujer y desaparecen.

Eloísa se quedó mirando a aquella mujer sin saber muy bien qué pensar de ella.

—¿Podríamos volver al tema de Valle? —soltó impaciente Barrajón.

—¿No quieres que hablemos del pasado? —dijo Alicia lanzando un par de sonoros besos al aire en dirección al jefe de los Bronce—. Algunas compañeras, entre las que me incluyo, consideraban el bigote de Barrajón como un órgano sexual, ¿no te lo ha contado?

—Alicia, por favor.

—Vale, vale. Ya me callo.

—Dices que te defenestraron porque alguien quería que la inspectora Valle ocupara tu puesto. Pero ¿quién?

—Oh, la Mujer Maravilla está muy bien relacionada, créeme. Nosotros estamos en parvulitos y ella tiene amigos en los cursos superiores.

—¿Te refieres a esos cuatro con los que se ve en el Milford?

—Vaya, vaya. La chica grande además de valiente es lista. ¿Así que los conoces?

—Solo los he visto una vez. Y de lejos. Valle me dijo que se llamaban «el Sistema».

—«El Sistema», «la Tetrarquía», «los Cuatro Jinetes del Apocalipsis»..., la gente les ha puesto muchos nombres. Sus rostros van cambiando a lo largo de los años, pero no sus intenciones. Lo saben todo y son capaces de cualquier cosa para lograr sus objetivos.

—¿Cómo estás tan segura de que son ellos quienes están detrás de todo este asunto? —cuestionó Barrajón.

—Porque antes de darme la patada, hablaron conmigo para sondearme. Querían saber si estaría dispuesta a hacer la vista gorda en los casos que ellos me indicaran. A cambio, prometieron hacer despegar mi carrera. Como los mandé a la mierda, amenazaron con sacar a la luz alguno de mis trapos sucios. Me reí de ellos en su cara. Puede que sean sucios, pero son solo trapos, sin valor. Al menos los míos. Les dije que hicieran lo que quisiesen, no me iba a vender. Y ahí comenzó mi cuesta abajo.

—¿Te lo propusieron así, abiertamente?

—No, nunca lo hacen. Utilizan dobles sentidos, eufemismos, indirectas..., juegan con las palabras. Y lo hacen muy bien. Esa gente es intangible, no se deja tocar. Está hecha de bruma y niebla. A ellos nunca se los ve bien, ni se escucha todo lo que dicen. Pero logran hacerse entender. Son sombras que te susurran al oído mientras crees que las vislumbras hasta que la luz las hace desaparecer. Y esta bonita historia encierra una enseñanza.

—Que te hubiera ido mejor aceptando su oferta.

Alicia imitó el sonido que los concursos de televisión utilizan para señalar que una respuesta es incorrecta.

—No soy de las que pasan por el aro a cambio de un azucarillo. A estas alturas ya deberías saberlo. Estás perdiendo facultades, Barra.

—Si Valle ocupa ahora tu puesto significa que le

hicieron la misma oferta que a ti. Y todo parece indicar que aceptó. Zanahoria si haces lo que te pedimos y palo si no obedeces. Eso quiere decir que la Mujer Maravilla también tiene esqueletos guardados en el armario.

—Chica lista. No me extraña que dejases los Bronce.

—Si te conozco algo, Alicia —intervino Barrajón—, no creo que te quedaras con los brazos cruzados mientras te movían del sillón. ¿Qué oculta Valle?

La exinspectora se miró los dedos de la mano derecha valorando su manicura. Por el gesto no parecía satisfecha.

—Jodidas chinas, no tienen ni puta idea. ¿Os parece que este color es coral?

—Venga ya, Alicia.

—Vete a la mierda, Barrajón.

—¿Vas a dejar que se salgan con la suya?

—No te hagas el ingenuo conmigo. Tú sabes tan bien como yo que siempre se salen con la suya. En realidad, os estoy haciendo un favor. Deberías mantener a esta chica lo más alejada posible de esos cuatro.

—Valle no va a parar hasta conseguir echarme de la policía —intervino Eloísa—. Necesito tener algo contra ella, algo que no quiera que se sepa para que me deje en paz.

Alicia lanzó un sonoro suspiro.

—Vale, ya sé por qué está ella aquí. Lo que no entiendo es qué pintas tú en todo esto, Barrajón.

—Simple amistad.

—No me jodas, Barra. ¿Te estás amariconando a tu edad? Veeenga, os voy a contar lo que averigüé. Pero antes quiero una botella de albariño, un Mar de Frades sería perfecto. Y unas gambas a la plancha. Dos docenas. Y que le den por culo a mi reumatólogo y al ácido úrico de los cojones. Otro consejo gratis, querida. A los hombres, sácales siempre que puedas alcohol y marisco. Y a las mujeres, también. ¿Vosotros vais a tomar algo?

—Yo no tengo hambre.

—Digo de beber. Porque pienso tomarme la botella entera. No estoy de coña. Ni se os ocurra pensar que voy a compartirla. Son muchos años dándole al alpiste como para no saber cuál es la dosis exacta que necesito. Si te saltas la dieta, sáltatela con pértiga.

Barrajón y Eloísa se miraron extrañados. Después pidieron al camarero un par de dobles de cerveza junto con las gambas y el vino. Alicia no volvió a abrir la boca hasta que la mesa se llenó de platos y copas.

—¿Ya estás contenta? —le espetó Barrajón.

—Antes de empezar a hablar, os advierto de que no indagué mucho. En cuanto rasqué un poco, me di cuenta de la hostia que se me venía encima y lo dejé. Algo que deberíais hacer los dos. Porque si el Sistema se entera de que vais por ahí haciendo preguntas sobre su protegida...

La exinspectora terminó la frase arrancando la cabeza a una gamba y chupando su interior.

—¿Me explico?

—La red de pederastia a la que pertenecía el marido de Valle. Sospechamos que hay algo turbio.

—Caliente, caliente. No has perdido el instinto, ¿eh, Barra? Yo pensé lo mismo. No sé si sabéis que el tipo que llevó el caso, un tal De las Heras, de la Brigada Judicial de Madrid, fue trasladado a la embajada española en Washington como consejero de Interior. Se levanta veintiún mil euros netos al mes libres de impuestos. Y los niños aprenden inglés.

—Un premio por haber resuelto el caso —añadió Eloísa.

—Tal vez, pero también podría tratarse de un destierro dorado. Le tapamos la boca con dinero y lo mandamos lejos para que nadie lo escuche si le entran ganas de toser. Intenté ponerme en contacto con De las Heras. Fue complicado, el chico no estaba por la labor. Durante meses rehuía mis llamadas. Hasta que por fin pude hablar con él y le pregunté por el caso del marido de Valle. Ya se le había pegado algo de los diplomáticos con los que trabajaba porque, con mucha elegancia y de manera nada ofensiva, me mandó a tomar por culo.

Otra gamba decapitada. Los dedos de la exinspectora desprendieron las cáscaras de su blanquecino cuerpo para, después, metérselo en la boca.

—Esa misma noche, al regresar a casa descubrí que alguien había cambiado los muebles de sitio. Todas las fotos del salón estaban del revés, al igual que mis libros. La cama presentaba una enorme mancha de lo que parecía orín. Y en la nevera, en lugar de encontrar mi comida, me esperaba la cabeza desollada de un cordero con un cartel entre los dientes en el que ponía ESTATE QUIETA. Y eso fue lo que hice. Es una máxima que llevo a rajatabla, cuando alguien me envía un mensaje con la cabeza de un animal muerto, le hago caso.

Un nimbo de silencio denso cubrió la mesa.

—¿Eso es todo? —protestó Barrajón.

—«Héroe» es una palabra que solo se lee en las lápidas, querido. Yo prefiero seguir envejeciendo.

—Oye, pues muchas gracias por la historia de terror, Alicia. Pero esto no vale la botella y las gambas que te estás tomando.

—Frena, Barra, frena, que te sales de la carretera. Sé más cosas. A la gente le gusta hablar. Las palabras les pesan en la cabeza y necesitan darles salida. Sobre todo en los bares y en la cama. Son los dos mejores lugares para conseguir información. ¿Os he dicho que uno de los agentes que participó en el caso de la red de pederastas lleva muchos años casado? Pobre. No sabéis lo bien que preparaba el café del desayuno. Tengo que llamarle un día de estos. A lo que iba, mi amigo me contó que llevaban mucho tiempo detrás de la organización. Como todos los hijos de la gran puta, operaban en la internet profunda. Vídeos abusando de niños a cambio de pasta. El mundo es un lugar maravilloso. Los agentes habían logrado interceptar sus mensajes y descubrir la identidad de algunos de los integrantes de la red. En la lista aparecían nombres de campanillas, gente importante de verdad.

Según mi amigo, el marido de la Mujer Maravilla se encargaba de que las transacciones se realizasen de forma segura y sin dejar huella. Nada más.

—Entonces ¿era inocente? —intervino Eloísa.

—No, claro que no. Era un hijo de puta, pero no el gran hijo de puta. Cuando estaban a punto de detenerlos a todos, empezaron a notar que los mensajes cada vez eran más escasos y que algunos miembros desaparecían sin más. Eso les hizo pensar que la banda había recibido un chivatazo y decidieron acelerar la operación. ¿A que no adivináis quién estaba allí cuando detuvieron al marido de la superpolicía? Pues la propia inspectora Valle, llevándose esposado a su marido entre los flashes de los periodistas.

—En la prensa dijeron que ella formaba parte de la investigación —añadió Barrajón.

—De hecho, los jefes vendieron que fue ELLA la que denunció a su cónyuge y que gracias a ELLA se pudo desmontar toda la red. ¡Qué mayor prueba de abnegación, de entrega al Cuerpo, que la de anteponer el deber a tus propios sentimientos! ¡Que suenen las fanfarrias en su honor! Hay que reconocer que la idea es cojonuda.

—¿Y no era así? —preguntó Eloísa.

—Según mi *follamigo*, no, no era así. Todo fue un bonito cuento que sentó las bases donde construir el monumento a mayor gloria de la inspectora. Un monumento, dicho sea de paso, que sigue en pie. Durante el juicio, Valle señaló a su marido como el cerebro de toda la organización. Él y unos cuantos *pringaos* más se comieron el marrón. Conejos y perdices, la caza mayor siguió retozando libre por el monte. Hubo pruebas que desaparecieron misteriosamente. Además, el juez consideró innecesario escuchar a los otros policías que participaron en la investigación. ¿Para qué? La historia les había quedado preciosa, ¿por qué arriesgarse a joderlo todo con la verdad? Luego coses unas cuantas bocas con galones, ascensos, nuevos destinos y chimpún. Caso resuelto. La justicia se impone una vez más. Cada vez estoy más contenta de haberme jubilado. ¿Qué hemos aprendido en la lección de hoy, niños? Que os estáis metiendo con quien no debéis. Lo que tienes que hacer, querida, es pedir el traslado, volver a los Bronce y olvidarte de todo este asunto. No bajes a las cloacas, están llenas de suciedad y ratas. Allí no vas a encontrar nada bueno.

—Ese amigo tuyo, ¿hablaría con nosotros? —dijo Eloísa.

—Pero ¿me estás escuchando? Te estoy diciendo que lo dejes. Mira lo que me hicieron a mí, toda una inspectora de Homicidios. ¿Sabes lo que les costaría hundirte la vida? No te estoy hablando de ser expulsada de la policía, te estoy hablando de acabar pidiendo en una esquina porque nadie quiera darte trabajo. Eres una mota diminuta plantada en la solapa de uno de sus trajes hechos a medida, solo tienen que soplar para que desaparezcas. Da igual lo que mi amigo te cuente, nunca lo reconocerá ante un juez. ¿Y sabes por qué? Porque es listo. Y tú también tienes que ser lista. Díselo tú, Barrajón. A propósito, ¿puedo pedir otra botella de vino?

29

El vodka le supo a cristales rotos. La botella acudía a sus labios con desesperación tratando de acallar su llanto. Eloísa caminaba desnuda. Los muebles de su piso se habían convertido en extraños que le ponían la zancadilla al pasar. Las palabras de Barrajón aún le resonaban en la cabeza.

«No hagas nada. Quédate quieta. Esa gente es peligrosa. Ahora es imposible ir contra Valle. Debemos esperar nuestro momento. Deja que tire de algunos hilos. Pero tú no te muevas».

Consejos. Siempre consejos.

¿Y a quién se le da consejos? A los inútiles, a los incapaces, a los perdidos, a los imbéciles.

Eso es lo que era ella. Una imbécil perdida.

Lloraba lágrimas de vodka. Dando tumbos por la

vivienda, se dio cuenta de que tenía delante una fotografía de Santiago, su ex. El que la dejó por un hombre. No sabía de dónde había salido. Creía haberlas destruido todas. Y, sin embargo, allí estaba, como una aparición. Mirándola desde su encierro en dos dimensiones. Burlándose de ella con aquella sonrisa de falsa felicidad que todos ponemos cuando nos retratan. ¿Cuánto tiempo puede luchar uno por lo que ha perdido? ¿Cuánto tiene que pasar para que nos demos cuenta de que todo ese esfuerzo es inútil? Sentía la necesidad de odiarlo, de arrojar su ira contra él. Desprenderse de ese peso dañino. Sustituir el amor por el desprecio. Pero no funcionó. En ese instante, Eloísa fue consciente de que ya no sentía nada al ver la imagen de Santiago. Solo frío. Mucho frío. El gélido desamparo de estar sola. Empapó la fotografía con vodka y le prendió fuego. No la apagó hasta que se consumió, como las velas de cumpleaños de un muerto.

No le apetecía beber. No le apetecía llorar. No le apetecía estar sola. Le apetecía hacer algo divertido.

—Comprar, comprar es divertido.

Trastabillando, llegó hasta su ordenador. Navegó por distintas tiendas y adquirió objetos que no necesitaba.

Una camiseta XXL de Harry el Sucio, una freidora de aire, un juego de toallas de *Star Wars*, un vestido de fiesta que nunca se pondría, un bono para un masaje facial, siete pares de calcetines para estar por casa, recambios para el cepillo de dientes eléctrico...

Hasta que también perdió el interés. Los objetos tienen esa cualidad: solo resultan atractivos cuando no los poseemos. Desnuda y con la botella casi vacía comenzó a fotografiar su cuerpo con el móvil. Crearía un nuevo perfil de Instagram y las subiría allí. Para volver a sentirse deseada, para excitar a alguien. Sucedáneos del amor. Analgésicos contra la soledad. Admiradores virtuales. «Mentiras, mentiras, mentiras». La idea irrumpió en su mente como un bisturí en un órgano enfermo. Valle descubriendo las fotos de su anterior perfil, incluyéndolas en un informe, riéndose de ella.

«¿Quieres ir contra la inspectora? Si ni siquiera has sido capaz de ocultarle tus secretos».

Imbécil perdida.

Y estampó la botella contra la pared, cubriendo el suelo de lágrimas afiladas.

Era de noche. En la calle, la lluvia dotaba de un brillo falso y resbaladizo a la ciudad. Eloísa caminaba sin rumbo, igual que en la vida. El delicioso embotamiento del alcohol le hacía sentirse insensible, el cuerpo cubierto de duras escamas como un reptil. Aislada del exterior y sus aristas. No sabía cuánto tiempo llevaba andando. Al doblar una esquina, descubrió que ante ella se iluminaba la zona de bares de copas. Sus luces reclamándola como la llama a la polilla. Necesitaba beber, sí. El alcohol no cura el dolor, pero lo mantiene a distancia. Y a ti te lleva lejos, muy lejos. Protegida por la capucha de su grueso anorak, observó que un grupo de gente se arremolinaba a las puertas de un local. Se escuchaban gritos. Las amenazas y los insultos bailaban la danza previa a la llegada de la violencia.

—¡No sabes con quién estás hablando, payaso! ¡Soy intocable y puedo hacer todo lo que me dé la gana!

Los contornos de la figura se iban haciendo más nítidos a medida que se acercaba al grupo. Cuando se encontraba a unos diez metros, la reconoció. Allí estaba, haciendo aspavientos y soltando espuma por la boca. La inspectora Valle, en medio de un círculo de hombres que la miraban temerosos y agresivos. Uno de ellos sangraba por la nariz.

—¿Qué? ¿Qué vais a hacer ahora? ¡Mierdas, que sois unos mierd...!

El puñetazo no le permitió terminar la frase. Un golpe brutal en plena mandíbula que dejó a la inspectora inconsciente en el suelo. La rabia y la frustración de Eloísa liberadas en aquel derechazo. Un regalo del destino que no iba a dejar pasar. Permaneció allí, de pie, observando con siniestro placer cómo el moratón se extendía afeando el rostro de Valle.

—¡Muy bien, tío, has hecho muy bien!

—¡Se lo merecía la zorra esta!

Un hombre. Por su tamaño y oculta bajo la capucha, aquellos tipos la habían tomado por un hombre. Por primera vez en su vida, se alegró de que lo hicieran. Dio media vuelta dispuesta a que la boca oscura de la noche la engullera, mientras se sentía un poco menos imbécil. Un poco menos perdida.

El desagradable sonido húmedo de un desagüe succionando.

Aún me deja pasmada la naturalidad con la que

el horror ha pasado a formar parte de mi vida. No solo no me produce un muy humano y comprensible rechazo, sino que me gusta, lo disfruto, incluso me resulta gratificante. Aunque, tal vez, lo que me atrae de las macabras escenas que compongo sea su radical contraste con lo que hacía en mi anterior vida. Dejaba casas ordenadas y limpias tras de mí. Y ahora llevo el caos de la sangre y la muerte. Y me resulta mucho más edificante.

Ruido de un desatascador chapoteando en un inodoro.

—Seguro que no te imaginabas que la muerte tenía el aspecto de una vulgar limpiadora. Y, sin embargo, aquí estoy. Te he fastidiado los planes, ¿a que sí? Pensabas que vendría a por ti cuando fueses muy vieja, dentro de mucho mucho tiempo. Tras disfrutar de una vida feliz y llena de privilegios. Un bonito cuento de hadas. Pues este cuento se acabó.

La mujer con la garganta abierta que tengo a mis pies me escucha boqueando como un tartamudo que intenta pronunciar «papagayo». Hay algo que me llama la atención de mis víctimas, siempre tienen esa expresión de súplica en la cara. ¿No es un poco tonto pedir clemencia a la persona que te acaba de asesinar?

Supongo que la desesperación que provoca la irremediable llegada del fin les hace agarrarse a cualquier atisbo de esperanza, por ridículo que parezca. Mi expresión, en cambio, es de puro goce. Lo cierto es que matar me hace sentir muy muy bien. Experimento un sublime placer al arrebatarles sus vidas agradables y sin sobresaltos. Eso soy yo, su último sobresalto.

La mujer me responde con un angustioso borboteo de sangre que nace de su herida abierta. Suena como un niño sorbiendo con una pajita el final de un refresco. Su anhelante mirada merece que le recuerde la verdad.

—Sí, hija de puta. Vas a morir.

Entonces presiento que llega el momento. Sus ojos se abren con angustia hasta que algo se consume en su interior, quedando convertidos en dos hermosas canicas de cristal. Inútiles, como todo lo bello. El subidón satura todas mis terminaciones nerviosas. Una descarga breve de alta intensidad que me hace florecer por dentro. Deseosa de que llegue el momento de volver a sentirla otra vez. Porque sé que no lo puedo dejar. Estoy enganchada al ritmo de mi locura.

Quieren que el asesino sea un hombre, ¿no es así? Bueno, pues se lo dejaré más claro. ¿Qué es lo primero en lo que pensaría un criminal masculino? Sexo. Los hombres solo piensan en el sexo. Le bajo los pantalones a la mujer que yace en el suelo. Con el cuchillo corto los laterales elásticos de sus bragas y me las guardo. Después la vuelvo a vestir para que se lleven una sorpresa. Y ahora viene el detalle definitivo que acabará con las dudas. Siempre con los guantes de fregar puestos, extraigo de mi bolsillo un papel en el que está envuelto un pelo que recogí del peine de Alfonso, el marido de Rosa A Secas. Pinzándolo con dos dedos lo deposito en el charco de sangre que se está formando alrededor de mi víctima. Una prueba irrefutable de que Amoniaco es un hombre. Así podré seguir jugando a equilibrar el mundo. También me llevo uno de sus pendientes. Aunque añada novedades, tengo que mantener mi firma, no vaya a ser que los inútiles de los policías crean que el crimen tiene otro autor. (Me gusta cómo suena eso de «autor del crimen», tiene algo de artístico. «Sociedad de autores», «el autor del libro», «cantautor»..., creadores como yo). Y volviendo a lo de mi firma, estoy tentada de embadurnar toda la casa con sangre, escribiendo en las paredes la palabra «amoniaco» tantas veces como me sea posible. Pero pronto lo descarto. Después de lo del sexo me apetece ser algo más sutil. Voy a la cocina y busco entre los productos de limpieza hasta que, por fin, lo encuentro. Una botella casi llena de amoniaco, el elixir de mi felicidad. Empapo con ella todos los muebles de la casa, las fotografías con sonrisas que ya no volverán, las cortinas, la ropa de los armarios... Me regocijo observando cómo el líquido se va comiendo los colores. Tengo mucho en común con el amoniaco. Mis víctimas también pierden el color cuando entran en contacto conmigo.

Escucho un ruido a mi espalda. La pierna de la mujer con la garganta abierta se agita sin control. Los espasmos de la agonía. El tacón, al chocar con el suelo, suena como un aplauso. Así que decido corresponder a mi víctima dedicándole una solemne y majestuosa reverencia.

Delante del televisor, espero el comienzo del programa *Crónica negra* emocionada. Sin embargo, mi familia se ha confabulado para estropearme el momento. No paran de lanzarme palabras sin sentido que yo esquivo como puedo. Mi marido gruñe algo sobre la cena. Ni me molesto en mirarlo. Mario está empeñado en enumerarme las diferencias entre el gotelé y el estucado. Le dedico mi más adusta indiferencia. Noelia me cuenta algo sobre su nuevo novio, o novia, o yo qué sé. No me lo deja claro. La ignoro asintiendo, sin apartar la mirada de la pantalla.

«Amoniaco vuelve a actuar. Una nueva víctima ha sido hallada muerta en su domicilio situado en...».

Aún se me eriza todo el cuerpo cuando hablan de mí en televisión. No acabo de acostumbrarme.

«... con la de hoy, ya son seis las víctimas del asesino en serie, todas ellas mujeres...».

Seis es un bonito número. Pero prefiero dieciséis, o veintiséis. Me doy cuenta de que, por fin, estoy sola en el salón. Mi familia se ha debido de acostar ante el desinterés que he mostrado hacia ellos, cosa que agradezco. Así puedo disfrutar de mi momento sin distracciones.

«... según fuentes de la investigación, en este último asesinato se han encontrado pruebas irrefutables de que tras el pseudónimo de Amoniaco se esconde un hombre...».

¿No erais vosotros los que decíais que el criminal

era una mujer? Dejad trabajar a la policía. Llega la publicidad y aprovecho para abrir una de las botellas de vino que perteneció a la última mujer que me cargué. Un Pesquera reserva de 2018. No tengo ni idea de vinos, pero reconozco que está muy bueno. Es como beber terciopelo rojo. *Crónica negra* continúa con mi parte favorita: la de los expertos. Empiezan con un policía jubilado.

«... se hace cada vez más evidente la motivación sexual que hay tras estos asesinatos...».

Desde luego. La falta de sexo me pone de muy mala leche y por eso mato. Lógico. Luego toma la palabra una especialista en análisis de la conducta.

«... el asesino posee claramente una personalidad narcisista. Aunque, con toda probabilidad, sea impotente. Algo que demuestra el hecho de que los investigadores no hayan encontrado restos de semen en ninguna de las escenas...».

Estos tíos son la monda. No sé por qué me da, señores especialistas, que lo del semen va a ser por otro motivo. Ni se les pasa por la cabeza que alguien se ponga a matar porque está harto de llevar una vida de mierda, de hacer siempre lo que le dicen los demás, de cumplir con las normas. ¡A la mierda con todo! No tenía ni idea de que asesinar me iba a gustar tanto. Y ahora que lo sé, no pienso dejar de seguir haciéndolo. Es la única manera de que me sienta por encima del resto. ¿Por qué tengo que cumplir unas reglas que van en mi contra? Siempre me he sentido como esa pequeña que contempla a los otros niños girar montados en el tiovivo mientras la saludan orgullosos con la mano. Pero yo ya no quiero montar en el tiovivo, quiero hacerlo saltar por los aires.

Un psicólogo forense termina su intervención con una frase de Ted Bundy: «Nosotros, los asesinos en serie, somos vuestros hijos, somos vuestros esposos, estamos en todas partes».

Sentada en mi sillón, no puedo hacer otra cosa que aplaudir.

30

Eloísa observaba cómo el hematoma se asomaba al rostro de Valle, imponiéndose al maquillaje.

—Bueno, chicos. Tarde o temprano tenía que suceder. Por las evidencias que hemos encontrado en la reciente escena del crimen, parece que Amoniaco está empezando a perder los papeles. Y eso es una buena noticia.

La inspectora se encontraba de pie junto a la pared en la que se mostraban las fotos del caso. Los miembros de Homicidios la escuchaban en silencio.

—Primero: como en otras ocasiones, el asesino ha degollado a su víctima. Un corte de izquierda a derecha, lo que indica que es diestro. Algo que ya sabíamos. Después de cometer el asesinato se ha llevado un pendiente de la mujer. Hasta ahí, mantiene el mismo patrón. Pero en esta ocasión se ha producido una novedad: también le ha arrebatado su ropa interior a modo de trofeo. Lo que podría significar que le cuesta contener sus impulsos sexuales o que van en aumento. Punto para los buenos. Segunda novedad: se está volviendo descuidado. Nuestros compañeros de la Científica hallaron un pelo que no pertenecía a la mujer asesinada en la escena del crimen. Los análisis han demostrado que salió de la cabeza de un hombre, ¿habéis escuchado bien? ¡Un hombre!

Todos sus compañeros se volvieron hacia la mesa de Eloísa con desdén. La agente alzó uno de sus dedos corazón ignorándolos.

—Hemos comparado el pelo en cuestión y no se corresponde con el cabello del marido de la mujer asesinada —continuó la inspectora—. Por lo que todo hace pensar que se le cayó a nuestro querido Amoniaco cuando estaba haciendo sus cosas. Por fin el hijo de puta comienza a tener fallos.

—La base de datos de ADN —intervino Carpio—. ¿Ha dado algún resultado?

—De momento no. Y yo no contaría con ello. No parece que lo tengamos registrado. Pero ¿a qué vienen esas caras? ¡Son las primeras buenas noticias en semanas! ¡Pronto pillaremos a ese hijo de puta! ¡A trabajar! Quién sabe, a lo mejor ha cometido más errores.

Cuando la charla terminó, Eloísa se acercó a la mesa de Valle.

—Me gustaría ayudar en la investigación. Haré lo que sea.

—¿No te parece que ya has hecho bastante? ¿Qué pasa? ¿No te gusta rellenar expedientes y ordenar archivos? Creo que es una labor que se ajusta perfectamente con tus aptitudes. Además, para el poco tiempo que vas a estar en Homicidios no me gustaría que malgastases con nosotros ese talento innato que tienes hacia la fantasía. Una cosa más. Como eres voluminosa y ocupas mucho sitio, hazme un favor: no te pongas en medio, trata de molestar lo menos posible hasta que te largues de aquí. Y ahora, vuelve a tu sitio, me quitas la luz.

Eloísa vio que el moratón se extendía por la mandíbula de la inspectora, volviéndose más oscuro. Y sonrió.

—Me voy ya al trabajo, señora Isabel.

La chica a la que le limpio la casa me llama señora. Es curioso cómo estas pequeñas cosas establecen corrientes de simpatía entre las personas. Sé que lo hace por respeto a la edad, no al individuo. Ya no soy tan cándida. Pero ese detalle aparentemente sin importancia hace que se me quiten las ganas de practicarle una traqueotomía en mitad del pasillo. En realidad, no cumple los requisitos para que un cuchillo la bese en el cuello. Es cierto que vive en un piso tres veces más grande que el mío a sus veintiocho años. Se lo compraron sus papás por sacar buenas notas. A eso se dedica. Está estudiando un máster, o un doctorado, o una doble licenciatura, algo por el estilo. Todo suena a cosas que hacen los hijos de los ricos. Hay gente a la que los Reyes Magos le traen regalos durante toda su vida. Para el resto solo hay carbón. La sucia y negra decepción del carbón año tras año. Y, sin embargo, la chica no es feliz. Se pasa el día en casa, sin recibir llamadas de nadie, aparte de las de sus padres. La tristeza se ha instalado en su rostro de forma permanente, como un okupa al que no se puede desahuciar. No sabe que eso le ha salvado la vida. En cambio, la vecina de enfrente cumple suficientes requisitos para pasar a formar parte de mi colección. Debe de tener unos cuarenta. No muy guapa, pero sabe arreglarse. Media melena castaña y rizada como un garabato. Y sonríe. Sonríe siempre. A todo el mundo. De esa forma odiosa en que lo hacen los que tienen motivos para sonreír. Algo que me resulta insufrible. Cada vez soy menos exigente eligiendo mis objetivos. El ansia me puede. Me dejo llevar por los demonios. Sonreír demasiado te puede costar la vida. Apenas sé nada más de ella. Solo lo poco que he visto a través de la ventana del patio. Por las mañanas, la observo moverse por su casa. Viste siempre muy formal, con ropa cara. Da cereales para desayunar a su precioso hijo (debe de rondar los nueve años) y lo lleva al colegio (privado, a juzgar por el uniforme del niño). No regresa hasta tarde, cuando yo ya me he marchado a limpiar otro piso. Por eso sus cuerdas vocales siguen intactas.

Termino de meter en el armario la ropa que acabo de planchar y me dirijo a la cocina para prepararme un café. La chica triste me permite utilizar su cafetera de cápsulas siempre que quiera, otro motivo para que la deje seguir respirando en este mundo. No es que me guste, pero me hace sentir mejor. Lo que da sentido a la vida es el consumo (quien diga lo contrario es un embustero o un romántico). Y cuanto más caro es lo que consumes, más vivo te sientes, más integrado, más especial. Mientras espero a que la taza se llene, miro por la ventana que da al patio. Hay movimiento en la casa de doña sonrisas. Veo su silueta pasar a través de las cortinas. Un líquido amargo inunda mis venas. De cada poro de mi piel brotan afiladas púas. Los demonios me clavan sus diminutos tridentes mientras ascienden por mi espalda hasta que llegan a mis oídos para susurrarme: «Es tu oportunidad. Mata. ¡Mátala!».

Me acabo el café de un trago. Abro el cajón de los cubiertos. El cuchillo brilla como los ojos de un enamorado adolescente.

—Pues no me he dado cuenta de que se haya caído algo al tendedero. Pero entre, acompáñeme a la cocina y lo miramos juntas.

La puta sonrisa no se le va de la cara cuando me abre la puerta, hiriente igual que un insulto. No puedo soportarlo más. En cuanto me da la espalda, la tomo por el pelo y le corto la garganta de un solo tajo. El placer de sentir la carne abrirse, como las puertas del cielo. La efímera resistencia de la piel y los músculos rendidos al paso del metal. La llamarada por fin me devora. El fuego me quema por dentro y me hace brillar. Porque bailo dentro de la hoguera que he desatado. Con mi largo vestido de noche cubierto de llamas. Vivo dentro del incendio.

—¿Ya no te ríes, zorra? ¿A que no? Te has quedado sin motivos para reírte porque te los he robado todos, hija de...

Su cuerpo se desploma como una marioneta sin hilos. Entonces me fijo en mi rostro. Lo veo reflejado en el creciente charco de sangre que avanza por el suelo. Es la cara de una demente y siento un escalofrío. Intuyo que algo va mal. Entonces escucho una voz. Llega desde una de las habitaciones.

—Mamá, me sigue doliendo la tripa.

La figura menuda de un niño aparece por el pasillo. Lleva un arrugado pijama de *Star Wars*, lo que lo hace parecer aún más vulnerable.

—Mamá, ¿qué te pasa? ¿Qué haces en el suelo? ¡Mamá! ¡MAMÁ!

31

El cubito de hielo enturbia el anís en la copa, dotándole de un aspecto lechoso, fantasmagórico, de ojo con glaucoma. Lo mismo sucede con mi alma. La sangre fría que corre por mis venas se ha vuelto turbia, sucia, pegajosa. Un ectoplasma de bilis que me pudre por dentro. El tuétano de mis huesos convertido en mugre. Mi corazón solo bombea vómito.

—Ponme una más, anda —le digo al camarero.

—¿No crees que ya has bebido suficiente, Isabel?

—Si lo creyera no te estaría pidiendo otra.

Siento odio hacia mí misma, no soporto en lo que me he convertido. Estoy escondida en el bar que hay cerca de mi casa. Para que Amoniaco no me encuentre. Le he dicho a mi familia que había quedado con unas amigas, o que iba a una fiesta. Algo por el estilo.

No lo recuerdo con claridad. El alcohol y su beneficioso poder para el olvido. Bebo anís porque dicen que provoca la peor resaca de todas. Eso es lo que busco. Hacerme daño. El peor de los castigos. Cada copa es un golpe del flagelo. Necesitaba escapar, huir, esconderme dentro de una botella, como un genio maldito que no concede deseos, solo muerte. El alcohol ha convertido mi cerebro en una habitación acolchada donde una idea demente no para de golpearse contra las paredes buscando autolesionarse.

«He asesinado a un niño. He asesinado a un niño».

«No tenías otra opción —dice la parte práctica de mi mente provocándome una arcada—. Si lo hubieras dejado con vida le diría a la policía que eres una mujer, incluso podría reconocerte. Te meterían en la cárcel. Se acabaría Amoniaco. Perderías toda la felicidad que has robado, que te has ganado, que mereces».

Sé que tiene razón, pero eso no cambia el hecho de que me sienta un trozo de carne podrida. No, los niños no entraban en el juego. Los niños no son culpables de nada. La felicidad de los niños es pura, no se la han quitado a nadie.

Percibo el zumbido de las moscas dentro de mi cuerpo, como un cilicio vivo que mordisquea mis órganos hasta volverlos negros. Solo puedo seguir bebiendo. Mortificándome con cada copa. Apoyada en la barra, apenas puedo mantener la cabeza erguida. Mis extremidades son solo extensiones blandas cosidas a mi tronco sin voluntad.

—Hombre, ojos azules. ¿Qué haces aquí tan solita?

La voz me suena de algo, pero no logro enfocar al hombre a quien pertenece. Solo es un borrón. El mundo se ha convertido en un enorme cuadro abstracto. Incomprensible pero hermoso. Y me gusta.

—Oye, déjala en paz.

—Tú métete en tus asuntos y dedícate a servir copas. Venga, ojitos azules. Te voy a llevar a un sitio donde lo pasaremos muy bien todos juntos.

Unos brazos tatuados me levantan del taburete. Huelen a pescado. Noto que hay más gente a mi alrededor. Gente sin rostro. Sus brazos me llevan en volandas. Intento resistirme, pero es inútil. Mis fuerzas se han licuado con el anís. Abren una puerta. El olor a desinfectante y orín golpea mi pituitaria. Me arrojan al suelo. Está húmedo y frío.

—Esto es lo que quieres, ¿verdad, guarra? Pues lo vas a tener. Lo estabas pidiendo a gritos.

Comienzan a tirarme de la ropa con violencia. Un torbellino de manos imposible de detener.

—¡Abre la boca, zorra! Así, muy bien.

—¡Vamos a darle lo suyo a la puta borracha!

Algo caliente y duro empuja mi lengua una y otra vez con ansia. Percibo que me hacen daño abajo, como si me golpearan entre las piernas. Una jauría de fieras, despedazándome. Escucho el eco lejano de sus jadeos mezclados con insultos y babas. Los movimientos frenéticos de los cuerpos, el dolor cada vez más intenso. Quiero que paren, quiero que terminen de una vez. Hasta que por fin todo se vuelve negro. Dejo que la oscuridad tire de mí. Dejo de sentir nada.

Al recuperar la consciencia, me siento desubicada. No sé dónde estoy ni cuánto tiempo llevo tirada en el sucio suelo del cuarto de baño. Mi ropa interior está hecha trizas. El camarero me ayuda a incorporarme. Tengo todo el cuerpo dolorido.

—Isabel, vete a casa, anda. Y recuerda, yo no sé nada y no he visto nada. Aquí no quiero líos.

La noche me recibe con el abrazo frío de un desconocido. Al caminar me arde el bajo vientre. Siento la boca pastosa. Entro en mi casa sin hacer ruido. Por suerte, todos están dormidos. Hay timbales en mi cabeza que no paran de sonar. Abro el grifo del agua caliente de la ducha hasta que mi piel se vuelve roja. El dolor me late dentro del estómago. Mi vagina y mi ano escupen sangre que desciende por las piernas. Se vuelve rosa al mezclarse con el agua hasta ser engullida por el desagüe. Eso es lo que quiero, deshacerme con el agua ardiendo y desaparecer por el desagüe yo también. Pero me quedo allí, encogida bajo el chorro. Intentando rechazar la idea persistente que da latigazos dentro de mi cerebro: «Te lo mereces».

Octubre se empeñaba en abofetear a la gente que andaba por la calle con sus manos heladas. Las nubes jugaban a taparle los ojos al sol. Un avión a reacción dibujaba una raya de cocaína en el espejo azul del cielo. Valle fumaba apoyada en un coche cubierto de escarcha sucia. El humo formaba ampulosos signos de interrogación en el aire. Preguntas sin respuesta que el viento se llevaba lejos, muy lejos. En ese momento, los operarios del servicio funerario salieron del portal con el primer cuerpo. El de la mujer. Lo transportaban en una especie de féretro gris de plástico duro. A la inspectora se le vino a la cabeza la palabra «táper». Tras ellos apareció el segundo grupo, portando un bulto mucho más pequeño. Dio una profunda calada al cigarrillo. Dios, qué bien sabía el cáncer.

Carpio se apoyó a su lado.

—¿Has vuelto a fumar? —preguntó.

—Siempre lo hago en los casos difíciles.

—Un niño de ocho años. ¿Qué clase de monstruo mata a un niño de ocho años?

—Uno que se levanta temprano para ir al trabajo, da los buenos días a sus vecinos, ve la televisión, come utilizando los cubiertos y hace la compra en el supermercado, igual que tú y yo.

—¿Cómo vamos a detenerlo? ¿Cómo vamos a parar esto? No tenemos nada.

—El niño. Es una buena noticia.

—Joder, Valle. Es una noticia cojonuda. ¿Quieres que vayamos a celebrarlo con champán? Yo invito. ¿Qué coño pasa contigo? ¿De pequeña te extirparon la empatía en lugar de las anginas? Que es un puto crío, por Dios.

—Mira, si te vas a sentir mejor suelto toda esa retahíla de frases huecas que se dicen en estos casos.

«La muerte de un niño es algo antinatural, nuestra mente no está preparada para asumirlo». La de un adulto sí, total, hay muchos y la mitad me caen mal. «Apenas había empezado a vivir». Claro, con cuarenta años ya has vivido suficiente, que te den por culo. «Era un inocente, no había hecho nada para merecer morir así». En cambio la madre seguro que se lo había buscado. Gilipolleces. Vacías e inútiles gilipolleces. Las sueltan los que no saben quedarse callados porque piensan que así ayudan. ¿De verdad creen que con esas chorradas van a consolar a alguien? Vamos, no me jodas, Carpio. Que ya hemos enterrado a unos cuantos y sabemos de qué va esto.

—El niño estaba en casa porque no se encontraba bien. Hemos hablado con el colegio. La madre avisó de que hoy iba a faltar. El asesino no contaba con que el crío estuviera en la vivienda. Fue una desgraciada coincidencia. Tuvo mala suerte. Su objetivo era la madre.

—Mala suerte para él, buena suerte para nosotros. ¿Qué nos dice eso?

—Que es un hijo de puta sin conciencia.

—Y que se está volviendo descuidado. El hambre de matar le hace cometer errores. Primero fue el pelo y ahora esto. En sus primeros crímenes se tomaba el tiempo necesario para vigilar a sus víctimas. Conocía sus rutinas a la perfección. No atacaba hasta tenerlo todo bajo control. Ahora, en cambio, no puede resistir el impulso y los fallos se van acumulando. El deseo de sangre lo domina. Pronto lo cazaremos.

Valle apuntó a una alcantarilla y lanzó lo que le quedaba de cigarrillo.

—Necesitamos que todos los agentes disponibles nos echen una mano —añadió Carpio—. Eloísa incluida.

—Tú mismo lo has dicho. Necesitamos manos, no zarpas. No me apetece enterarme de los avances de la investigación por la tele.

—No es seguro que fuese ella quien filtrase todo aquello a la prensa. Puede que me equivoque, pero no la veo capaz. Me parece demasiado retorcido como para ser obra de Eloísa.

—Hazme caso, está bien donde está. Hay que mantenerla a oscuras. Si dejas a una rata libre, vendrán más. Y lo destrozarán todo.

32

Eloísa cambiaba de marcha con rabia. Su vehículo carraspeó en señal de protesta antes de revolucionarse. Era una mañana gris. El cielo y el asfalto se confundían en un todo emplastado. El aire frío convertido en cuchillas que hacían daño al entrar en los pulmones. Mientras conducía, no se le iba de la cabeza el nuevo mote que Valle le había puesto.

—La hija del Yeti. La cabrona me llama la hija del Yeti. ¿Y qué es lo que hago yo? Quedarme calladita como una niña buena. «Eloísa, rellena esa mierda de informes que no valen para nada», «Eloísa, agacha la cabeza y traga con todo lo que te echen». Mientras esa hija de puta se ríe de ti en tu cara. ¿Y Barrajón, el que me iba a ayudar? Otro igual. «Eloísa, estate quietecita», «Eloísa, no hagas nada, aún no es el momento». ¿Y a qué tengo que esperar? ¿A que Valle me dé una patada en el culo y me mande a la puta calle? ¡Y una mierda! ¡Una mierda para todos vosotros! ¡Ya estoy harta de hacer siempre lo que me dicen! ¡Voy a joder a esa borracha! ¡Voy a joderla a base de bien! Va a acordarse de mi nombre todos los días de su vida. Ni mujer barbuda, ni Tkachenko, ni la hija del Yeti. Me llamo Eloísa. E-LO-Í-SA.

El aparcamiento de la prisión se encontraba prácticamente vacío. No era día de visitas. Dejó el coche cerca de la entrada. En la puerta la esperaba un guardia civil que la condujo hacia el interior del módulo.

—Mira, Eloísa, te agradezco que le salvaras el culo a mi hijo, lo libraste de un marrón gordo. Pero esto que me pides es, diciéndolo con elegancia, algo bastante irregular.

—¿Y sin elegancia?

—Una jodida putada. Si lo descubren, me van a meter el tricornio vía rectal.

—A tu edad ya es hora de que pruebes experiencias nuevas.

—A mí no me hace ni puta gracia quedarme sin curro porque a ti se te pire la olla.

—Venga, Herráez, que seguro que has hecho cosas peores. Nadie se va a enterar. Mi nombre no figurará en los registros de entradas.

—Oh, así que la señora policía nacional lo sabe todo. Para que te enteres, una prisión está repleta de orejas, ojos y bocas. Y todas tienen la misma función: hacer la puñeta.

—Señorita.

—¿Qué?

—Que soy señorita. Estoy soltera.

—Vete a la mierda.

Herráez la llevó a una especie de despacho con dos sillas y una mesa.

—Aquí estaréis más tranquilos que en la sala de visitas. Ahora dame todo lo que lleves en los bolsillos. Móvil, llaves, arma...

—Ya sé cómo va esto.

—Pues si lo sabes no me hagas repetírtelo. Móvil, llaves, arma...

Eloísa se lo entregó todo al guardia civil y se sentó en una de las sillas.

—Espérame aquí. Ahora te lo traigo. Y a la mínima gilipollez te largas.

Pasaron más de cinco minutos en los que la policía se dedicó a medir la habitación con la vista. Cuatro metros de largo, otros cuatro de ancho y unos dos de alto. Casi un cubo perfecto. Por fin la puerta se abrió y apareció un hombre esposado con el pelo peinado hacia atrás pegado al cráneo por la humedad. El cuerpo delgado bailaba dentro del chándal. Los pómulos marcados le daban un aspecto frágil que sus ojos desmentían.

—Oh, vamos. ¿Más amenazas? —soltó nada más tomar asiento frente a Eloísa—. Dígales que ya me quedó claro la última vez. Tengo la lección bien aprendida.

Con una mirada, Eloísa le indicó a Herráez que podía retirarse.

—Cinco minutos. Ni uno más —dijo el guardia antes de cerrar la puerta.

—No sé por qué cree que estoy aquí, pero le aseguro que no me envía nadie.

—¿Ah, no? Pues eso es aún más preocupante. Su salud y la mía podrían sufrir un deterioro... drástico. Mi mamá no quiere que hable con desconocidos.

La voz del hombre tenía el tono apagado de los que ya no esperan nada de la vida.

—He venido para que me ayude. Sé que lo encerraron por unos delitos que no cometió. Al menos, no todos. Y que su mujer, la inspectora Valle, fue parte de la trama que lo convirtió en el cabeza de turco de la red de pederastas. Si me confirma algunos datos, la verdad saldrá a la luz y podría ver reducida su condena.

La risa del hombre tardó en arrancar, como el motor de un coche frío. Pero una vez que lo hizo se convirtió en un sonido continuo, estridente.

—Me resulta emocionante tenerla delante. Casi podría decirse que soy un privilegiado. ¿Sabe que es usted una especie en peligro de extinción? Una de las últimas creyentes. Siento decirle que la justicia es una religión con muy pocos adeptos. Cada vez menos. La gente ha perdido la fe en los falsos dioses. La verdad y la justicia han muerto hace mucho tiempo. El dinero y el poder ocupan ahora el trono celestial. Y son omnipotentes. Nada cambiará mi condena. Y si piensa que usted puede hacer algo, es una ingenua. Son tiempos peligrosos para los ingenuos. Se lo digo por experiencia.

—Podría tirar de la manta. Desenmascararlos a todos.

El hombre no permitió que un nuevo ataque de risa se le escapara por la boca.

—Si tiras de la manta, lo único que consigues es coger frío. El frío está ahí fuera, esperando. Es mejor quedarse debajo de la manta, calentito, no estar expuesto a las inclemencias del tiempo.

—Mire lo que han hecho con usted. No les debe nada. Ni a su mujer ni a los otros.

—¿Y por qué querría ir contra Valle? Gracias a ella sigo con vida aquí dentro. Ni se imagina lo fácil que es tener un accidente en la cárcel.

—Si me cuenta lo que sabe, lo protegeré, se lo prometo.

Una sonrisa cruel se formó en los labios del hombre.

—Pobrecita. No sabe nada, ¿verdad? Es un ciego que solo tantea bultos con su bastón. Pero los bultos tienen ojos y ven lo que hace, cada vez están más cerca. La rodean. Y cuando choque contra ellos sufrirá los daños. No se puede ir contra el Sistema. O quedará maldita para siempre. A mí me jodieron solo porque les venía bien. Ni siquiera me enfrenté a ellos. Luchar por causas perdidas solo es hermoso en los libros. Y ya nadie los lee. Puede aportar pruebas, demostrar que todo fue una mentira. Nadie la creerá. Porque, como le he dicho, la verdad ya no existe. El Sistema es así, se protege a sí mismo. Y todos somos parte de él. La enterrarán debajo de toneladas de falsedades que todo el mundo querrá creer porque les resultará más cómodo. Puede que aparezcan dos kilos de cocaína en su apartamento, o un cadáver en su maletero. Tal vez el suyo. La golpearán hasta que se quede quieta, hasta que no moleste. Váyase, pequeña ingenua, váyase lejos con sus cuentos de hadas. Esto es la cárcel. El reino de la mentira. Aquí una promesa vale menos que un cartón de tabaco y la justicia es solo una palabra que alguien ha escrito en la puerta de los baños. Deje de adorar a falsos dioses o la quemarán en la hoguera de los paganos.

Cuando Herráez le devolvió sus pertenencias, Eloísa comprobó que tenía diez llamadas perdidas en su móvil. Todas ellas de Barrajón.

—¿Me has llamado?

—¡Qué coño estás haciendo ahí! ¡Sal de la prisión cagando leches! ¡YAAA!

—Pero ¿cómo...?

—Si yo he tardado dos minutos en enterarme de dónde estás, ¿cuánto crees que les llevará a esos cuatro? ¡Te dije que te estuvieras quieta, cojones! ¡¿Te lo dije o no te lo dije?!

—¿En qué se diferencia una puta de una cebolla? En que cuando la troceas no lloras.

Las tijeras de las carcajadas hicieron trizas el silencio. Valle soltó aire por la nariz con asco contemplando las cuatro figuras sentadas a la mesa del Milford. Los tres hombres de azul y la mujer del collar de perlas, flotando alrededor de su cuello como ingrávidas gotas de leche. El humo de los puros ocultaba el cartel de PROHIBIDO FUMAR. Aquella norma no estaba escrita para ellos. Como todas las demás.

—El caso de Amoniaco —dijo azul Klein—. La muerte del niño lo complica todo.

—Pero ha vuelto a acaparar la atención de la opinión pública —añadió la mujer del collar.

—¿Os he comentado que siempre que escucho eso de «opinión pública» se me viene a la cabeza la expresión «mujer pública»? —recordó divertido azul marengo.

—La primera vez tuvo gracia —apostilló azul Prusia—. Sin embargo, la reiteración en la misma broma resulta cargante. Y algo estúpida, si permites que te lo diga.

Azul marengo bajó la vista tras la bofetada dialéctica.

—Mira, inspectora —continuó azul Prusia—, es cierto que con el desgraciado asesinato del pequeño los medios se están dando un banquete. El gusto por la necrofagia es una costumbre arraigada entre los caballeros de la prensa. Y eso tiene un lado positivo, distrae la atención del público sobre aspectos más... pecuniarios de la vida política y social. Sin embargo, como suele suceder en todos los órdenes de la vida, también lleva aparejado un aspecto negativo. La muerte del pequeño nos obliga a dar una respuesta contundente y, ante todo, rápida. El tiempo juega en tu contra. Las elecciones están a la vuelta de la esquina y es preciso detener al monstruo antes de que se abran las urnas. Exhibirlo ante la muchedumbre para que por fin duerma tranquila. Eso reforzaría la imagen de solvencia del Gobierno. La muerte del pequeño les ha hecho removerse en sus sillones azules, y quieren volver a estar cómodos. Por no hablar de lo que supondría para tu carrera. A la Mujer Maravilla se le quedaría pequeño el cargo de jefa del Grupo V de Homicidios. Estás llamada a ocupar cotas más altas en la montaña del poder si sabes por dónde debes pisar.

—Por eso te hemos llamado, para que nos cuentes qué nuevos avances se han producido en la investigación —añadió la mujer del collar.

—Camarero —dijo Valle—. ¿Me podría traer un gin-tonic, si es tan amable?

La inspectora se dio el gusto de hacerlos esperar, aunque solo fuera para sacudirse por un momento la sensación de sumisión. La copa llegó y le dio un trago largo mientras disfrutaba contemplando la cara de estupefacción de las cuatro figuras.

—¿Sabéis lo que decía Dean Martin? Que le daban pena las personas que no bebían, se levantan por la mañana y así es lo mejor que se van a sentir en todo el día. En cuanto al caso de Amoniaco, sabemos que se trata de un hombre por el pelo que hallamos en una de las escenas del crimen, como ya sabéis. También resulta evidente al analizar sus últimos asesinatos que cada vez le es más difícil contener su necesidad de matar. Comete errores que antes no cometía. Acabar con la vida del niño es una prueba de ello. Estamos convencidos de que no era su objetivo. No sabía que se encontraba en casa y tuvo que deshacerse de él. Una víctima circunstancial. ¿Eso nos acerca a su detención? Seguramente. ¿Queda poco para que eso ocurra? Puede que sí, puede que no.

—Tus argumentos son demasiado vagos. Y no nos gustan los vagos —dijo azul marengo.

—¿Ah, no? ¿Entonces no os lleváis bien entre vosotros?

Un enjambre de miradas negras se concentró en Valle como moscas sobre un cadáver.

—Eres muy graciosa, inspectora. Mucho —habló azul Prusia—. Y sabemos apreciar el sentido del humor. Sin embargo, desconozco el motivo, pero cuando nosotros nos reímos el resto de la gente llora.

—Es imprescindible que le des un empujón a la investigación —terció la mujer de las perlas giratorias.

—Un empujón definitivo —remachó azul Klein.

—Este tipo de casos no son problemas matemáticos que uno resuelve aplicando fórmulas universales. Los asesinos en serie funcionan con su propia lógica particular y única. Con cada crimen vamos conociendo unos pocos dígitos. Los sumamos, restamos o dividimos hasta encontrar la solución. Os guste o no, la realidad no siempre concuerda con nuestros deseos.

—En eso te equivocas, inspectora. —Azul Prusia volvió a tomar la palabra—. La gente común piensa que la realidad es algo inamovible, rígido, inalterable. Pero no es así. La realidad es dúctil, como la arcilla. Solo hay que hacer suficiente presión para que adopte la forma que se desee. A eso nos dedicamos los cuatro. ¿Aún no te has dado cuenta? Amoniaco debe caer. La noticia tiene que abrir los telediarios y ocupar portadas a cinco columnas. No nos decepciones.

—Por cierto, ¿qué es eso que tienes en la cara? Parece un moratón —dijo azul marengo.

—Es un antojo.

—No lo parece.

—Pues lo es. Cuando se me antoja lo tengo y cuando se me antoja, no.

—Cada vez soporto menos a esta tía —soltó azul marengo cuando la inspectora abandonó el Milford.

—Se está convirtiendo en un problema. No vamos a poder seguir tapando sus aventuras nocturnas mucho más tiempo. Tarde o temprano saldrán a la luz.

—Cada vez va más lejos. ¿Habéis visto cómo tenía la cara?

—Además, continúa visitando a su marido en la cárcel a pesar de que le ordenamos que no lo hiciera.

—Por lo que sabemos, no es la única que lo ha visitado. ¿Qué vamos a hacer con la tal Eloísa? Si continúa rebuscando en la basura el olor puede atraer a las ratas.

—De momento, vamos a esperar a ver cómo se desarrollan los acontecimientos. Es más fácil ganar la partida si juegas con dos barajas. Siempre que el resto de los jugadores no lo sepa.

33

Era un día vacío. Como todos. Completando una semana vacía. Un mes vacío.

Sí, ya ha pasado un mes desde que dejé de ser Amoniaco. Desde que regresé a la anodina monotonía de arrojar mi vida a la basura en pequeños trozos de veinticuatro horas. Desde que me convertí en un pez muerto que ya no lucha contra la corriente. Ahora vuelvo a ser buena, honrada, cumplidora, abnegada. Tendría que sentirme bien, orgullosa de mí misma por retornar a la paz del redil. Y, sin embargo, noto que me corrompo por dentro. Noto que estoy vacía. Como mi vida.

En el vagón del metro, el ganado humano y yo nos dirigimos a nuestros respectivos mataderos sin protestar. Esperando que el cuchillo de la rutina nos despiece con su cruel parsimonia. Luego, cuando volvamos a nuestros hogares, trataremos de unir de nuevo los pedazos, aunque cada vez es más difícil porque hay partes que el tiempo va devorando. Ya nada me diferencia de ellos. Soy una más del montón.

En el vagón nadie se mira. Los ojos evitan encontrarse. Permanecen escondidos observando el techo, o el suelo, o el móvil. No nos miramos entre nosotros porque somos espejos. Y tenemos miedo de ver nuestra amargura, nuestra tristeza crónica, nuestra paralizante cobardía reflejada en los demás. Evitamos a toda costa enfrentarnos a la fea realidad. Preferimos seguir mintiéndonos a nosotros mismos, imaginando que somos geniales, únicos, diferentes. Soñando con que el golpe de suerte que cambiará nuestras vidas nos aguarde a la vuelta de la esquina. Una esquina que siempre está dos calles más adelante, por mucho que caminemos.

Hace unos días leí una noticia sobre una mujer de un pueblo de Granada a la que habían estafado a través de internet. Un tipo la sedujo haciéndose pasar por Brad Pitt para sacarle dinero. Todo el mundo se burló de su ingenuidad. De su sonrojante estupidez. Yo no. Durante algunos meses ella creyó de verdad que era la novia del actor. Y en ese tiempo sintió que era alguien especial. Eso es algo que la mayoría de la gente no experimentará nunca, porque pasan por la vida de puntillas. Lo sé porque yo también fui especial. Y es la mejor sensación del mundo.

Un mendigo sin brazos avanza por el vagón agitando las monedas en un vaso de plástico que sujeta con la boca. Es su forma de reclamar limosnas. Me concentro en la pantalla del móvil. Estoy enganchada a un juego llamado *Demolition*. Consiste en instalar cargas explosivas en edificios famosos y conseguir que se derrumben hasta los cimientos. Pulso el botón que activa la detonación y siento un gratificante cosquilleo al ver desmoronarse el Partenón. No levanto la vista cuando el indigente pasa a mi lado. Estoy demasiado ocupada colocando bombas en la torre de Pisa.

El inodoro me recibe con su enorme boca abierta formando una expresión de eterna sorpresa. Restriego su interior con un estropajo hasta que la suciedad mate desaparece y el blanco de la porcelana vuelve a brillar. Luego esparzo el desinfectante por el óvalo que se desliza como lágrimas verdes hasta que el cuarto de baño queda de nuevo purificado. A eso me dedico. A dejar casas perfectas para que las disfruten otros. Soy una tramoyista que prepara el escenario donde el actor principal se luce cada día. Y es él quien recibe todos los aplausos. Limpio los restos que deja la felicidad ajena. Esa que nunca disfrutaré. Esa que solo permite que me acerque a ella para que le lave las manchas de la cara. El peso de la insignificancia de mi trabajo cada vez se me hace más insoportable. Es como un castigo divino. Porque nunca termina y en un par de días tendré que hacer todo de nuevo. Soy un moderno Sísifo, esperando que la enorme piedra de la desesperanza me aplaste de una vez cuando ruede montaña abajo.

—¡Isabel! Pero ¿cómo se te ocurre plancharme los jeans con raya? ¿En qué siglo vives? Perdona, no es a ti —le dice el dueño de la casa al que se halla al otro lado del móvil que tiene en el oído. Es a lo único que se dedica en todo el día, a hablar por teléfono—. No te puedes hacer una idea de lo que ha hecho la asistenta con mis Armani.

—Lo siento, señor. Ha sido un descuido. Lo volveré a planchar.

Mi empleador arroja los pantalones a mis pies mientras continúa la conversación.

—De verdad, no sé si a ti te pasa, pero es que hay cosas que son superiores a mis fuerzas. Cómo está el servicio. ¡Es imposible encontrar a alguien mínimamente eficiente! Y eso que contraté a una española pensando que sería mucho mejor y qué va...

Su voz se va perdiendo por el pasillo mientras me da la espalda.

Su espalda.

Una oruga fría me recorre el espinazo con sus patas urticantes. Mi mano busca frenética en el bolsillo, pero solo palpa el vacío. El cuchillo no está. Amoniaco se ha ido. Recojo los pantalones del suelo y me dispongo a plancharlos de nuevo.

34

Sobre la mesa de su despacho, las luces que anunciaban llamadas entrantes no paraban de iluminarse en el teléfono fijo. El móvil en modo vibración se desplazaba por la superficie lisa como un cochecito de cuerda. Valle sabía quién estaba al otro lado. Era la presión. Por eso se negaba a contestar. Sus superiores, los cuatro del Milford, los periodistas... Daba igual. Todos querían lo mismo: que resolviera el caso de Amoniaco. Por eso la aplastaban con llamadas, por eso le hacían cargar con toneladas de presión.

—¿No vas a responder? —dijo Carpio al acercarse a su mesa mientras señalaba los teléfonos.

—¿Para qué? Ya sé lo que me van a decir. Y yo no tengo nada con lo que responderles.

Porque desde hacía un mes los asesinatos de mujeres se habían detenido. Porque desde hacía un mes Amoniaco no daba señales de vida. O, mejor dicho, de muerte.

—Tal vez haya ingresado en prisión acusado de otro delito y por eso no se han producido más crímenes —aportó Carpio.

—Lo hemos comprobado. Dos veces. No hay ningún perfil que nos cuadre entre los tipos encerrados en los últimos treinta días. Ni en los últimos sesenta.

—¿Y si se ha tomado unas vacaciones? Matar cansa.

—Sabes que los asesinos como Amoniaco no actúan así. Para ellos, el asesinato es una adicción, no un trabajo de ocho a cinco.

—Quizá le haya entrado cargo de conciencia por haber matado al niño. Ese fue su último crimen.

—Un asesino en serie con conciencia. Me parece una idea brillante. Igual se ha apuntado voluntario en una ONG y ya no tiene tiempo para cargarse a nadie.

—Pues entonces solo queda la opción de que la haya palmado. Un infarto, un accidente, un ictus. Esas cosas pasan constantemente. Sería una buena noticia, ¿no?

—Carpio, no me jodas. Sería una noticia de mierda. No es eso lo que quieren escuchar todos estos —dijo la inspectora señalando los teléfonos—. Me exigen la foto de Amoniaco con las esposas puestas. Quieren los aplausos, las medallas y las palmaditas en la espalda. Y yo también las quiero, coño. Me juego mucho con este caso. No puedo decirles que suponemos, imaginamos, creemos, que ha muerto. Sonaría a excusa pobre. Además, nunca tendríamos la certeza de que fuera así. No, necesito presentarles a la fiera enjaulada para que se la muestren al público. Los buenos ganan, el malo pierde y la gente vuelve a dormir tranquila por las noches.

—Pues no sé qué más podemos hacer, aparte de lo que ya estamos haciendo.

—Rezar para que ese hijo de puta vuelva a matar.

Carpio se pasó la lengua por la cara interna del labio superior.

—A veces das miedo. ¿Lo sabías?

—Adulador.

—Voy a por un café. ¿Quieres que te traiga algo?

—Las máquinas expendedoras aún no venden bebidas alcohólicas, ¿verdad?

—Cuando he pasado junto a ellas esta mañana me ha parecido que no.

—Pues tráeme un solo, con dos rayitas de azúcar.

Cuando Carpio desapareció por el pasillo, Valle echó una ojeada a su alrededor en busca de un objeto que poder romper. Y vio a Eloísa.

Un tipo le escribió a través de Instagram pidiéndole fotos de sus pies a cambio de quinientos euros. Eloísa suspiró. La soledad es una nueva forma de locura.

No debió abrirse una nueva cuenta en la plataforma. Lo único que conseguía leyendo aquellos mensajes era sentirse más triste, más desamparada. Como los hombres y las mujeres que le escribían en busca de la combinación de unos y ceros que formasen la palabra «amor». Quemados de tanto agarrarse a clavos ardiendo. Sin embargo, el texto que estaba esperando no llegaba. Desde hacía semanas había intentado contactar con Barrajón sin éxito. La última vez que habló con su exjefe se llevó una de sus broncas coléricas por haber visitado al marido de Valle en prisión. Después de eso, solo silencio. Llamadas perdidas y wasaps sin responder. Se encontraba sin rumbo. No sabía si debía continuar rebuscando en el caso de los pederastas, o esperar, o darlo todo por imposible, rendirse ante Valle y largarse a su casa con la cabeza gacha y dedicarse a vender fotos de sus pies. Trató de apartar esos pensamientos de su mente mientras revisaba informes inútiles en su ordenador aparentando trabajar. En ese momento, el teléfono emitió un pitido. A Eloísa le pareció que era la esperanza silbándole al pasar. En la pantalla del móvil apareció un mensaje de Barrajón. «Estoy intentando arreglar todo lo que has roto. No va a ser fácil, así que no trates de contactar conmigo. Si necesito algo de ti, te llamaré. Y, por lo que más quieras, no hagas nada más».

«Bueno, algo es algo —se dijo—. Al menos no me ha mandado directamente a la mierda».

Al alzar la vista se encontró con la figura de la inspectora acechando. Un buitre volando en círculos sobre la cabeza de un moribundo.

—Quiero que lo sepas por mí. He solicitado que te trasladen de Homicidios con carácter urgente. Y esta vez estoy segura de que mi petición se tramitará correctamente. En la Unidad de Subsuelo ya te están esperando con los brazos abiertos. Las alcantarillas son un lugar perfecto para una rata como tú. Allí podrás hurgar en toda la basura que quieras, puta traidora.

Eloísa miraba a la inspectora como quien observa a alguien caerse en mitad de la calle, entre la pena y la diversión.

—Búscate una nueva guardaespaldas, Valle. Te va a hacer falta. Por las noches, en los bares que frecuentas, te puede pasar cualquier cosa —dijo mientras se acariciaba la mandíbula inferior. Justo en la zona donde un mes antes la inspectora presentaba un hematoma.

Y sin saber por qué, Valle imitó el gesto. No hizo falta decir más.

La algarabía del mercado consigue contagiarme algo de su alegría consumista. Paseo entre los puestos escuchando los chabacanos gritos de los tenderos para atraer a la clientela mientras arrastro el carrito de la compra. Siempre me ha parecido que los mercados son los museos del vulgo. El colorido impresionista de las fruterías, la monstruosidad abstracta de las carnicerías, el frío surrealismo de las pescaderías... Entonces lo veo. Frente a mí. Los verdes tatuajes enroscados en sus fuertes antebrazos. El tintineo constante de sus tijeras al cortar las aletas de una pieza.

Su mirada se encuentra con la mía. Y el recuerdo viscoso me deja paralizada.

—¡Hombre, ojitos azules! ¡Cuánto tiempo! ¡¿Has venido a por más merluza fresca?!

Las risas del resto de los pescaderos se clavan en mí como agujas. Soy un muñeco de vudú paralizado por el miedo. Soy un espantapájaros con el corazón de paja. No tengo fuerza ni voluntad. Soy, otra vez, una víctima.

—¡Igual esta vez prefieres salmonetes, que son más juguetones!

Los mordiscos metálicos de las tijeras siguen amputando el pescado. Suenan como la campanilla de entrada al infierno. Unas manos de cemento han salido del suelo para aferrarse a mis pies. Quiero alejarme, quiero salir de allí. Pero me he convertido en una estatua de sal por volver la vista atrás para contemplar mis pecados. Una pequeña llama me brota en el estómago. Es la ira. Noto cómo su lengua ardiente hace crepitar la paja de la que estoy rellena. El fuego se va extendiendo por mi interior. Tiemblo, pero ya no es de miedo. Tiemblo porque estoy ardiendo. El incendio en mis entrañas lo va dejando todo negro a su paso, devolviéndome mi oscuridad. El asesinato del niño, los remordimientos, la prisión, mi familia, la muerte, todo se consume. Hasta que ya no queda nada de valor dentro de mí. Solo Amoniaco.

Renacida de entre las llamas del odio sonrío al pescadero que me violó.

—¡Mira cómo se ríe, la muy...! ¡Sabes que aquí siempre te damos lo que te gusta, ojos azules!

No comprende lo que acaba de desatar.

35

—Pero ¿cómo que te vas?

—Sí, señora. He encontrado otra casa donde me pagan más por menos horas —digo mientras imagino que rajo con un cuchillo el ojo izquierdo de Rosa A Secas.

—¿Nos vas a dejar tirados después de todo lo que hemos hecho por ti? ¡Qué decepción, Isabel! De verdad que no me lo esperaba.

—A mí también me sabe mal. Entiéndalo, es una oportunidad que no puedo rechazar.

Pienso en lo hermoso que sería abrirle la garganta y arrancarle la tráquea con mis propias manos. Verlas brillar empapadas en el escarlata de su sangre.

—Alfonso, ¿pero tú la estás oyendo? ¡Di algo!

—Isabel, si es por dinero, nosotros podríamos hacer un esfuerzo...

Yo, en cambio, podría abrirte el vientre y sacarte las tripas sin apenas esfuerzo.

—Se lo agradezco, señor. De verdad. Es que ya me he comprometido con la otra familia.

—¿A ti te parece bonito marcharte así, de un día para otro, sin pensar en el trastorno que nos generas?

A mí lo que me parecería bonito sería escribirte en la espalda «mala puta» con un punzón.

—Seguro que no tardarán mucho en encontrar a otra chica. Bueno, pues me voy ya. Muchas gracias por todo.

—Con que sea más formal que tú me conformo. Dios, qué pereza tener que ponerme a buscar otra vez entre todas esas sudacas que no se enteran de nada.

Rosa A Secas desaparece por el pasillo sin dignarse a despedirse de mí. Su marido me da un flácido apretón de manos para después centrar toda su atención en el desayuno. Los miro por última vez (una serpiente observando a un par de ratones) y pienso: «Disfrutad de vuestra felicidad, porque os va a durar poco».

He fregado toda la casa con amoniaco. Su corrosivo olor me narcotiza hasta extirparme todas las castrantes normas y convenciones que me han introducido en el cerebro manteniéndome atenazada durante años. Liberada de las cadenas de lo socialmente aceptable, noto cómo poco a poco mi antiguo ser se va disolviendo hasta que ya no queda nada de la víctima que fui. El gusano sale renacido de la crisálida. Pero no se ha convertido en mariposa. No. De la pupa lo que emerge es una negra y hambrienta araña. Es maravilloso volver a sentir cómo el poder me endurece por dentro, ser yo la que marque mi moral y mis límites, rozar lo impensable con los dedos... Ser una asesina hace que mi vida, por fin, sea mía.

La pareja para la que limpio se marcha muy temprano a trabajar, así que la mayor parte de mi jornada estoy sola en su majestuoso piso. Una de esas casas diseñadas para almacenar felicidad en grandes cantidades. Igual que la de sus vecinos. Los observo mientras friego a través de la ventana de la cocina. El edificio me parece uno de esos calendarios de Adviento que esconde una chocolatina detrás de cada ventana. Solo tengo que escoger una y comérmela. ¿Será la señora mayor que vive sola en el primero? ¿La chica joven del tercero que comparte piso? ¿O el matrimonio que no para de hacerse carantoñas en el segundo? Pito, pito, gorgorito. El juego del amoniaco ya está en marcha. Aunque sé que aún es demasiado pronto. Necesito estudiar más sus horarios, sus costumbres, sus vidas. No quiero que se repita lo del niño de la última vez. Así que me concentro en tender la ropa recién salida de la lavadora. Todo prendas de marca. Las historiadas etiquetas son como pequeños carteles que me recuerdan que tengo prohibida la entrada a ese mundo tan lujoso. Pero yo ya no necesito el permiso de nadie. Porque no hay puerta que detenga a la fatalidad. Intento concentrarme en mi trabajo, sin embargo, mis ojos se escapan continuamente hacia la ventana. En el segundo, veo cómo el marido sale de casa después de dar un afectuoso beso a su mujer. Viste de traje y en la mano lleva un maletín. Se irá a su despacho, a seguir fabricando más felicidad para la pareja. Ahora ella está sola en casa. Sola. Y las voces en mi cabeza comienzan a tentarme.

«Rájala... Córtale la garganta... Es tu oportunidad... No la dejes escapar... Cómete el bombón... Vuelve a ser Amoniaco... Vuelve a matar... Cómetela...».

Sé que debo esperar, hacer algo en este momento sería una imprudencia. Agito mi cabeza para que las voces guarden silencio y vuelvo a centrarme en mi tarea. En ese momento, unas provocativas bragas negras se me escapan de entre los dedos y caen al fondo del patio. Es una señal. El destino me marca el camino. Ahora ya tengo una excusa para dejar a Amoniaco suelto.

Besos de abuela. Chisporroteantes y húmedos besos de abuela. Ese es el sonido que hace el cuello abierto de la mujer tendida a mis pies. Cómo echaba de menos esta sensación que me separa del resto de la roña a la que llamamos sociedad. No me dejaron ser mejor, así que he decidido ser peor. Mucho peor. Me niego a conformarme con la mediocridad y la resignación, los únicos pasteles podridos que me permiten comer. Yo soy especial. Yo soy Amoniaco.

Mi víctima deja este mundo con una sonora flatulencia, lo que hace que me ría. Considero que es una forma muy apropiada de despedirse de la vida. Antes de recolectar mis trofeos, resuelvo darme una vuelta por la casa. Es mi momento y voy a disfrutarlo.

El piso tiene el tamaño aproximado de un garaje en el que cabrían entre tres y cuatro camiones. Cada habitación está pintada de un color pijo: ocre, verde carruaje, azul turquesa... En una de las paredes del salón cuelga un espantoso retrato del matrimonio que no me resisto a destrozar con el cuchillo. Un poco de punk siempre hace más interesante la escena de un crimen. Lo sé porque lo he visto en la tele. Formando parte de la decoración, en la parte baja de una mesa de cristal, encuentro varios de esos lujosos y enormes libros sobre arte que nadie lee. Veo una espeluznante colección de elefantes de cerámica sobre una repisa. Veo el majestuoso televisor plano. Veo un tronco de Brasil de aspecto irritantemente sano. La parte tangible de la felicidad. Pequeñas joyas recogidas a lo largo de la vida del matrimonio que ahora han perdido todo su valor. Mi poder no solo influye en las personas, sino también en los objetos. Ya no tendrán el mismo significado para el marido. Les he dotado de un aura trágica. Me inmiscuyo en el ciclo de la vida.

Voy hacia la cocina emocionada imaginando los tesoros que me puedo encontrar dentro del frigorífico. Es uno de esos aparatos colosales de dos puertas, repleto hasta los topes. Hay botellas de vino y de champán con nombres que no conozco pero que seguro que son caras. Salmón ahumado, varias bandejas de solomillo, una caja de langosti...

El inconfundible sonido de una llave al entrar en la cerradura. Los nervios se me tensan como la soga de un ahorcado. Apenas tengo tiempo de cerrar la nevera y esconderme en la cocina.

—Cariño, me he dejado el móv... ¡Julia! ¡Dios mío, Julia! ¡NOOOOO!

Escucho los gritos del marido agazapada junto a la encimera. Qué puedo hacer. ¡Qué puedo hacer! Piensa, Amoniaco, piensa. Mátalo. Corre por el pasillo y haz que deje de gritar.

—¡Socorro, que alguien me ayude! ¡Por favor!

Ya es demasiado tarde. Los vecinos lo habrán oído. Seguro que algunos estarán ya en las escaleras. Si te lo cargas ahora no podrás escapar. Te retendrán. No pienses como Amoniaco, piensa como Isabel. Su miedo te ayudará. El cuchillo aún está en mi mano. Tengo que deshacerme de él. Limpio su superficie con un paño de cocina. Muy despacio abro el cajón de los cubiertos y lo deposito con los demás. Me aproximo en cuclillas hacia la puerta. El marido sale de una habitación con un teléfono en el oído. Se escuchan voces en el descansillo. El tiempo se me acaba.

—¿Emergencias? ¡Vengan pronto! ¡Alguien ha atacado a mi mujer! ¡Le han cortado el cuello! ¿Mi dirección?

El marido habla por teléfono de espaldas al pasillo. Es mi oportunidad. Salgo de la cocina agachada y entro en la primera habitación que encuentro. Parece el cuarto de baño. Me quito los guantes de fregar manchados de sangre y los introduzco junto con el paño de cocina en el desagüe del inodoro. Utilizo el mango de la escobilla para meterlos hasta el fondo y que desaparezcan por la tubería. En la calle, el sonido de las sirenas pasa del susurro al alarido. Ya han soltado a los perros. Me tumbo en la bañera encogida, apretando los dientes y con los ojos cerrados. Y me escondo dentro, muy dentro, del inofensivo cuerpo de Isabel.

36

Valle fue de las primeras en llegar a la escena del crimen. Se la veía feliz. Por fin Amoniaco había vuelto a actuar. En el piso solo se encontraban los miembros del SUMMA y un par de dotaciones de uniformados.

—¿Qué tenemos hoy en el menú? —preguntó a uno de los agentes.

—La mujer se llamaba Teresa Recio de la Fuente, de treinta y ocho años. Casada. Sin hijos. Trabajaba organizando eventos para firmas de lujo. La mayor parte del tiempo desde casa. Esta mañana, sobre las nueve, su esposo salió de la vivienda rumbo al despacho de abogados del que es socio. Por el camino, se dio cuenta de que había olvidado el móvil y tuvo que volver. Al abrir la puerta se encontró con el festival.

Calcula que entre el trayecto de ida y vuelta tardó unos treinta minutos. No más.

—¿Dónde está el marido?

—Abajo, en la ambulancia. Ha sufrido un ataque de nervios y lo han tenido que sedar.

—Que no me lo dejen muy gilipollas con las pastillas que le tenemos que tomar declaración. ¿Han registrado el piso?

—No, nos hemos limitado a proteger la escena. Pensamos que preferirían hacerlo ustedes. Luego algo se jode y la bronca es para nosotros.

Valle le hizo un gesto con la cabeza a Carpio y ambos se introdujeron en la vivienda.

—Uniformados que piensan. ¿Qué será lo próximo? ¿Jefes que tomen buenas decisiones?

—Carpio, yo soy tu jefa.

—Por eso lo digo.

La inspectora le dio un cariñoso puñetazo en el hombro. Se notaba que ambos estaban de buen humor. La investigación podría seguir avanzando. Los dos policías se detuvieron ante el cuerpo de la mujer asesinada. Presentaba la palidez sucia de la cera derretida. La garganta abierta de forma impúdica en una mueca sangrienta. A Valle siempre le llamaba la atención la apariencia desvalida que adquirían los cadáveres, como objetos desechados al dejar de funcionar.

—La víctima tiene puestos ambos pendientes. Amoniaco no se los ha llevado. En cuanto a su ropa interior…

Con un bolígrafo, la inspectora alzó la pretina del pantalón de la mujer y echó un vistazo.

—… aún la tiene. Esta vez el hombre del cuchillo no se ha llevado sus trofeos. Habrá que averiguar por qué.

—Lo de los trofeos no ha salido a la luz, ¿verdad?

—Solo lo de los pendientes, y en muy pocos medios.

—Pues tendremos que hablar con el marido, no vaya a ser que quiera ahorrarse los gastos del divorcio imitando a Amoniaco.

—Mira, aquí también hay algo nuevo.

Ambos agentes se detuvieron ante el retrato del matrimonio que presidía el inmenso salón. La pintura estaba destrozada por un enorme corte en forma de cruz.

—En esto le doy toda la razón al asesino —apuntó Carpio con la vista fija en el lienzo.

—Joder, qué espanto. Es tan feo que no podemos descartarlo como móvil del crimen.

—Vamos a echar un ojo por el resto de la casa, a ver si hay más sorpres... ¡Me cago en...!

Al encender la luz del cuarto de baño se encontraron con un bulto en la bañera. Una mujer. Temblando tanto que parecía estar sufriendo un ataque epiléptico. Los ojos azules perdidos en algún lugar lejano. El instinto hizo que Carpio desenfundara su arma.

—Pero ¿qué coño haces? —le recriminó Valle—. ¿No ves que la pobre está en shock? Tranquila, señora, ya pasó todo. Somos policías. Ahora está a salvo. ¡Sanitarios! ¡Que vengan los sanitarios!

El vaso de cartón se agitaba en las temblorosas manos de la mujer. Parecía el cubilete de unos dados. Valle se fijó en las ondas circulares que se formaban en la superficie del café a punto de derramarse.

—Isabel. ¿Puedo llamarla Isabel? —La voz de Carpio sonó tersa y tranquilizadora—. Sé que ha pasado por una experiencia traumática y que, ahora mismo, lo último que le apetece es tener que volver a revivirla. Pero necesitamos que nos cuente todo lo que recuerde... de nuevo.

—No la molestaríamos si no fuese importante —intervino Valle—. Sobre todo ahora que el suceso aún se mantiene fresco en su memoria. No siempre será así. A medida que el tiempo pasa, los detalles se van desdibujando en la mente. Y para nosotros los detalles son fundamentales. Vivimos de ellos. Nos alimentamos con ellos. Para que se haga una idea, vendrían a ser como las pequeñas piedras que se le van cayendo al asesino sin querer. Si conseguimos seguirlas, nos conducirán hasta él. Por eso es preciso que nos ayude.

(Estos Hansel y Gretel de pacotilla me hablan como si tuviera la capacidad mental de una niña de siete años. Me subestiman, me menosprecian. Y eso, en mi situación actual, es una ventaja. Solo tengo que comportarme como llevo haciendo desde hace años. Agachar la cabeza, dejarme avasallar, parecer tonta. Volver a ser quien he sido siempre. Escondo a Amoniaco en lo más profundo de mi ser y dejo que Isabel tome los mandos. La pobre y estúpida Isabel).

—¿Por qué se encontraba en el piso de la víctima? —preguntó Carpio.

—Fui... allí porque... estaba poniendo la ropa a secar y... se me cayó una prenda..., quedó enganchada en las cuerdas del tendedero de esa mujer...

(Siempre pareces más vulnerable cuando tartamudeas. Qué bien interpreto el papel de pobre mujer. Claro que son muchos años ensayando).

—¿Qué prenda? —preguntó la inspectora.

—¿Cómo?

—La prenda que se le cayó. Era una camisa, un jersey...

(Observo a la mujer que tengo delante. Su impersonal hostilidad. Y me digo que debo tener cuidado con ella. Es la policía que vi en el piso de mi primera víctima, la guapa. Aunque de cerca no lo es tanto. Su rostro transmite cansancio y determinación. ¿Qué pasa, encanto? ¿Estás preocupada porque no tienes ni puta idea de quién es Amoniaco? No, no puedo pensar en él. No debo permitir que se escape. La inspectora es peligrosa. Mira sus ojos, son dos lobos hambrientos. Debes dejar salir al exterior solo a Isabel. Pongo cara de estar haciendo un gran esfuerzo).

—No me acuerdo. Es como si un telón hubiera caído sobre mi mente. Lo... lo siento.

—No pasa nada. Tranquila. Lo está haciendo muy

bien —dijo Carpio—. Hemos quedado en que usted bajó al piso de la víctima en busca de una prenda de ropa. Hasta ahí, todo correcto, ¿verdad? ¿Qué pasó después?

—La mujer fue tan amable..., me hizo pasar a su casa. Estábamos en la cocina cuando sonó el timbre... Ella regresó al salón para abrir la puerta... y... y... ¡apareció ese hombre! Le cortó el cuello...

(Retuerzo la piel de mis manos por debajo de la mesa. Tengo que llorar, tengo que soltar alguna lágrima. Y me pongo a recordar las horas de mi vida que he desperdiciado limpiando la suciedad ajena, las toneladas de vejaciones, la pringosa condescendencia, recuerdo la violación, la vida de mierda que llevaba, la cara del niño antes de que le robara la vida).

—Vamos, cálmese. No llore, si nos está ayudando mucho. ¿Quiere usted un pañuelo? Tenga —ofreció Carpio a la mujer—. El hombre que entró en la casa, ¿dijo algo?

(Sacudo la cabeza negando mientras me seco las lágrimas).

—Solo le... (hago un gesto vago pasándome la mano por delante del cuello, como si de verdad me doliera revivirlo). Y la señora cayó al suelo.

—¿Qué más recuerda de ese hombre? ¿Cómo iba vestido? —preguntó Valle.

—No le pude ver la cara, llevaba puesto... un casco de moto.

(Me doy cuenta de que los policías se lanzan una mirada de decepción entre ellos. Oh, la testigo no puede reconocer al asesino. Qué pena. En mi cabeza resuena una ovación por mi impecable interpretación).

—¿Y qué más llevaba?

—Iba vestido todo de negro. Con un chubasquero o algo así. No me fijé bien. Tenía tanto miedo.

—Vale, ¿nos puede decir algo más sobre él? ¿Era alto, bajo, gordo? ¿Le pareció español o extranjero? Ya sabe que los detalles son importantes.

—No parecía muy alto. (No, hijos de puta, no voy a caer en vuestras trampas. Si digo que el tipo era alto podríais llegar a la conclusión de que estoy mintiendo. Ni se os pasa por la cabeza que una pobre asistenta sepa que por el ángulo del corte en el cuello se puede calcular la estatura del asesino. La de cosas prácticas que aprende una en los documentales de la tele). Pero, como le decía antes, estaba aterrada. ¡Pensaba que vendría a por mí! Quiero irme ya, por favor. Necesito estar con mis hijos.

—Nos queda muy poco, solo un pequeño esfuerzo más. ¿En qué mano llevaba el cuchillo con el que asesinó a su vecina?

—No es mi vecina. Yo solo trabajo limpiando…

—Vale, vale, lo que sea. Usted ya me entiende.

—Creo que lo llevaba en la derecha. Sí, estoy segura de que era en la derecha.

(Qué casualidad, el asesino es diestro, como yo. Inspectora, métete tus trucos por donde te quepan porque no van a funcionar conmigo).

—¿Y después qué pasó? —intervino Carpio.

—Yo me quedé agazapada en la cocina sin saber qué hacer. Creía que me mataría a mí también. Que también me cortaría… Escuché sus pasos por la casa y el sonido de algo que se rasgaba. Aún no sé de dónde saqué fuerzas, pero logré asomarme por la puerta de la cocina. No se veía al asesino, solo el cuerpo tirado de la señora. Así que me metí en la primera habitación que encontré, el cuarto de baño. Lo único que se me ocurrió fue esconderme tumbada en la bañera. Luego todo se volvió borroso (eso es, la pobre limpiadora no os puede ayudar porque su mente subdesarrollada colapsó. Aún siente las secuelas de la desorientación psíquica). Tenía tanto miedo que creo que perdí el conocimiento. Lo siguiente que recuerdo es tenerlos a ustedes dos delante. ¿Puedo irme a casa ya?

—¿No recuerda cuándo el asesino salió de la vivienda? Tal vez escuchase algo que le hiciese abandonar la casa. O a alguien…

—De verdad que no. Ya les he dicho que al meterme en la bañera fue como si mi mente se apagara.

(¿Y esas caritas? Va a resultar que la asistenta tonta no os va a servir para nada).

—Bueno, pues de momento ya hemos terminado. Puede irse. Es posible que necesitemos hablar con usted más adelante. Y si recuerda cualquier cosa no dude en contactar con nosotros.

—Y no llore más, mujer —dijo Valle en tono amistoso—. Que se le van a estropear esos ojos azules tan bonitos que tiene.

(Siento cómo Amoniaco quiere salir. Trato de contenerlo, pero no puedo).

—¿Sabe que en realidad los ojos azules no existen? El iris no puede crear ese color. Es solo la luz reflejada, como ocurre en el cielo. Se podría decir que los ojos azules siempre mienten.

Valle se quedó parada ante la puerta de la sala de interrogatorios observando a aquella mujer. Pasaron unos segundos disfrazados de horas hasta que, por fin, asintió.

«Seguro que nos volveremos a ver».

Los dos policías contemplaban la escena desde una de las ventanas de la comisaría. Los familiares de la tal Isabel abrazaban a la mujer, consolándola, mientras caminaban todos juntos hacia la salida exterior del complejo policial. Fue Carpio quien se encargó de romper el silencio.

—Bueno, tenemos una testigo, pero me da la impresión de que no nos va a ser de mucha ayuda.

—¿Habéis comprobado sus antecedentes?

—Venga, Valle. Para ya. Está limpia. No tiene ni multas de tráfico. Es solo una señora de la limpieza. La pobre no sabe la suerte que ha tenido.

—Eso que ha dicho sobre la ropa que se le cayó al tendedero de la víctima, ¿encontrasteis algo?

El hombre suspiró con desdén.

—No encontramos nada en las cuerdas, sin embargo, había ropa caída en el patio. Varios calcetines y unas bragas. Se lo mostramos todo a la propietaria de la casa donde limpia la tal Isabel y ha reconocido que la ropa interior es suya. En serio, Valle, mira a esa mujer. ¿De verdad crees que es una asesina en serie?

—¿A qué coño ha venido ese comentario final sobre los ojos y las putas mentiras?

—Vale, de acuerdo. Es rara. Una asistenta rara. Tanto trabajar con lejía le habrá disuelto las neuronas. Concedido. Pero ¿estamos tan desesperados como para pensar que se trate de Amoniaco? Joder, Valle. ¿Es una broma? ¿Y el pelo de hombre que encontramos? ¿Cómo lo explicas?

La inspectora se alejó de la ventana con la frustración golpeándole las sienes. Cada célula de su materia gris le decía que no, que era una locura, que la tal Isabel solo era lo que parecía: una pobre mujer. Y entonces ¿por qué sus entrañas se habían convertido en papel de lija?

37

Valle se acercó decidida a la mesa de Eloísa.

—Yeti júnior, ¿tienes por ahí el vídeo del asesino que conseguiste?

—Claro.

—Grábalo en un *pendrive* y tráetelo a la sala de visionado. ¡Ya!

La figura oscura giraba una y otra vez en la pantalla. Bailando bajo la lluvia. Las dos policías observaban la imagen en silencio por quinta vez.

—¿Sigues pensando que podría tratarse de una mujer? —preguntó Valle sin mirar a Eloísa.

—¿A qué viene todo esto?

—¿Has visto a la testigo a la que acabamos de

tomar declaración? ¿Crees que podría ser ella? —dijo señalando a la pantalla con un golpe de barbilla.

—¿Desde cuándo te importa mi opinión? ¿Es que ahora somos amigas?

La inspectora dejó escapar el aire por la nariz de forma sonora.

—Mira, montón de carne, si quieres nos vamos a la calle y resolvemos nuestros problemas a hostias. Por mí, encantada. Pero tendrá que ser otro día. Ahora lo más importante es detener a Amoniaco y te he hecho una pregunta. ¿La de la imagen podría ser la señora de la limpieza?

—Tú misma lo dijiste, no se ve bien, podría ser cualquiera. ¿Por qué sospechas de ella?

Valle se reclinó en la silla colocando los brazos detrás de la cabeza.

—¿Viste cómo iba vestida? Llevaba un chándal negro. Y en su mochila encontramos una gorra del mismo color. Como la figura de la grabación. Además, las limpiadoras trabajan con amoniaco, ¿no? El nombre le pegaría.

—Eso no demuestra nada.

—Lo sé, no es solo por eso. Había algo en ella...

¿Cómo te lo explicaría? Me dio la impresión de que se estaba conteniendo. Y luego eso que dijo sobre las mentiras y los ojos azules. Esa tipa me da repelús. Oculta algo, me lo dicen las tripas.

—Debe de ser cosa de las superpolicías porque a mí las tripas solo me suenan cuando tengo hambre. A lo mejor es eso. ¿Has almorzado ya?

—¿Qué pasa? ¿Vas a orientar tu carrera hacia la comedia? Espero que tengas más suerte que como investigadora. Visto lo visto, no te será difícil. Y en cuanto a lo otro, ya sabes cómo soy. Si tuviera hambre, me comería a alguien. ¡Joder, Eloísa, te estoy pidiendo ayuda!

—Solicita una orden para que rastreen su móvil. Así podrás saber dónde estaba cuando se cometieron los asesinatos.

—¿Te crees que no lo he pensado? No tenemos una mierda contra ella. Ningún juez lo autorizará.

—A lo mejor yo podría hacer algo al respecto. La cuestión es por qué iba a hacerlo.

Por primera vez en la conversación, Valle puso sus ojos en Eloísa.

—¿Puedes conseguir su geolocalización de forma extraoficial?

—No me has respondido. ¿Qué gano yo con todo esto?

La inspectora inspiró profundamente, como si se preparara para lanzar un escupitajo.

—Si resulta que la puta chacha es Amoniaco, demostraría que tu teoría sobre la mujer asesina era cierta y te podrías quedar en Homicidios como agente de pleno derecho.

—¿De qué compañía es su móvil?

—Movistar, creo.

En un instante, la cara de Eloísa pasó de luna nueva a luna llena.

—Tengo un amigo que trabaja allí. No es rápido ni barato, pero sí eficaz. Si quieres, lo llamo…

—¿Cuánto?

—Diez mil. Por adelantado.

En realidad, la tarifa eran seis mil, pero Eloísa no se lo iba a poner tan fácil a Wonder Woman.

—Habla con él. Ya veré cómo justifico el gasto. Mientras nos llegan los datos, quiero que sigas a la tal Isabel. No puedo poner a nadie más. No lo autorizarían y además prefiero evitar que trascienda lo que estamos haciendo. Tienes que ser tú.

—¿Yo sola? Ni de coña. Las cosas no funcionan

así. No puedo estar veinticuatro horas detrás de un objetivo.

—Solo durante tu turno. Ocho horas. Las distribuyes como quieras. Me inventaré que estás con otro caso para que el resto del equipo no sospeche. ¿A qué viene esa cara? Estás otra vez dentro. Por fin dejarás de ser un bulto que solo ocupa espacio. Y, sobre todo, no le digas a nadie que investigamos a una mujer. Si sale de estas cuatro paredes, todo se irá a la mierda.

Eloísa se levantó lanzando una mirada desafiante a su superiora.

—Y en ese caso me dejarías vendida, ¿verdad? Todo el marrón para mí sola. Tú no sabrías nada de este asunto. Hay que mantener a las manchas lejos de la impoluta hoja de servicios de la inspectora Valle y su leyenda.

—No eres tan tonta como parece a simple vista.

—Aunque me acusaste, no fui yo quien filtró a la prensa que sospechábamos de una mujer.

—Ya lo sé.

Al ver la sonrisa despectiva de Valle, Eloísa comprendió.

—Fuiste tú, ¿verdad? Tú se lo contaste a los periodistas y me hiciste cargar con el muerto. Hija de puta.

—Y fuiste tú la que me golpeó por la espalda, a traición, aquella noche en la puerta del local. Empate de putadas.

38

—¿Te he contado lo último? Ahora mi hija me sale con que quiere una moto. ¿Y de dónde saco yo dinero para una moto? Si con los intereses que tengo que pagar por el préstamo no llego a fin de mes. ¡Ay, Virgen santa, qué voy a hacer con esta niña!

En la marisquería, Mariana intenta exorcizar sus penas expulsándolas por la boca. Hay polvo acumulado por todo el local, las huellas que la tristeza deja a su paso, como la estela de un cometa muerto. El camarero continúa intentando sacar brillo a unos vasos opacos mientras cuenta chistes que no hacen gracia a nadie. De la televisión brotan impactantes mentiras que a nadie impactan. Un hombre hojea el *Marca* musitando maldiciones que nadie escucha y en la tragaperras la mujer de mediana edad se deja la vida en monedas buscando una sonrisa de la suerte que nadie ha visto jamás. Todo sigue igual. A nadie le importa nada.

—¿Y tus hijos? ¿Cómo están? —pregunta Mariana.

—Pues bastante mejor. La pequeña va muy bien en los estudios. Se ha echado unos amigos nuevos que la están llevando por el buen camino, no como los otros. Y el chico sigue trabajando con su padre. Parece que le gusta lo de pintar. Y disponer de su propio dinero, eso seguro que también influye.

—¿Ves como al final todo se arregla, mujer? Ojalá a mí me pasara algo parecido. Y para que eso suceda he comprado este libro. Me lo recomendaron otras compañeras limpiadoras. Se titula *Puedes ser lo que quieras*. Te ayuda a tener confianza en ti misma, a tomar buenas decisiones, a cambiar tu vida. Si te lo propones, puedes conseguir todos tus sueños. Para que veas, lo primero que te aconseja es que cada paso que vayas a dar lo consultes primero en Google. Yo ya he empezado a hacerlo y se nota el cambio.

Los buscadores de internet son hoy los nuevos oráculos. Mariana me pasa el volumen. Por el tamaño sospecho que no debe de ser barato. Ojeo por encima el mamotreto de consabidos lugares comunes, frases motivacionales de parvulario y consejos vacíos de falsos triunfadores. Promesas muertas e ilusiones inalcanzables. El alimento de los ilusos. Si fuese librera, yo lo colocaría en la sección de ciencia ficción.

—Así que, según esto, puedes ser lo que quieras, ¿no?

—Con esfuerzo y sin apartarse de lo que pone el libro, sí.

—¿Puedo ser neurocirujana a mi edad? ¿Y astronauta? O mejor, ¿piloto de Fórmula 1?

La expresión de Mariana se descompone como si estuviera sufriendo una apoplejía. Acabo de descubrirle que los Reyes son los padres.

—Bueno, tal vez no puedas ser absolutamente tooodo lo que quieras —se defiende—. Pero sí que puedes alcanzar la mejor versión de ti misma. Tu peor enemigo eres tú. Los límites solo existen en tu cabeza.

El libro me habla a través de Mariana. Casi prefiero escuchar sus penas. Me provocan menos pesadumbre.

—Mira, si no te dejan ser lo que tú quieres, el único camino que te queda es convertirte en lo que ellos no quieren que seas.

—Vaya, ¿eso es lo que has hecho tú?

—Yo solo deseo liarme a puñetazos con el mundo.

—Nosotras somos demasiado pequeñas para eso.

—La cólera te agiganta.

El silencio dibuja unos paréntesis entre nosotras dos y el resto del local.

—¿Qué día es hoy? —pregunta Mariana al rato.

—Martes.

—Martes, todavía es martes. Al tiempo le gusta vernos trabajar, por eso cuando lo hacemos va más lento. Es curioso la mala memoria que tengo para los días. En cambio, las caras se me quedan siempre grabadas. Mira, ¿ves a esa chica? La de la cazadora negra que es tan alta. Pues ya ha pasado por delante de la puerta del bar cinco veces desde que estamos aquí.

Reconozco a la mujer en cuanto le pongo los ojos encima. Es la otra policía que vi en el piso de mi primera víctima, la grande que parecía un hombre. Vaya, vaya. Mira qué sorpresa. Así que ahora resulta que me están siguiendo. Mi actuación en comisaría no fue tan convincente como creía. La inspectora guapa debió de notar algo. No tenía que haber dicho todo aquello de los ojos azules y las mentiras. No tenía que haber permitido hablar a Amoniaco.

Apuro el café y descabalgo del taburete dispuesta a salir del local. Me estoy despidiendo de Mariana cuando me fijo en que la pecera del bar está vacía.

—¿Y los bueyes de mar? ¿Se han muerto? —pregunto al camarero mientras pago las consumiciones.

—¡No me hables de esos hijos de puta! La madre que los parió. ¿Sabes lo que me hicieron? Hace unos días, a unos clientes, por fin, se les antojó comer marisco. Yo feliz. Porque aunque no lo parezca, esto sigue siendo una marisquería. Total, que los echo a la olla y me viene un olor... Como a amoniaco. ¿Te lo puedes creer? En cuanto los abrí me di cuenta de que estaban podridos por dentro. Si vieras la cara que pusieron los clientes, esos no vuelven por aquí...

Salgo a la calle con una sonrisa negra decorando mi cara. El amoniaco salvó a los bueyes de mar de sus vidas de mierda. Igual que a mí. Aunque el pago por la libertad sea corromperse por dentro.

Eloísa se sentía idiota. Llevaba dos semanas siguiendo a la señora de la limpieza y lo único que había descubierto era que la vida de la asistenta resultaba un auténtico coñazo. La sensación de estar perdiendo el tiempo se solidificaba en su interior, anquilosándola. No aguantaba más. Decidió llamar a la inspectora para contarle las no novedades.

—¿Tienes algo para mí, Godzilla? —respondió Valle al primer tono.

Los motes. Otra vez los putos motes que la sacaban de quicio. Algún día...

—Malas noticias. Nuestra sospechosa lleva una vida de lo menos sospechosa. Se levanta por las mañanas, limpia pisos, come de táper, sigue limpiando y vuelve a casa en metro para estar con su familia. Así un día tras otro. La única relación que tiene con Amoniaco es la de fregar los pisos con ese producto.

—¿Sabemos algo de tu amigo, el de la compañía telefónica?

—Aún no, te dije que tardaría.

—Pues sí son malas noticias. Sobre todo para ti, Godzilla. Porque si no me sirves como guardaespaldas y tampoco como investigadora tu futuro en la

Unidad de Subsuelo cada vez está más cerca. Lejos de la luz.

—Oye, oye. ¿Qué más quieres? Estoy haciendo lo que me pediste.

—Pero sin resultado. La teoría sobre la mujer asesina fue tuya. Si resulta que nuestra asistenta solo mata gérmenes, vuelves a estar como al principio. Te tengo que dejar, otro día me cuentas cómo te escapaste de la isla del doctor Moreau.

—¡Hija de...!

El tono del móvil le indicó que al otro lado ya habían colgado. Indignada, Eloísa decidió marcharse a casa. Si Valle quería perder el tiempo con la limpiadora que hiciese el seguimiento ella misma. Apenas se había guardado el aparato dentro del bolsillo cuando volvió a sonar. El nombre de «Barrajón» se leía en la pantalla. Botón verde.

—Dime que hay novedades. Dime que podemos joder a Valle —preguntó Eloísa esperanzada.

—De momento, todo sigue igual. Las puertas a las que llamo continúan cerradas, pero por lo menos no me dan con ellas en las narices. Sigo intentándolo.

El policía escuchó un suspiro de decepción al otro lado de la línea.

—Tranquila, estoy empalmando cables, montando conexiones. Pronto se encenderá la luz. ¿Y tú cómo estás?

—Siento que soy como un punto y coma, muy poca gente sabe para lo que sirvo.

—Venga ya, arriba ese ánimo. ¿Qué haces? ¿Eso que escucho de fondo es la calle?

Eloísa dudó si debía contarle lo de los seguimientos. Lo pensó un poco y decidió que no tenía importancia.

—A Valle cada vez se le ocurren nuevas formas de joderme. Me ha encargado ser la sombra de una señora de la limpieza porque sospecha que puede ser Amoniaco. ¿El motivo? Se lo dicen sus tripas.

Un abrumador silencio por respuesta.

—¿Barrajón? ¿Sigues ahí?

—Tengo que dejarte. Te volveré a llamar.

Y por segunda vez esa mañana, a Eloísa le colgaron el teléfono.

La raza de los perdedores abarrota el metro. Derrotados generación tras generación formando una estirpe maldita. Me hago pasar por un miembro más mientras avanzo entre los vagones buscando la figura enorme de la policía-monstruo. Ahora que sé que me están siguiendo tomo precauciones. Que me hayan puesto detrás a una agente tan llamativa no sé si es una prueba de la incompetencia de los investigadores o que simplemente piensan que soy imbécil. Recorro todo el convoy sin encontrarla. De todas formas, no bajo la guardia. Puede que otro policía se haya convertido en mi sombra.

Cuando salgo a la superficie, me apoyo en la barandilla de la boca del metro para observar al resto de los viajeros. Todos parecen caminar decididos hacia sus destinos. Algo llama mi atención. Clavo la mirada en una chica que se hace la remolona a unos metros de mí. Aparenta ser una estudiante universitaria por la forma de vestir y la voluminosa mochila, pero nunca se sabe. Quizá la policía no sea siempre tan incompetente. Retengo sus rasgos en la memoria por si me vuelvo a cruzar con ella. Unos minutos más tarde, aparece un joven que la coge por detrás, le da un cariñoso susto y la besa cuando se gira. Luego desaparecen de la mano calle abajo con ese envidiable andar despreocupado que tienen los enamorados. Falsa alarma.

Aún me queda una hora antes de que tenga que entrar a limpiar otra casa, así que permanezco vigilante en la boca del metro, buscando rostros que se repitan. Cuando estoy convencida de que nadie va tras mis pasos, tomo una calle estrecha rumbo a mi destino. Derecha, izquierda y luego tuerzo otra vez hacia la derecha. Detengo mis pasos en cada escaparate para comprobar en el reflejo si alguien viene detrás. Solo me sigue el vacío de mi existencia pasada. Esa que nunca me alcanzará. Porque yo ya no me arrastro por la tierra. Los cuchillos son mis alas. Yo ahora vuelo.

El locutorio es uno de esos establecimientos con aspecto de pasillo en el que un pakistaní con chilaba hace de la desidia una forma comercial. Nada más traspasar la puerta, una vaharada húmeda y espectral con olor a curri me da la bienvenida. El local presenta un aspecto pringoso y al suelo le hace falta una buena dosis de fregona. Con una señal, le indico que voy a entrar en una de las cabinas de contrachapado y saco del bolso el número de teléfono que he buscado por internet.

—*Crónica negra*, ¿en qué podemos ayudarle?

—Hola, ¿podría hablar con algún periodista? —le digo a una voz tan profesional como impostada.

—Un momento, le paso con redacción.

Mientras escucho la versión robotizada de la banda sonora del programa mis demonios internos me cuchichean al oído lo que tengo que hacer. Siento sus diminutas lenguas supurando desprecio en mi interior. Avivando mi fuego interno con el líquido inflamable del odio. Que Mariana haya reconocido a la policía ha sido una suerte y a la vez un aviso. Siempre hay que tener preparada una salida de emergencia. Por fin escucho a una mujer al otro lado.

—Hola, soy Lucía Rodríguez, reportera de *Crónica negra*. Me han dicho que quería hablar con alguien del programa.

—Tengo novedades sobre el caso de Amoniaco.

39

La vida en la cárcel se asemeja a leer la misma página de un libro todos los días. Los mismos previsibles párrafos, las mismas palabras repetidas, el mismo monótono relato. Por mucho que intentaras avanzar, no te lo permitían. Estabas encerrado cumpliendo condena en esa maldita página. Pero el hombre había tomado la decisión de cerrar el libro.

Fuera la oscuridad de la noche golpeaba con los nudillos en el cristal de la ventana enrejada. Pronto la dejaría entrar. En la litera sobre su cabeza escuchaba el cadencioso sonido de una respiración. Su recluso de apoyo parecía dormir. Aun así decidió esperar a que el sueño cavara una fosa más profunda. Que aquel tipo lo vigilara las veinticuatro horas del día era parte del PPS, el Programa de Prevención de Suicidios. Lo habían incluido en él nada más ingresar en prisión, a petición de su mujer.

«Sí, eso es muy propio de Valle —pensó—. Te da una puñalada por la espalda y luego se preocupa de que te suturen la herida. Lo que no sabe es que la cicatriz quedará para siempre».

Valle, su amante, su esposa. La que le repetía continuamente lo mucho que lo quería, la que no podía vivir sin él. La que lo vendió sin pestañear ante la posibilidad de que apareciera un lamparón en su inmaculada carrera. La que utilizó su cabeza como un peldaño más que pisar para seguir ascendiendo. Si se encontraba entre rejas era por su culpa. Por la de ella y la de los otros. Pero sobre todo por la de ella.

Y solo existía una forma de joderla.

Arriba la respiración del otro preso mantenía su ritmo regular. El marido de Valle era consciente de que no debía hacer ruido. Si su compañero se despertaba su plan se vendría abajo. Muy despacio se introdujo dos dedos en la boca formando una pinza. Poco a poco fue tirando de su lengua. Tenía que hacerlo rápido o la duda y el miedo lo alcanzarían, dejándolo paralizado.

La oscuridad exterior golpeaba con más fuerza la ventana de la celda como si quisiera entrar.

Ya tenía más de la mitad fuera. Pegó el dorso de su mano derecha a la parte baja de su mandíbula inferior. Contó hasta tres mentalmente. Aquella idea infantil lo hizo sonreír. Un golpe seco y la lengua cayó sobre su pecho doblada, como una pequeña ola de carne. El sabor metálico de la sangre comenzó a inundarle la boca. Cerró los ojos y se dejó llevar. Los jadeos y anhélitos cada vez eran más escandalosos. Escuchó a alguien gritar su nombre. Unas manos tiraron de él. Pero ya era demasiado tarde. El tren había partido con un único pasajero. Por fin pasaría la maldita página. Por fin cerraría el libro.

Y la oscuridad rompió el cristal de la ventana ocupándolo todo.

—A ver si os sabéis este. Un niño sin brazos entra en una heladería y pide…

—¡Hijos de puta!

Los gritos de Valle irrumpieron en el Milford como bolcheviques en el palacio de Invierno. A la carrera, la inspectora ascendió hasta el primer piso y se encaró con las cuatro figuras sentadas a la mesa. La mujer de las perlas rotatorias y los tres hombres de azul la observaron impávidos. Las expresiones hastiadas de quienes ya lo han visto todo en el mundo.

—¡Me lo prometisteis, joder! ¡Me prometisteis que protegeríais a mi marido en prisión! ¡Ese era el trato! ¡Y ahora está muerto por vuestra culpa!

Un par de amenazantes rocas trajeadas surgieron detrás de la inspectora. Azul Prusia levantó una ceja. El gesto hizo que los guardaespaldas se detuvieran, pero no desaparecieron.

—Mi querida inspectora —dijo azul Prusia—, con los años he aprendido algo de la gente que grita a los demás. Estoy convencido de que intentan esconder su incapacidad detrás del ruido. Los padres con sus hijos, los jefes con sus subordinados... No saben asimilar las frustraciones que nos depara la vida. Poseen espíritus infantiles, inmaduros, ridículos. En realidad, les gustaría gritarse a ellos mismos, pero no pueden. Todos lamentamos tu pérdida. Aunque tú mejor que nadie sabes que no se puede proteger a alguien dentro de una prisión al cien por cien. Y menos cuando ese alguien pretende quitarse la vida. Seccionarse la lengua con los dientes, ¿quién iba a prever que sería capaz de cometer semejante barbaridad?

—Vivió como un enano, pero se fue como un grande —apuntó azul Klein.

—¡Te voy a romper esa cara de gilipollas con la que has nacido, cabrón de mierda!

—Tranquilízate, inspectora. Hicimos todo cuanto estaba en nuestra mano para que este luctuoso suceso no se produjera. Pero si lo que quieres es buscar culpables, deberías mirarte en el espejo. Nadie te obligó a aceptar el trato que te propusimos. Nosotros te libramos de la cárcel por tu implicación en la red de pederastas, hicimos que tu carrera subiera como la espuma. Entonces no te preocupó que tu marido cargase con toda la culpa. Pensaste en ti misma, en salvarte. Es algo muy comprensible. Se llama instinto de conservación.

—¡Yo también he hecho cosas por vosotros, tapando vuestras mierdas!

—Nadie niega que nuestro acuerdo haya sido beneficioso para ambas partes. Por eso sigo sin comprender a qué vienen estos gritos.

—¡Fue un error, un puto error! ¡Me habéis engañado, hijos de puta!

—¿Qué fue un error? ¿Meter a tu marido en el negocio de los vídeos de menores o que nosotros te salváramos el culo? —añadió la mujer de las perlas.

—¡La muerte de mi esposo no entraba en nuestro trato!

—Es cierto, pero son cosas que pasan. Vamos, inspectora. Estaba en la cárcel, su mujer lo había traicionado. Seguro que alguna vez se te pasó por la cabeza que algo así podía suceder.

—Os creéis intocables, ¡¿verdad?! ¡Sentados en esta puta mesa jugando a los supervillanos de James Bond! ¡Quiero que sepáis que voy a consagrar mi vida a joderos! ¡No pararé hasta veros entre rejas o metidos en una puta caja de madera, cabrones!

—Parece que se te olvida algo, inspectora. Aún obran en nuestro poder ciertas pruebas que de salir a la luz acabarían con la leyenda de la Mujer Maravilla. Cuando tu nombre se ve mezclado con un tema de abusos a menores queda manchado para siempre. En el mundo hay muchos agujeros oscuros, no nos obligues a meterte en uno de ellos.

—¡No os tengo miedo! ¡Si yo caigo, me llevaré a unos cuantos conmigo! —soltó Valle antes de marcharse. Al darse la vuelta se topó con los rocosos troncos de los dos guardaespaldas trajeados.

—¡Apartaos, joder! ¡Quitaos de en medio!

Los hombres miraron a azul Prusia, que asintió levemente. Solo entonces dejaron marchar a la inspectora.

—Creéis que soy vuestra marioneta, ¡¿no?! —repuso Valle desde la primera planta del local—. ¡Pues mirad, he cortado los hilos y continúo andando! ¡Y grito porque me sale del coño!

La resaca era un martillo que no paraba de hundirle clavos en el cráneo. Valle sentía que su boca en vez de saliva generaba arena. No recordaba cómo había llegado a su casa. Solo tenía vagos flashes, imágenes inconexas de bares y copas. Muchas copas. Al moverse en la cama, una botella de ginebra vacía cayó al suelo y salió rodando para esconderse debajo de la mesa. Los nudillos le ardían. Alguien se había ido a casa con una cara nueva. En ese momento, el teléfono sonó. Una broca taladrándole la frente. Al tratar de incorporarse su cuerpo crujió como una carraca. Varios marcos cayeron al suelo desde la cama. Eran las fotos que tenía con su marido. Había dormido abrazada a ellas. La sensación de culpabilidad le golpeó el corazón. En la pantalla del móvil apareció el nombre de «Lucía, *Crónica negra*». No estaba para falsos pésames, así que decidió no contestar y seguir tumbada. El sueño la llevó de la mano a esa habitación acolchada donde es imposible que algo te haga daño. Permaneció allí hasta que, de nuevo, el sonido del teléfono la empujó hacia la consciencia. En la pantalla un número que no reconoció. Estuvo tentada de volver a dejarlo pasar, pero algo la llevó a pulsar el botón verde.

—Hola, buenos días. Perdone que la moleste. Soy Iván Salgado, no sé si me recuerda.

La mente de Valle continuaba siendo una coctelera que no paraba de agitar un licor turbio.

—Mire, me pilla en un mal momento...

—Claro, claro, lo entiendo. Ya me he enterado de lo de su esposo. La acompaño en el sentimiento. Nadie mejor que yo sabe por lo que está pasando.

El interés de la inspectora comenzó a desperezarse.

—Perdone, ¿quién ha dicho que es?

—Iván Salgado. Soy el marido de Teresa Recio. Bueno, en realidad su viudo. Mi mujer fue la última víctima de Amoniaco. Le llamo porque..., bueno, tal vez sea una tontería, pero como usted dijo que le avisara con cualquier novedad...

Odiaba a esa gente que prefería tomar curvas y más curvas por caminos estrechos y sin asfaltar en vez de conducir por una autopista recta hasta llegar a su destino.

—¿Podría ser más concreto? No me encuentro muy bien...

—Sí, sí, disculpe. Es que en el cajón de los cubiertos ha aparecido un cuchillo.

—¿Y qué tiene eso de extraordinario?

—Que ese cuchillo no casa con el resto de la cubertería. Y, por lo tanto, no es nuestro. Lo he comprobado. Alguien lo tuvo que poner allí. Y se me ha ocurrido que tal vez fuese el asesino.

Las nubes negras que rodeaban la cabeza de Valle amenazando tormenta se disiparon de pronto, dejando paso al poder luminoso del sol.

—Tengo que colgar, muchas gracias por la información.

—Entonces ¿cree que es import...?

Los dedos de la inspectora buscaron el nombre de Carpio en la agenda del móvil.

—¿Cómo te encuentras, Valle? Los chicos y yo sentimos mucho...

—No tengo tiempo para esas mierdas. Quiero que detengáis a la asistenta. ¡YA!

40

Un cardumen de periodistas se concentraba a las puertas de la Comisaría General de la Policía Judicial. Carpio los observaba desde una ventana con el interés de un zoólogo en el comportamiento gregario de una subespecie. De pronto, notó una presencia a su lado.

—Buenos días, King Konga —dijo sin mirar a Eloísa.

—¿King Konga es el mote de esta semana? —señaló la mujer con evidente hartazgo.

—Eso parece, pero los compañeros siguen prefiriendo Godzilla.

—A ti nunca te han puesto un mote, ¿verdad? Claro, la gente como tú no los necesita.

—¿La gente como yo?

—Sí, ya sabes. Los gilipollas. Ya venís con el sobrenombre de serie.

Carpio no permitió que la carcajada escapara de su boca.

—¿A qué viene todo ese circo? —preguntó Eloísa señalando con la barbilla al grupo de periodistas.

—Amoniaco. Alguien les habrá avisado de que hemos detenido a una sospechosa.

—¿Y quién habrá podido ser?

Los dos agentes se miraron con ironía. En ese momento, el grupo de informadores entró en ebullición al ver llegar el coche de Valle. La inspectora salió del vehículo haciendo gestos de calma y comenzó a dar una improvisada rueda de prensa.

—Vaya, mira qué casualidad. Como si supieran la hora exacta a la que iba a aparecer —dijo Eloísa.

—Ser Wonder Woman tiene estas cosas.

—¿Qué les estará diciendo?

—Pon la tele y lo sabrás. Seguro que se está emitiendo en directo.

Eloísa conectó el televisor de la sala de reuniones. No tuvo que buscar mucho para encontrar un canal donde se viera a Valle.

«... solo puedo confirmarles que hemos detenido

a una sospechosa por los asesinatos ocurridos en los últimos meses. Es la culminación al gran trabajo realizado por mis compañeros del Grupo V de Homicidios...».

«Ha dicho sospechosa. ¿Se trata entonces de una mujer?».

«Efectivamente».

«Pero usted misma ya descartó esa posibilidad en el pasado».

«No deseábamos poner sobre aviso a la sospechosa. Por eso transmitimos el mensaje de que nuestro único objetivo era un hombre. Queríamos que se confiara, como así ha sido. La filtración interesada a los medios de que nuestras sospechas se centraban en una mujer, por parte de un miembro de mi equipo, puso en peligro toda la operación. Ese es el motivo por el que tuve que salir a desmentirlo. Lo importante era detener a Amoniaco y es lo que creemos haber hecho».

«Hija de puta», pensó Eloísa.

«Me gustaría hacer hincapié en lo complicada que ha resultado la investigación. Es más, les informo de que he tenido que poner todo mi empeño personal y profesional en defender que tras el nombre de Amoniaco se ocultaba una mujer, algo que no me había ocurrido en toda mi carrera. Y eso ha sido así porque desde algunos ámbitos no se veía con buenos ojos esta hipótesis, a pesar de las evidencias que íbamos encontrando».

«Hija de la gran puta».

«¿Está diciendo que ha sufrido presiones? ¿Por parte de quién? ¿Podría darnos algún nombre?».

«Ya habrá tiempo para eso. Hoy el mensaje que quiero transmitir a la ciudadanía es que pueden estar tranquilos. La policía hace su trabajo le pese a quien le pese. Estamos aquí para hacer cumplir la ley, no para pensar en si es más o menos conveniente políticamente detener a un sospechoso. La justicia es ciega, no hace distinciones. El que la hace la paga. Y ahora, si me disculpan».

«Pues así termina la declaración de la inspectora Valle en la que, además de anunciar que el sospechoso detenido por los crímenes de Amoniaco es una mujer, ha denunciado haber sido víctima de presiones...».

«Hija de la grandísima puta».

Valle irrumpió en la sala que ocupaba Homicidios como una puñalada por la espalda mientras no paraba de gritarle al móvil.

—¡¿Creíais que me iba a quedar con los brazos cruzados después de lo que le habéis hecho a mi marido?! ¡Y esto es solo el principio! ¡Voy a por vosotros, bastardos!

Tras colgar, el teléfono volvió a sonar casi de inmediato, pero esta vez Valle lo ignoró.

—¿Alguien tiene un cargador de iPhone? Estos cabrones me van a dejar sin batería con tanta llamada.

—¿No te duele la espalda? Todas las medallas que te acabas de colgar deben pesar lo suyo.

Valle alzó la vista y se encontró con Eloísa. Un resoplido despectivo como respuesta.

—Mira, bonita. Hoy no tengo tiempo de contarte un cuento. Quédate sentadita en tu sillita y, si te portas bien, luego le digo al tío Carpio que te lleve a merendar. Así que no me toques los cojones.

—Me dijiste que podría quedarme en Homicidios si la sospechosa era una mujer. Y es una mujer.

—¡Ay, pobrecita! Se acaba de enterar de que existe gente en el mundo que miente. En la vida tendría una rata como tú en mi equipo, ¿me entiendes? Ya puedes seguir escarbando en mi vida que no encontrarás nada.

—Esto no va a quedar así.

—¿No? ¿Y qué harás? ¿Esperarme a la salida de un bar para pegarme, como una adolescente a la que le han robado el novio? Intento odiarte, de verdad que lo intento. Pero eres tan ilusa que solo me despiertas pena. Hay gente que se queda mirando toda la vida a los árboles, esperando que caiga una manzana. Y hay quien trepa a ellos para cogerla. Tú perteneces al primer grupo. Quieres que pasen cosas, pero no haces nada por que sucedan. ¿Quieres joderme? Vamos, hazlo, te estoy esperando.

Los puños de Eloísa se cerraron como mandíbulas. El odio golpeaba la puerta con el hombro intentando salir.

—¿A qué esperas, Godzilla? ¿Vas a hacer algo o no?

Si agredía a la inspectora delante de sus compañeros ya se podía dar por expulsada del Cuerpo. Valle le tendía una tentadora trampa.

«Sabe que estuviste en los Bronce, sabe de tu inclinación por la violencia. No puedes caer, no le des lo que quiere», pensó Eloísa.

Con los dientes apretados y tragándose la bilis del orgullo, Eloísa bajó la cabeza.

—No, claro que no vas a hacer nada. Vuelve a tu mesa y disfruta de tus últimos días como investigadora. Luego te traigo un potito, ¿o prefieres una papillita de frutas?

En ese momento, uno de los agentes le pasó un cargador a Valle. Dándole la espalda a su subordinada, la inspectora conectó el móvil a la red y lo depositó sobre su mesa.

—Carpio, ¿cómo va el pollo en el horno?

—La detenida lleva una hora macerándose.

—¿Dónde la habéis metido?

—En la sala de interrogatorios número tres.

—Pues creo que ha llegado la hora de trincharla.

41

—Vaya, vaya, vaya. Seguro que pensaba que ya se había librado de mí. Y mira por dónde, aquí estamos otra vez las dos juntitas —anunció Valle al entrar en la sala de interrogatorios y tomar asiento—. ¿Le apetece beber algo? ¿Un café, un refresco?

—¿Podría darme un poco de agua? —pidió azorada Isabel.

—Mire que es mala suerte, agua es lo único que no tenemos.

—Pues un refresco.

—Acabo de recordar que la máquina está averiada. Lo mejor será que empecemos. ¿Tiene usted abogado?

Valle esperaba que la mención del letrado perturbara a la detenida. Estaba nerviosa, las manos retorciéndose una contra la otra como si tratara de anudárselas. Y sin embargo había algo que no cuadraba. Su mirada, con aquellos ojos azules que parecían pertenecer a una segunda cara, oculta y terrible.

—No... no creí necesitarlo.

—Pues créame que le va a hacer falta. Voy a pedir que le asignen uno de oficio. Mientras tanto, me gustaría aclarar algunos detalles con usted. No tiene inconveniente, ¿verdad?

Valle simuló consultar unos papeles.

—Hemos encontrado un cuchillo en la vivienda de la última víctima que, según nos ha asegurado el marido, no debería estar allí. Lo hemos comparado con el resto de la cubertería y, en efecto, no pertenece al mismo fabricante. Por los restos de sangre hallados en su filo estamos seguros de que se trata del arma homicida. ¿Y sabe dónde apareció? Dentro de un cajón de la cocina. La misma cocina donde usted dice que se escondió del asesino. Qué curioso, ¿no le parece?

Silencio. La mujer mantenía la mirada baja sin parar de parpadear. Una de sus piernas no dejaba de moverse compulsivamente.

—Ah, y hay algo más. Hemos comprobado que la

marca de ese cuchillo coincide con los que existen en la vivienda donde usted trabaja. ¿Tiene algo que decir a esto?

—Una coincidencia.

—Una coincidencia, claro. En realidad, hay unas cuantas. Porque en su primera declaración, usted nunca dijo que el asesino entrase en la cocina. Entonces ¿cómo explica la presencia del cuchillo?

—Pudo hacerlo cuando yo ya me encontraba escondida en el cuarto de baño.

—Sí, ya lo he pensado. Pero ¿por qué esconder el arma cuando podía llevársela consigo como hizo en los otros asesinatos? No tiene sentido, ¿no le parece? Déjeme que le cuente otro detalle extraño que hallamos en la escena del crimen. El asesino suele tomar prestado algún objeto de la víctima como trofeo. Normalmente uno de sus pendientes y algunas veces la ropa interior. Sin embargo, en este caso no se llevó nada. ¿Por qué cree que no lo hizo?

Valle aguardó a que el silencio ejerciera su opresivo poder sobre la detenida.

—¿Alguna idea? ¿No se le ocurre nada? Pues yo tengo una teoría, a ver qué le parece. Amoniaco no se llevó nada porque no tuvo tiempo. La llegada inesperada del marido, que se había dejado el móvil en casa, lo pilló dentro de la vivienda cuando ya había acabado con la vida de su víctima. Tuvo que esconderse en la cocina y allí se deshizo del arma homicida guardándola con los demás cuchillos. Sabía que no podía abandonar el piso sin ser descubierto, así que, aprovechando la conmoción del esposo, entró en el cuarto de baño y simuló sufrir un ataque de pánico hasta que llegó la policía. ¿Qué? ¿Qué le parece mi teoría? Así todo cuadra, ¿verdad?

Con cada palabra, la mujer se iba haciendo más pequeña, como si se plegara sobre sí misma.

—Por qué no nos dejamos de juegos, Isabel. Ya es hora de que cuente la verdad. Usted es Amoniaco. No tengo ni idea de por qué lo hizo, y si le soy sincera, tampoco me importa. Saque fuera el veneno que lleva dentro. Se sentirá mejor. Quítese ese peso de encima.

La detenida temblaba sin poder contener por más tiempo algo que retenía en su garganta. Parecía una bomba a punto de estallar. La cara congestionada por el esfuerzo. Al mirarla, Valle supo que no aguantaría, que estaba al borde de venirse abajo. Le cogió de la mano para ayudarla a caer.

—Vamos, dígame lo que ocurrió. Termine con esto aquí y ahora. Yo la ayudaré, se lo prometo.

Isabel abrió la boca como queriendo decir algo, los labios trémulos, los ojos desorbitados mirando a la inspectora. Hasta que de su interior salió una majestuosa y rotunda carcajada.

Me hacen esperar más de una hora en la sala de interrogatorios. Supongo que quieren ponerme nerviosa, que mi cabeza trabaje en mi contra. Así que les doy el gusto y me planto el disfraz de pobre mujer temblorosa. Parpadeo mucho y no dejo de golpear el suelo con el tacón como si tuviera un tic. Eso los convencerá de que me tienen acojonada. Al rato, aparece la inspectora guapa, con ese aire insoportable de los que nunca dudan.

Me pregunta si quiero tomar algo. Trata de ablandarme para que el golpe duela más. Pero enseguida enseña los colmillos. No hay ni agua ni refrescos para mí. Así sienta las bases de por dónde va a ir la conversación. Luego empieza a mostrarme sus cartas. Lo primero que me enseña es un as. Han encontrado el cuchillo que dejé en la cocina de mi última víctima. Le hago ver que la noticia me afecta, a pesar de que era algo que esperaba. ¿Por qué me habrían detenido si no? Bajo la vista y tiemblo como si el mundo se me viniera encima. Luego sigue con un par de reyes. El cuchillo no casa con el resto de la cubertería de la víctima, pero sí con la de la vivienda donde yo limpiaba. Un martillazo tras otro para dejarme clavada en la cruz. Y, para terminar, me muestra su última carta: un comodín. Han encontrado restos de sangre en el cuchillo, lo que lo convierte en el arma del crimen. Mientras habla observo su cara de satisfacción. La sonrisa del triunfo estirando la comisura de sus labios. Crees que has ganado. Que ya me tienes, ¿verdad? No deberías reírte tan pronto, guapa. Porque la broma continúa.

Se nota que está convencida de que me tiene acorralada. Así que decide seguir apretando. Me dice a la cara que piensa que yo soy la asesina. Tartamudeo y suelto algunas frases entrecortadas. Eso hace que cambie de estrategia. Sustituye el martillo por el jabón. Ahora me habla como una amiga comprensiva. Con un tono suave y aterciopelado me insta a confesar. A que saque fuera mis demonios. Incluso dice que quiere ayudarme. Un cebo que la pobre e insignificante limpiadora morderá. Pero mis demonios viven muy a gusto en mi interior. Ellos sí son mis amigos y me susurran lo que tengo que hacer. La partida no ha terminado. Aún no has visto mis cartas.

Me quito la banda de «miss irrelevante» y dejo que sea Amoniaco quien se ría de ella en su cara.

—¿Le hace gracia? —dijo Valle irritada—. Vamos a ver si continúa riéndose cuando ingrese en prisión. Porque no va a salir de aquí. La tengo entre los dientes. Y no pienso soltarla hasta que no me explique qué hacía el arma del crimen en la cocina donde usted dice que se escondió de Amoniaco.

—Discúlpeme, agente...

—Inspectora.

—Inspectora. Corríjame si me equivoco, pero yo no tengo que demostrar mi inocencia. Son ustedes los que tienen que probar que soy culpable, ¿verdad? Dígame, ¿aparecen mis huellas en el cuchillo?

«Cuando te haces pasar por tonta, es tan divertido ver la cara de pasmados que ponen los demás al darse cuenta de que no lo eres. Como si, de pronto, recibieran una transfusión de estupidez».

Valle se recostó en su silla. La mujer que tenía enfrente no era la misma que había entrado a primera hora en la sala de interrogatorios. Ya no quedaba nada de aquella inseguridad ni del nerviosismo inicial. Su miedo había desaparecido. Ahora se mostraba desafiante, retadora, peligrosa. Ahora ya no le cabía ninguna duda de que estaba ante Amoniaco.

—Usted no es quien hace las preguntas. Usted solo las responde. Y hasta el momento, sus respuestas no me gustan. ¿Dónde se encontraba el pasado martes catorce de octubre a las quince horas?

—No lo recuerdo bien, tendría que consultarlo.

—No lo recuerda bien. Así que la señora tiene memoria selectiva, ¿no es eso? O, mejor dicho, memoria conveniente.

—Disculpe, ¿ha dicho que era martes? Pues seguramente estaría tomando café con mi amiga Mariana en un bar que hay cerca de Príncipe Pío. Quedamos allí todas las semanas. Los martes o los miércoles. Ella se lo podrá confirmar.

Una coartada. La limpiadora podía tener una coartada para los otros asesinatos. Valle hizo esfuerzos para que su rostro no acusara el golpe.

—¿Mariana qué más? ¿Cómo podemos localizarla?

—Tengo su teléfono en el móvil que me quitaron esta mañana cuando me metieron aquí. Solo tienen que llamarla.

La inspectora miró fijamente a la cámara de seguridad. Carpio, que seguía el interrogatorio a través de una pantalla situada en una sala contigua, entendió el mensaje de su jefa.

—¿Y el once de noviembre a la misma hora?

—¿Qué día era?

—Miércoles.

—También estaría con Mariana. Ya se lo he dicho. ¿Podrían darme algo de comer? —solicitó Isabel—. Escuchar tantas tonterías juntas me ha abierto el apetito.

42

—¡No me jodas, Carpio! ¡No puede ser! ¡Compruébalo otra vez!

En la pequeña habitación, las palabras de Valle chocaban contra las paredes como golondrinas ciegas. Sobre la mesa, los monitores seguían emitiendo la imagen de la detenida sentada en la sala de interrogatorios con gesto tranquilo.

—Mira, me gustaría decirte otra cosa, pero es lo que hay. He localizado a la tal Mariana y prácticamente me ha confirmado lo que te ha dicho la detenida. Todas las semanas, los martes y los miércoles, toman café juntas a las tres en un bar de Príncipe Pío.

—¿Prácticamente? ¿Qué coño quiere decir eso?

—Pues que algunos días, por lo que sea, no pueden quedar. Aunque, según ella, son los menos. No estaba segura de las fechas exactas. Por eso también hablé con el dueño del local y me ha dicho lo mismo. Se acuerda de las dos, son clientas habituales que toman café los martes y los miércoles. Pero tampoco recordaba si habían aparecido por el local los días de los crímenes.

—Eso no significa nada. Sin las fechas exactas...

—Significa que su coartada se sostiene. Significa que dos testigos la sitúan lejos de los escenarios de los crímenes casi con total seguridad. Significa que hasta un abogado de medio pelo haría trizas el caso si llegara a juicio. Y lo sabes.

En ese momento entró en la sala azul marengo dando un portazo. Al verlo, Carpio se cuadró.

—Señor.

—Llevo llamándote todo el día, inspectora. ¿A qué cojones venía la rueda de prensa de esta mañana? —dijo el hombre dentro del traje ignorando a Carpio.

—No sé de qué me hablas. Había unos periodistas en la puerta y solo les he contado la verdad...

—Mira mis dedos. ¿Sabes por qué están secos?

Porque no me los chupo. Tengo a tres ministros subiéndose por las paredes porque los has dejado como el culo delante de la opinión pública.

—Yo solo he cumplido con mi deber. El juez que lleva el caso autorizó la detención de la sospechosa y eso es lo que hemos hecho. Me importa una mierda que no les venga bien a los políticos...

—No me jodas, el juez hace todo lo que le pides. ¿Qué pruebas hay contra la detenida?

—Hallamos el arma del crimen escondida en la vivienda de la última víctima. Un cuchillo. Y solo ella pudo dejarlo allí.

—¿Han encontrado sus huellas en el arma?

—No, señor —respondió Carpio ante el silencio de Valle.

—Estupendo, ¿y qué era eso de una coartada que he escuchado al entrar?

—Hay dos testigos que están bastante seguros de que la acusada estaba en un bar a la hora en que se cometieron los anteriores crímenes.

—Eso aún está por confirmar —saltó Valle, intentando estrangular con la mirada a Carpio.

—¿Tiene antecedentes?

—No, está limpia.

—¿Y a qué se dedica? ¿Por qué se encontraba en la casa de la víctima?

—Trabaja de asistenta y alegó que se le había caído una prenda de ropa al tendedero de la vecina...

—¿Una qué? Espera, espera. ¿Me estáis diciendo que creéis que nuestro asesino en serie es una chacha? ¡Y encima con coartada! Pon en libertad inmediatamente a la detenida y no hagas más el ridículo.

—No voy a soltar a nadie hasta que no me lo ordene el juez —dijo Valle—. Estoy segura de que esa mujer es Amoniaco.

—Has montado todo este circo solo para jodernos, ¿verdad, inspectora? Pues atente a las consecuencias. Voy a destrozar tu carrera, voy a hundirte tan hondo que pensarás que vives dentro de un culo.

—No me dais miedo, ya no. Yo también puedo joderos. Recuerda que la prensa me adora. Igual tengo alguna que otra cosa que contarles.

—¡Haz lo que te digo si sabes lo que te conviene! —gritó azul marengo alejándose por el pasillo sin mirar atrás. Valle se despidió de él alzando su dedo corazón.

Aquel día alguien había traído tortilla para los miembros de Homicidios. Sin cuajar, como le gustaba a Eloísa. Acababa de meterse un trozo grande en la boca cuando el teléfono de Valle comenzó a sonar sobre su mesa. Lo había dejado allí mientras se cargaba. En ese momento ella era la única que se encontraba en la sala. Sus compañeros estaban ocupados siguiendo el interrogatorio de la detenida por el caso Amoniaco. En la pantalla aparecía el nombre de «Lucía. *Crónica negra*».

«Una periodista», pensó. Sin saber por qué y con la boca llena pulsó el botón verde.

—Mmm.

—¿Valle? Te he estado llamando. Quería darte el pésame por lo de tu marido.

—*Grammcimmas.*

—¿Qué te pasa en la voz?

—*Mpillascmiendo.*

—Ah, vale. Pues eso, de verdad que lo siento. Hay otra cosa que te quería comentar. Quizá no sea nada, una mujer se ha puesto en contacto con el programa para darnos información sobre Amoniaco.

—Mmm.

—No nos ha querido decir su nombre porque tenía miedo. Ya sé que suena raro, pero te aseguro que no parecía una loca. El caso es que esa mujer afirma que vio a uno de sus vecinos en compañía de dos de las víctimas de Amoniaco. Igual ya lo habéis investigado.

—*Nom. Nom.* —Eloísa se metió otro trozo de tortilla en la boca.

—Te paso sus datos por si lo quieres investigar. Y si sale algo, acuérdate de quién te dio el soplo. Me vendría muy bien dar una exclusiva. Toma nota, el tipo se llama Alfonso Canales y vive en...

Limpiándose aún los restos de tortilla de la boca, Eloísa salió al pasillo atraída por los gritos. En ese momento vio a uno de los cuatro del Milford, el que vestía un traje azul marengo, salir de una de las salas de visionado despotricando contra Valle. Era ahora o nunca.

—Señor, tengo que decirle algo urgente.

El hombre continuó andando sin hacerle caso.

—Es sobre Amoniaco, ha aparecido un nuevo sospechoso.

Azul marengo se paró en seco. Escaneó a la recién llegada de arriba abajo sin reconocerla antes de hablar.

—¿Quién es usted?

—Agente Eloísa Ruiz, de Homicidios. Me ha llegado una información nueva. Un hombre tuvo contacto con dos de las víctimas. Y eso es algo que no conocíamos hasta ahora. Me gustaría hacerle una visita y registrar su casa, si usted me da su permiso.

—Hágalo. Ya. Ahora mismo —dijo azul marengo sin apenas pensárselo.

—Necesitaría una orden del juez...

—Cuente con ella. Yo me encargo. Y si consigue algo, quiero que me lo comunique a mí y solo a mí. ¿Entendido?

43

Los agentes revolvían el inmenso piso ante la ultrajada mirada de sus dueños, un matrimonio de mediana edad.

—¿Me puede explicar alguien a qué viene todo esto? —dijo el marido—. Primero, dos policías de uniforme me sacan del despacho delante de todos mis compañeros y ahora esto. Es evidente que no saben con quién están tratando. Tengo amigos...

—Usted debe de ser Alfonso Canales —cortó Eloísa acercándose a la pareja—. Y, si no me equivoco, el nombre de su esposa es Rosa Ladrón de Guevara.

—Prefiero Rosa. A secas —corrigió la mujer.

—Pues, Rosa, siento mucho esta intromisión y comprendo que no es una situación agradable para ustedes. Pero no estoy autorizada a facilitarles ninguna información sobre el caso que estamos investigando. Les aseguro que no les robaremos más tiempo del necesario y que lo dejaremos todo como estaba.

—Ahora mismo voy a llamar a nuestro abogado. ¡Esto es un abuso intolerable! ¡Quiero el número de sus placas!

—¡Aquí hay algo! —gritó un agente desde el dormitorio.

Eloísa se dirigió hasta allí seguida por el matrimonio. En la habitación, un cuadro abstracto descansaba sobre la cama dejando a la vista una caja fuerte de tamaño mediano incrustada en la pared.

—¿Qué pasa? —dijo Alfonso desafiante—. ¿Es que nunca han visto una?

—¿Quién conoce la combinación? —preguntó Eloísa.

—Solo mi mujer y yo.

—¿Sería tan amable de abrirla?

—No tengo por qué hacerlo.

—Esta orden dice que sí.

—Hasta que no hable con mi abogado no pienso mover un dedo.

—Mire, si no tiene nada que ocultar lo mejor es que haga lo que le digo. Así podremos salir de su preciosa casa y dejaremos de molestarles. No queremos perder el tiempo ni hacérselo perder a ustedes.

—Alfonso, dales la combinación, a ver si se acaba todo esto de una vez —intervino Rosa.

A regañadientes, el hombre recitó la clave numérica a la vez que un agente pulsaba teclas en la cerradura electrónica. Una luz verde se encendió. Poco a poco fueron dejando sobre la cama los objetos que iban extrayendo del interior de la caja fuerte. Dinero, joyas, carpetas de documentos y un sobre.

—Como verán, no hay nada sospechoso. Efectivo, el título de propiedad de esta casa y la de la playa... ¿Están ya satisfechos?

Los guantes azules del policía revisaban un objeto tras otro. Hasta que abrió el sobre. De su ancha boca salieron varios pendientes desparejados y unas bragas cortadas. Al verlos, con un rápido movimiento, Eloísa encañonó al marido.

—Alfonso Canales, queda detenido como sospechoso de los asesinatos...

En la mesa todos los micrófonos lo apuntaban, los dedos de la plebe que señalan al elegido. Azul marengo se alisó la corbata y tiró de los puños de su camisa antes de empezar a hablar.

—¿Están todos listos? Bien. Comencemos entonces. Les hemos convocado a esta rueda de prensa para informarles de que hoy se ha procedido a la detención de un individuo como sospechoso de ser el autor material de los asesinatos cometidos contra nueve mujeres y un menor que han conmocionado a la opinión pública estos últimos meses. Durante la detención se han encontrado en poder del acusado varios objetos pertenecientes a las víctimas, en concreto algunos pendientes y ropa interior, que el asesino se llevaba consigo de los escenarios donde cometía sus crímenes a modo de trofeo. También se ha tomado una muestra de pelo del sospechoso para compararla con una unidad capilar hallada junto a uno de los cuerpos. Y el resultado de las pruebas realizadas ha ratificado que ambas muestras pertenecen a la misma persona. Ante el abrumador peso de las pruebas, tenemos la total convicción de que nos encontramos ante el asesino conocido como Amoniaco, uno de los peores criminales de nuestra historia reciente. Quiero aprovechar esta comparecencia para felicitar a los miembros del Grupo V de Homicidios por su brillante labor, que se ha visto refrendada con esta detención. El acusado se encuentra ya a disposición judicial...

—¿Y la mujer a la que se detuvo ayer? —preguntó una reportera de televisión.

—Ha quedado en libertad sin cargos.

—Pero la inspectora Valle dijo que...

—La inspectora Valle ha sido suspendida de sus funciones. Y me gustaría que me permitieran detenerme en este punto, ya que quiero informarles de unos hechos de extrema gravedad que entristecen a todos los Cuerpos y Fuerzas de Seguridad del Estado por la mancha que supone para su reputación que uno de sus miembros se vea involucrado en actos delictivos. Han aparecido nuevas pruebas relacionadas con una red de pederastas desarticulada hace tres años que demostrarían la participación activa de la inspectora Valle en estos execrables delitos. Unos hechos por los que ya fue condenado su marido, fallecido hace tan solo unos días. Por todo ello, el juez ha decretado el ingreso de la inspectora en prisión preventiva incomunicada a la espera de juicio. Su cargo al frente del Grupo V lo ocupará la recientemente ascendida inspectora Eloísa Peña, que ha desempeñado un papel crucial en la detención de Amoniaco...

44

—Me gustaría morir mientras duermo, igual que mi abuelo. No gritando, como los pasajeros del autobús que conducía.

La risa agitó a las cuatro figuras sentadas a la mesa como cencerros. Eloísa removía su café con expresión de desagrado. Ella había sido víctima de bromas crueles toda su vida y aquellos despreciables chistes no le hacían ninguna gracia. Como tampoco estar allí, en el Milford, sentada con los tres hombres de azul y la mujer de las perlas.

—Oh, vamos, inspectora —dijo azul Klein—. No me diga que se ha ofendido. Qué piel tan fina tienen ahora los policías.

—Hoy en día el humor negro es como los esclavos, un bien del que disfrutamos solo unos pocos.

Más risas. Sonando como pedradas contra una cristalera.

—Se estará preguntando por qué queríamos verla —dijo azul Prusia.

—Me hago una idea.

—Permítame que lo dude. Mire, inspectora, por mucho que nos desagrade admitirlo, el mundo está dividido por un gran muro. Un muro construido con fajos de billetes. En un lado la gente se preocupa por la obesidad y en el otro por si van a comer al día siguiente.

—En una parte los niños juegan a la pelota y en la otra cosen balones —añadió la mujer, con las perlas dando vueltas en su cuello como un tiovivo.

—Exacto. Y nosotros velamos porque nuestro país siga estando en el lado correcto del muro. Por eso nos llaman el Sistema. Aunque, en realidad, lo que hacemos es asegurarnos de que el sistema siga funcionando. Trabajamos para que no haya alteraciones imprevistas, las decisiones que se tomen sean las correctas y todo vaya según lo previsto.

—¿Y qué pasa con los que están por encima de ustedes? —preguntó Eloísa.

—Oh, esos. Déjeme que se lo explique con un

ejemplo: ¿cuál es la parte más importante de un bocadillo? ¿La rebanada de pan que está arriba? No. ¿La que está abajo, quizá? Tampoco. Lo sustancial, lo nutritivo, lo que da sentido al bocadillo, es lo que se encuentra en el medio. Y ahí estamos nosotros. Dejamos creer a la rebanada de arriba que son los que mandan; y a la rebanada de abajo que son los que eligen. Unos toman las medidas que nosotros queremos y otros escogen a los candidatos que nosotros les ofrecemos.

—¿Me está diciendo que ustedes cuatro deciden quién gobierna este país?

—No solo nosotros cuatro. El Sistema lo forma más gente, empresarios, banqueros, profesionales de todo tipo que entienden cómo debe funcionar el mundo y qué hacer para que continúe funcionando.

—Entonces ¿las elecciones son una mentira?

—Mire, ahí fuera hay personas con derecho a voto que creen que la Tierra es plana. Eso no ocurría desde la Edad Media. ¿Pondría su futuro y el de sus hijos en manos de esa gente? —dijo azul marengo.

—Estaríamos abocados al desastre. En todos los países serios hay cuatro personas como nosotros —añadió la mujer de las perlas.

—Gracias a Dios, vivimos en una sociedad donde existe el libre mercado —volvió a intervenir azul Prusia—. Y a la gente le gusta tomar sus propias decisiones. El Sistema lo único que hace es garantizar que esas decisiones sean las idóneas. Le pondré otro ejemplo para que lo entienda. Usted está en un supermercado. Allí encuentra productos de todo tipo a su alcance. Puede elegir el que quiera. Pero en realidad se trata de una ficción, porque todos los productos son fabricados por la misma compañía. Ella es la que realmente selecciona lo que compra. Aunque le haga creer que es usted quien toma la decisión final, ¿comprende?

Eloísa se mordió el labio inferior antes de hablar.

—Me gustaría que dejase de tratarme con ese puto tono de condescendencia, porque tantos ejemplos me están empezando a tocar los cojones. ¿Se creen que soy imbécil?

—Nada más lejos de mi intención, lamento si le he dado esa impresión.

Las cuatro figuras se sonrieron entre ellas.

—Primero fue Valle, ahora soy yo... ¿Lo de colocar a mujeres en puestos de responsabilidad también es cosa del Sistema?

—La sociedad quiere mujeres, pues le damos mujeres —respondió azul marengo—. Cuando quieran personas de otras razas, también se las proporcionaremos.

—Aparentar que las cosas cambian para que todo siga igual —dijo azul Prusia—. Por eso la hemos convocado, queremos que usted colabore con nosotros.

—¿Y qué es lo que tendría que hacer exactamente?

—La nuestra es una estructura pulida y sólida, como le he explicado. Pero, de vez en cuando, aparece alguna arista que hay que eliminar. Personas cuya mera existencia entorpece nuestra labor. El Sistema funciona mucho mejor sin ellas. A cambio, impulsaríamos su carrera. Podría llegar hasta donde usted quisiera.

—¿Me están pidiendo que encubra asesinatos? ¿Eso es lo que hacía Valle? Pues desde ahora mismo les digo que no cuenten conmigo.

Los rostros de las cuatro figuras fueron invadidos por el hastío. Como si estuvieran cansados de repetir la misma lección a los alumnos más torpes una y otra vez.

—Es bueno que haya sacado a colación el caso de la inspectora Valle, debería tomar nota de lo que le ocurrió —dijo la mujer sin dejar de jugar con su collar.

—Si decide no trabajar con nosotros, alguien podría descubrir al chico del hospital. ¿No sabe de quién hablo? Un pandillero. Pertenecía a la banda de los Dominicans Don't Play. Recibió una paliza brutal. Lo dejaron medio muerto. Lleva meses postrado en una cama en estado vegetativo. Los médicos dicen que ya nunca será el mismo. Si es que consigue recuperarse —explicó azul Klein.

«Oh, mierda», pensó Eloísa.

—Según la versión oficial, fue una venganza de los miembros de una banda rival. Es una explicación válida. Pero ya sabe cómo son estas cosas. Nunca se sabe cuándo van a aparecer nuevos testigos que cambien el curso de la investigación. Debe ser duro trabajar en los Bronce, ¿verdad? Se necesita tener mucho autocontrol para no perder los nervios con todo lo que uno tiene que lidiar ahí fuera —dijo azul Prusia.

—Entonces ¿qué prefiere? ¿Seguir dirigiendo el Grupo V de Homicidios como inspectora o pasar a ser la principal sospechosa de un caso de brutalidad policial al que se le podría sumar un delito de odio? —dijo la mujer de las perlas.

—No hay carrera que resista una acusación como esa —añadió azul marengo.

Eloísa bajó la mirada antes de asentir.

—Ha hecho usted lo correcto. Nadie puede ir contra el Sistema.

El camarero apareció dejando sobre la mesa cuatro vasos de cristal tallado y los fue rellenando con una bebida ambarina. Era la forma que tenía aquel grupo de decirle a Eloísa que sobraba. La inspectora se levantó sin despedirse. ¿Cómo se habrían enterado de lo del pandillero? La respuesta la esperaba a su espalda.

—¿Barrajón? ¿Qué coño haces aquí?

—¿No lo sabes? Me van a ascender. ¿A qué viene esa cara? Ya te advertí de que no hacía todo esto por ti.

45

En la decadente marisquería la pecera permanece vacía. Lo cual me alegra. En el local se encuentran los clientes habituales. La amargura y la rutina discuten de política acodadas en la barra mientras esperan sus cafés. En la televisión, las mentiras llevan traje y corbata. A mi derecha, el desencanto hojea el *Marca* con desgana y, al fondo, la decepción no encuentra consuelo jugando a la tragaperras. Por una vez, yo soy la que desentono, radiante y feliz como un infiel recién perdonado.

Hasta que noto que alguien se sienta a mi lado. Tiene los hombros tan anchos que me empuja cuando se encarama al taburete.

—¿Qué tal es el café aquí? —me pregunta la policía grande.

—En vez de con una galletita lo sirven con un protector estomacal.

Una carcajada disfrazada de bufido.

—¿Sabe quién soy?

Asiento. No solo sé quién es, sino que la estaba esperando. Sabía que, tarde o temprano, alguien vendría. La inspectora sigue mi consejo y pide una Coca-Cola Zero al camarero.

—¿Hoy no ha venido su amiga Mariana? —dice tratando de descolocarme dejando claro que ha hecho los deberes.

—No, hoy no ha podido. Necesita hacer horas extras para comprar el amor de su hija. No se hace una idea de lo caro que se ha puesto el amor últimamente.

—Es bueno tener amigos que nos ayuden en los momentos difíciles. Que siempre estén donde se les necesite, ¿verdad, Isabel? Un bar concreto, un día concreto, a una hora concreta...

—Qué gran verdad.

—Mire por dónde, yo también tengo amigos. Uno de ellos me ha dado esto —dice depositando un montón de papeles sobre la barra—. ¿Sabe lo que son? Informes sobre el lugar donde se encontraba su teléfono los días en los que Amoniaco cometió sus asesinatos. Y es sorprendente lo cerca que estaba de todos ellos justo en el momento en que estaban sucediendo. ¿No le parece sospechoso?

—Me parece casualidad.

—Casualidad, claro. ¿Sabe? He sentido el impulso de pasarme por allí con una fotografía suya. En los edificios de las víctimas nadie la ha reconocido. Pero ¿a que no adivina lo que he descubierto? En los portales colindantes, sí. De hecho, usted trabajaba en casas que compartían patio con las de las mujeres asesinadas. Qué extraño, ¿verdad? Como si alguien las hubiera buscado así a propósito. Luego solo hay que dejar caer una prenda en el tendedero de la vecina y ya tenemos la forma de que nos abra la puerta de su casa. Un método ingenioso, sí señor, lo reconozco, sencillo y eficaz. Eso mismo le sucedió a usted cuando Amoniaco casi la mata, ¿no es cierto? ¿Otra casualidad?

La miro y, aunque sé lo que pretende, me resulta imposible sentir antipatía por ella. Se nota que fue una víctima, como lo fui yo. Pero ya no lo es. Y yo tampoco.

—¿Me está usted acusando de algo? ¿Va a ponerme las esposas? Porque no veo las luces de los coches patrulla por ninguna parte. Ah, déjeme adivinar, inspectora, ahora es inspectora, ¿verdad? Acabo de recordar que Amoniaco ya está en prisión. Y fue usted quien lo detuvo. Por eso la pusieron al frente del Grupo V de Homicidios, además de ascenderla, ¿no? ¿Me está usted diciendo que se equivocó? Eso no puede ser. Sería admitir que cometió un grave error. No conozco cómo funciona la policía por dentro, pero tengo la impresión de que su trabajo no quedaría en buen lugar. Meter entre rejas a un inocente está muy feo. Igual su carrera se vería afectada, ¿no cree? Qué pena. Volver a la casilla de salida, después de todo lo que ha conseguido…

La policía grande tiene la mirada cargada de rabia. Pero hay algo más, algo que parece… decepción. Así que pensabas que la pobre limpiadora se iba a acojonar con tus insinuaciones de mierda. Pues ya ves que no. Yo ya no tengo miedo. Prefiero dárselo a los demás. Me he vuelto así de generosa.

—¿Qué se siente al matar a un niño? —contraataca con dureza.

—¿Y al traicionar a su compañera? ¿Cómo se llamaba? ¡Valle! Sí, eso es.

—¡Usted no tiene ni...!

Oh, pobrecilla. La he sacado de quicio con asombrosa facilidad. Eso le demuestra que no tiene nada que hacer contra mí.

—Tenga cuidado, Isabel. Cuando Amoniaco vuelva a actuar, la estaré esperando. Se lo aseguro.

—Pero eso es imposible. ¿No se da cuenta? Amoniaco está en la cárcel. Usted lo metió allí. Lo mejor que puede hacer es disfrutar de su éxito, inspectora, a las perdedoras como usted y como yo nos cuesta mucho arrancarle una sonrisa a la fortuna.

Epílogo

El día empieza a cerrar los ojos dando paso a la oscuridad que se esconde tras los párpados de la noche. El mercado está a punto de cerrar. La enorme puerta metálica escupe clientes con asco.

Soy los colmillos que desgarran carne viva. Soy la bala que atraviesa el cráneo. Soy el filo del verdugo que desmiembra cuerpos.

Espero frente a la entrada, en la acera opuesta. Tensa, como los músculos de los atletas esperando el disparo de salida. Hasta que por fin veo al hombre. Los hombros cargados y esos andares de antropoide con los que se conduce por la vida. Avanzo en paralelo a él sin quitarle la vista de encima, dejando que la calzada nos separe. Hasta que mi cuerpo comienza a transpirar un líquido denso. Reconozco el olor, es amoniaco.

En un momento en el que el tráfico queda en calma, cruzo el asfalto a la carrera, situándome unos metros por delante del hombre. Cuando me ve, por un instante, la inquietud le brinca en los ojos. Pero mi sonrisa lasciva le devuelve su aplomo de macho dominante. Un pestilente hedor a pescado lo precede, abriéndole paso entre el gentío. Hasta que llega a mi altura.

—¿Me estabas esperando, ojitos azules? ¿Qué quieres?

—Quiero más —le digo retorciéndome como una serpiente ciega mientras me froto con la mano la entrepierna.

—Pero qué puta eres —me dice ardiendo como un fósforo.

Así de sencillo es conseguir que un hombre vaya donde tú quieras. Solo tengo que caminar hacia el apartado callejón. La promesa de sexo hace que escuche sus pasos siempre detrás, hipnotizado por el péndulo de mis caderas. No nos podemos resistir a los placeres primarios: comer, beber, follar, matar...

Al estar detrás de mí, no ve cómo me pongo los guantes de goma. De pronto, una de sus zarpas se aferra a mi glúteo como si fuese un cepo.

—Te gustó lo que te hicimos en el cuarto de baño, ¿eh? Pues aquí tengo algo para ti, algo espec...

El destello surge como un prodigio. La navaja traza una equis casi simétrica en las facciones del hombre. La carne abriéndose mórbida como el sexo femenino ante el contacto del filo. Su rostro adquiere la textura del fiambre hecho rodajas. Jirones de músculo y piel cuelgan de forma repugnante dejando desnudos los huesos de la cara. Uno de sus globos oculares revienta en una enorme lágrima viscosa. Y yo disfruto del espectáculo que acabo de crear.

El ataque lo sorprende tanto que no le da tiempo ni a gritar. Cae de rodillas, gimoteando de forma patética mientras, con sus manos, trata de recomponer el estropicio facial. Me coloco a su espalda. El cuerpo me pide degollarlo, pero es mejor que todo sea distinto, que no haya coincidencias de ningún tipo. Diferente víctima, diferente *modus operandi*, diferente asesino. Lo vi en un documental. La policía nunca le atribuirá este crimen a Amoniaco.

Le hundo la navaja en la sien y la giro como si estuviera arrancando un coche. Es una experiencia maravillosa percibir los últimos estertores a través del arma. Cada pequeña vibración, cada postrero impulso. Pero los placeres de la vida son efímeros, a los pocos segundos todo acaba. Una oleada de satisfacción me recorre el cuerpo de arriba abajo por la venganza culminada. Devolver aumentado cada golpe recibido es una de las mejores sensaciones que se pueden experimentar en esta vida. Por mucho que la sociedad se esfuerce en convencernos de que vengarse no sirve para nada, no es cierto. Claro que sirve. Consigue que te respetes a ti mismo.

Salgo del callejón y al caminar me doy cuenta de que las aceras se han alfombrado de rosas rojas para mí. Las ventanas y los balcones están decorados con guirnaldas que forman mi nombre. Del cielo cae una incontenible lluvia de confeti y espumillón cubriéndome entera, como millones de besos de amor. Y siento que, de nuevo, soy feliz.